岩波文庫

32-420-5

戯曲

ニーベルンゲン

ヘッベル作
香田芳樹訳

Friedrich Hebbel

DIE NIBELUNGEN

Ein deutsches Trauerspiel
in drei Abteilungen

1861

凡例

本書は Friedrich Hebbel, Die Nibelungen. Ein deutsches Trauerspiel in drei Abteilungen (1861) の全訳である。翻訳にあたっては、Richard Maria Werner 編集の歴史的批判的ヘッベル全集(Berlin, 1910)収録のものを底本にした Reclam 社版(Stuttgart, 1967)を使用した。

読者の便を考えて、三部のそれぞれ冒頭に「梗概」をおいて、あらすじを紹介した。

書名の『ニーベルンゲン』はニーベルングという氏族に属する人びとを表しており、それだけで一族の名称であるが、本翻訳中ではあえて「ニーベルンゲン族」とした。また、人名・地名なども、一部は慣用の表記を用いた。

原作には現代からみれば差別的な表現がいくつかあり、できるかぎり誤解をうまない表現に改めたが、時代背景を考慮し、また原著者の意図を尊重してそのまま訳出したものもある。

目次

戯曲　ニーベルンゲン

――三部からなるドイツの悲劇――

わが妻
クリスティーネ＝ヘンリエッテ（旧姓　エンゲハウゼン）に捧ぐ

五月のある麗しい日
まだ子どもの私は、庭におかれた
机に古《いにしえ》の書を見つけた。
ひとたびそれを開けば、あたかも地獄の呪いのごとく
いざ読みはじめれば
悪魔の仕業か、子どもの口にも
恐れおののきながらも、読み終わらざるをえない定め。
私をその書は虜にした。手にとって
人目を避けて庭の木陰で

ジークフリートとクリエムヒルトの物語に読みふけった。
あたかも魔法の泉の端にたたずむがごとく
声が語りかけ、灰色の水の精が
私の心にこの世のすべての恐るべきものを流し込み
頭上では小鳥たちが
生に酔いしれ小枝を揺すり
この世の春を歌っていた。
日暮れておそく、私はこわばって無言のうちに
その本をもとに戻した。そしてそののち何年も
私はそれを目にすることはなかった。
だが彼らの姿は私の心に忘れがたき
刻印を残した。彼らをいつか描こうという
消えることなき、しずかな希望も
たとえそれが塵泡沫《うたかた》に消えようと。
名前が知れるようになると

励ます声にうながされ幾たびか
ペンに手をのばしたが、執ることはなかった。
ある日のこと、歌人の青ざめた影が
オデュッセウスの見た人群れのように、異国の血を飲んで血の気をとりもどすという
ミューズの神殿に足を踏みいれた。
劇場を満たした囁きに、神聖な静寂がとってかわり
幕が上がると
そこにお前が、復讐に燃えた女クリエムヒルトとなって現れた。(1)
お前に言葉を与えたのは
アポロの息子ほどではなかったが、
金の矢筒からぬかれた矢は轟き飛んで
怪物テュポンが血まみれで倒れたときのように、観客を貫いた。
お前が、身悶えせんほどに苦しみ
青ざめた唇に呪いの呪文を唱えながら
二度目の初夜の寝化粧をしているとき

満場は喝采に満ち
観客の心に残った最後の氷が溶け
灼熱の涙となって目を射抜いた。
あのとき私は黙っていたが、今日お前に感謝しよう。
なぜならこの夜、私の子ども以来の夢が
命を吹きかえし、ニーベルンゲンの強者《つわもの》どもが
私に近づいてきたからだ、あたかも一族の墓があばかれ
トロイのハーゲンが最初の一声を発したかのように。
だからお前が命を与えたこの姿を纏《まと》え。
これはお前のものだ。その姿が長く世に認められるのなら、
それはお前への賞賛、お前とお前の演技に
証《あかし》を与えよ！

第一部

不死身のジークフリート

一幕の前夜劇

【梗概】

ライン河畔の町ヴォルムスに居城を構えるブルグント国に、ネーデルラントの王子ジークフリートが現れ、国王グンターに果たし合いを挑み、勝者が王国を治めるべきだと言う。無礼な挑発に宮廷は騒然とするが、グンターの叔父ハーゲンは不死身のジークフリートと戦っても勝ち目がないので、彼を懐柔して身内にとどめるほうが得策だと考える。ジークフリートの目当てが王国の姫クリエムヒルトであることを知ったハーゲンは、彼がイーゼンラントの女神ブリュンヒルトをグンター王の妻に迎える手助けができれば、望みはかなえようと提案する。ジークフリートは承諾する。彼はかつてブリュンヒルトに会う旅の途上でニーベルンゲンの宝と名剣バルムングを手にいれ、竜を退治し、不死身の体を手にいれた経緯を語る。

【登場人物】

グンター王
トロイのハーゲン
ダンクヴァルト（その弟）
フォルカー（楽士）
ギーゼルヘア（王の弟）
ゲルノート（王の弟）
ルーモルト（配膳頭《はいぜんのかみ》）
ジークフリート
ウーテ（ダンクラート王の未亡人）
クリエムヒルト（その娘）
騎士たち、民衆

ブルグント国、ライン河畔の町ヴォルムス、グンター王の城、大広間、早朝、グンター、ギーゼルヘア、ゲルノート、ダンクヴァルト、楽士フォルカー、その他の騎士が集まっている。

第一場

トロイのハーゲン登場

ハーゲン　では、狩りはまかりならんと言うのだな？

グンター　ええ、今日はおめでたい日ですから！

ハーゲン　いまいましい坊主め。まったく「悪魔、悪魔」と口うるさい。

グンター　叔父上、すこし口が過ぎますぞ。

ハーゲン　それで今日は何の日なのだ。このあいだも生まれたとか聞いたぞ。そうだ、あれは――雪のちらつく頃だった！　あいつの誕生日のせいで、わしたちの熊狩りがお流れになったのだ。

ギーゼルヘア　さて、叔父上は誰のことをおっしゃっているのか？

ハーゲン　磔《はりつけ》にされて、とっくに死んで埋められたんじゃなかったのか？

ゲルノート　救世主イエス様のことだ。

ハーゲン　もう片づいたというわけにはいかないのか？　なあ、そうだろう？　わしは、昼まで毛皮つきでとびまわっていた肉でないと夕食にはせんぞ。野牛からとった角杯からでなければ、葡萄酒も飲まん。

グンター　叔父上、お魚で我慢されよ。復活祭の朝には狩りには行かないものです。

ハーゲン　どうしろというのだ？　その御仁はどこにおいでなのだ？　何をしてもいいのだ？　鳥はさえずってもいいのに、人はヴァイオリンを弾いて悪いのか。（フォルカーに）弦が切れるまで弾いてくれ！

フォルカー　お天道様のあるうちは弾きません。お楽しみは夜までおあずけです。

ハーゲン　ふん、敵の腸でヴァイオリンの弦を張って、肋骨でぎいぎい弾いてやるくせに。

フォルカー　ならば貴公こそ楽士にうってつけですな。

ハーゲン　フォルカーよ、相変わらずだな。ヴァイオリンを弾けなくても、口だけは達者だ。敵の首を落とせないかわりに、楽の音に酔うようなものだ。

フォルカー　そういうことにしておこう、戦友よ。

グンター　物語でも聞かせてくれ。退屈でしかたない。強い武士《もののふ》と気品高い美女の話をお前はたくさん知っていよう。

ハーゲン　生きてる奴の話だけにしてくれ。そいつの命を頂戴できるようにな。勇者ならわしの一太刀で、美女ならわしの腕の中であの世に送ってやる。

フォルカー　この世のものをお話しいたすが、そのような自惚《うぬぼ》れは改めていただきましょう。私の話す勇者は、さすがの貴公も剣を交えかねる方ですし、美女は貴公でも口説ききれない方ですから。

ハーゲン　なんだと。女までも手に負えぬとか？　勇者には心当たりがあるが、美女までか？　男は竜を打ち負かしたやつだろう。名剣バルムング(1)の使い手。不死身のジークフリートのことだろう。竜退治で初めて大汗をかいたくせに、竜の血をあびたおかげで、そのあと二度と汗をかくこともなくなった男。――それで女とは？

フォルカー　その方については語りますまい！　その方を連れて来ようと、いま飛びだされてはかないません。というのも花嫁を連れて帰ってくることなど、よもやありえませんからな。竜退治の英雄でさえ、ブリュンヒルトに求婚に行くとなるとためらいます。

ハーゲン　ジークフリートにできることが、わしにできないはずはない。ただ奴に剣をぬくことだけはしない。鉱石に打ちかかるようなものだからな。負け惜しみと思うなら思え。わしなら竜の血をあびたりはせん。死ぬ心配がないのなら、戦う醍醐味もないではないか。

ギーゼルヘア　（フォルカーに）その男のことで巷はもちきりだけど、鳥がピーチクとさえずるような具合で、褒め歌にはいっこうにお目にかからない。ちょっと歌ってみてくれないか！

グンター　まずは美女からだ。その女の器量はいかばかりなのだ。

フォルカー　最果ての北の国、夜が明けぬ国、闇で琥珀を採り、海象《セイウチ》を打ち殺すものたちは、陽の光ではなく、沼地から昇る火の玉の明かりをたよりに――（遠くからラッパの音が聞こえる。）

ハーゲン　ラッパだ。

グンター　それで？

フォルカー　そこで育ちぬ、見目麗しい王女。あたかも万《よろず》のことごとが、姫のためにと太古から、美を出し惜しみ、最高の婦人の魅力を取り置いて、姫には魔力が備わりぬ。真夜中に誰知れず、そこここの樹に刻まれし、謎めいたルーンの文字。(2)一目見るや、もはや先には進めず、その意味に取り憑《つ》かれ、われを忘れ、剣も忘れ、白髪になって、命も尽きて、しかしまだ謎は解けず。そんなルーンの文字が、姫の額には書きこまれていた。

グンター　フォルカー、何だと。その女はこの世のものなのか、それをわしはいままで知らなかったのか。

フォルカー　教えてさしあげましょう。氷と雪に閉ざされて、鮫と鯨の目を楽しませるだけで、地下の世界の顎《あぎと》から、ときおり山が吐きだす赤い溶岩がなければ、天の下に姫を照らす光はなく、あでやかに咲き誇る乙女の中の乙女。しかし姫を生んだその荒野は、手塩にかけたわが娘をたいそう慈しみ、他人《ひと》の手に渡すまいと守りぬき、誰かが姫を初夜の床にいざなおうものなら、たちまちどよもす大波に呑みこませてしまう。火焔の城に続く道は、神出鬼没の小人たちが番をして、ねじ伏せ、組み伏せ、絞め殺す。その親玉は荒くれ者アルベリヒ(3)。そればかりか、乙女その人も怪力で、どんな剛の者もかなわない。

グンター　そんなにすごいのか？

フォルカー　この女を娶《めと》ろうとする男は、死神も一緒に娶ることになる。新妻と二人で帰るどころか、一人でも帰れない。女のところへ行くだけでも大変だが、彼女のお眼鏡にかなうのはさらに大変。彼女の女体に手をのばすやいなや、求婚者は冷たい土の下。勇んで出ていったはいいが、帰ってきたものはいまだいない。

グンター　ならば何よりだ！　女はわしのものだ！　やっとわしの嫁探しも終わるのだ！　ブリュンヒルトがブルグントの王妃となるのだ！　（ラッパがすぐ近くで聞こえる。）何事だ？

ハーゲン　（窓際によって）ネーデルラントから勇者がお出ましだ。

グンター　ご存じなのですか？

ハーゲン　見るがいい。あんなふてぶてしく入城してくる奴が、他にいるだろうか。それもたった一二人の供で！

グンター　（同じく窓際によって）ほんとうだ。いったい何の用があって来たのだろう。

ハーゲン　奴の目的が何かはわからない。だが、お前に恭順を誓いに来たのではなさそうだ。ありとあらゆるものが自分の国には揃っているからな。

ギーゼルヘア　立派な騎士ですね！

グンター　どうやってもてなせばいいのでしょう？

ハーゲン　それは相手の挨拶の仕方によろう。

ギーゼルヘア　僕が迎えに行く！

ゲルノート　私も！

ハーゲン　慇懃《いんぎん》さは裏目に出るぞ！　奴にはそんな礼儀はかけらもないから。不死身の鉄冑《てっぷ》にくるまって、名剣バルムングを腰に下げているだけの男ではないのだからな。奴はニーベルンゲンの宝とアルベリヒの隠れ頭巾の持ち主。言っておくが、すべてを策略ぬきで力ずくで手にいれた強者《つわもの》だからな。わしも行こう。

グンター　その必要もないようです。

第二場

ジークフリート　（二人の従者を連れて登場）ブルグントの王グンター殿にご挨拶申し上げる。ジークフリートを間近に見て驚かれているのか。あなたと戦って、お国を頂戴するためにまいりました。

グンター　この国ではみんなたっぷりもっているので、戦う必要はない。

ジークフリート　もっていなければ、戦ってもよいというわけだな。俺の国はあなたの国に劣らず大国だ。俺にうち勝てば、あなたはそこの王だ。これにまさる望みがあろうか？　それでもまだ剣をとる気にならないのか？　ここには大勢の勇敢な騎士たちが集っていると聞いた。その剛胆さは、どこかの樫の森で雷神トール[4]に出くわしても、雷《いかずち》ほしさに奴と戦うほどだとか。いや、そんな分捕り品には目もくれぬほど高潔か。それは事実なのか。それとも俺の賭け金に信用できないのか。俺の父王が存命なのに、国を手放すはずはないと思っているのか。父ジグムントは俺が帰還すれば、即刻退位する所存。歳も歳、それが王笏《おうしゃく》も重くなった父王のたっての望みなのだ。あなたの家臣一人にこちらは三人つけてさしあげよう。村を出すのなら町を出そう、ライン河の一部を賭けるのであれば、俺は川をまるごと賭けよう。さあ来い、剣を抜け!

ダンクヴァルト　王の御前だぞ。言葉をつつしめ!

ジークフリート　王がどうした? 武人が武人にこうした口をきいて何が悪い? 何かを所有したいというのなら、所有権を示すのが道理だろう。目の前の乱暴者をうち倒して、足蹴にしないうちは家臣の不満もおさえられまい。そうではないか? 恐いものでもいるのなら言ってみよ。即座に出かけていって、あなたの代わりに一太刀あびせてやる。言わないのか、しかし剣をとる様子もないな。ああ、うずうずする。俺の財を倍にしてくれるか、奪い取ってくれるような勇者と腕だめしがしたいぞ! こんな気持ちになったことはないのか? そんなことはあるまい。俺と同じ気持ちにならなかったら、気位の高そうな家来たちはあなたについてこなかったはずだ。

ダンクヴァルト　竜の甲殻を着込んだせいで、かなり戦いにのぼせているようだな。死神をだましたのはお前くらいのものだ。奴は俺たちにはおいでおいでをしているぞ。

ジークフリート　俺もその例外ではあるまい。老菩提樹よ、お前に感謝せねばならん。竜の血をあびているときに、葉っぱを一枚背中に落としてくれたのだからな。風よ、お前にも感謝するぞ。木を揺すってくれたのだからな。さて、自分の臆病さを隠して悪口雑言たたく奴に一撃をくれてやる。

ハーゲン　ジークフリート殿、わしがトロイのハーゲンだ。先ほどのは弟のダンクヴァルト。

フォルカー　（ヴァイオリンを一弾きする。）

ジークフリート　トロイのハーゲン殿にご挨拶申す。俺の物言いがお気に召さなければ、そうおっしゃられよ。王様は後回しにして、まずはあなたをグンター王の代わりに片づけてさしあげよう。

グンター　叔父上、相手にしないで下さい。私が答えるので。

ジークフリート　あなたの名剣が俺の鉄の冑に通らないと心配だったら、別の腕試しもある。庭に出よう。あそこに岩がある。重いのは俺にもあなたにも同じはずだ。あいつを投げて力比べをしよう。

グンター　ネーデルラントの勇者よ、望むところだ。何でも望むままに取るがよい。しかしその前に、喉でも潤せばいいかがかな。

ジークフリート　一杯飲んで、俺を手なずけようというのか。だったら父の元へ帰ってくれと頼むしかないいな。俺のしつけができるのは父上だけだ。だがいまの俺は駄々をこね続ける悪童のようなもの。気がすむまでやらせてもらうしかない。さあ、俺と力くらべをしよう、一杯飲むのはその後だ！

グンター　ジークフリート殿、致し方ない。

ジークフリート　（ダンクヴァルトに向かって）先ほどは眠気覚ましに腕をつねってやったが、その腕前を見せてくれ。そんなものがあればだがな。（一同に向かって）ここに到着したとき、身の毛がよだつ思いがした。こんなことは生まれて初めてのことだ。突然冬将軍がやってきたかのように、ぞっとした。すると母のことが思い出された。涙など見せたことのない母だが、俺が旅立つとき、大泣きして、この世のすべての水が彼女の眼から流れでたかと思うほどだった。これを見て俺の心は千々に乱れた。馬から下りる気もなかったが、こうなっては、みなさんはそう簡単に俺を帰してくれそうにないな。

（全員退場）

第三場

ウーテとクリエムヒルト登場

ウーテ　鷹はお前の夫になる人のことなのよ。

クリエムヒルト　もうおよしになって、お母様。もっと別の夢解きをお願いしたいわ。愛の喜びは短く、苦しみは長いと人は言うけれど、お母様を見ているとそのとおり。私、恋などしませんわ。絶対に。

ウーテ　お前、何ということを！　たしかに愛は最後には苦しみになりますよ。どちらかは必ず先立たれるのですから。それが耐え難いことは私を見ればわかるでしょう。でもね、私がいま流す涙は、お父様からいただいた最初の口づけで先払いされていたものなの。お亡くなりになる前に、慰めもいただいたわ。勇敢な息子たちの自慢もできるし、あなたを胸に抱くこともできる。それがいまできるのも、愛を知ったおかげ。だから教訓めいた変な言葉を信じてはだめ。私の喜びは長く、苦しみは短かったわ。

クリエムヒルト　失うくらいなら、何も手にいれない方がましだわ。

ウーテ　この世で失わないようなものがあるかしら？　あなたはどうなの？　いまの自分のままいつまでもいられると思っているの？　私をご覧。笑うかもしれないけれど、私だって昔はお前のようだった。だからお前もいずれは私のようになるの。自分自身さえ変わっていくのに、変わらないものを望むなんてどういうこと？　だから来るものは拒まずよ。みながやっているように、ほしいものには手をのばして取ればいいの。どうせその気になれば死神が好きなときにやってきて、灰塵のように吹きちらすのだから。しっかり握ったその手さえいずれは灰になってしまうのですよ。

クリエムヒルト　（窓際によって）お母様、私の心は決まっています。いまここで誓いを立ててもいいわ――。（外を見て言葉を止める。）

ウーテ　誓いはどうしたの？　頰が真っ赤よ？　そんなに狼狽して！

クリエムヒルト　（後ずさる。）遠来のお客様をお迎えするときに、知らせが来ないなんていったいどうしたことかしら。ライン河畔のヴォルムスに立つこの由緒ある城はいつから、誰でも好きなときに立ち寄れる羊飼いの避難小屋になってしまったのでしょう？

ウーテ　何をそんなに興奮しているの？

クリエムヒルト　いまいましい。どこの熊の子がよちよちと庭で玉転がしをしているのかと思って、何気なく窓を開けたら、無礼にも武将が一人私をまじまじと睨みつけていました。

ウーテ　その武将のせいで、お前は誓いを邪魔されたわけだね。（同じく窓際によって）まあ本当。あの男があそこにいるのを見たら、誰だって誓いの続きを立てようかどうか迷うわね。

クリエムヒルト　お兄様のお客様でも、会わずにすむのでしたら、どうということはございません。

ウーテ　お前が怒りに頬を染めてくれてよかった。というのもお前と熊たちとの間にいるこの若武者はずいぶん前に嫁をもらって、子どもまであるのだから。

クリエムヒルト　お母様はあの男をご存じなの？

ウーテ　知っていますとも！

クリエムヒルト　どなたなの？
ウーテ　知るものですか。でもあなたの心は読めましたよ。死神のように青ざめたね。――まったくだわ。この鷹を手にいれたら、どんな鷲も怖くはない。この男なら敵なしよ。私が請け合ってもいい！
クリエムヒルト　私が昨夜見た夢はもうお話ししたでしょう！
ウーテ　クリエムヒルト、むきにならないで。お前をからかっているのじゃないのよ。夢で神の指を見ることはままあること。しかしお前のように目が覚めても怖くて震えているのなら、それは正夢かもしれないわ。でもね、神が遣わすお告げは正しく読み解かなければならないのよ。怖いからといって、できもしないことを誓ってはだめ。お前のところへ飛んできた鷹がずる賢い鷲に引き裂かれないように、護ってやることです。彼をあきらめようなどと考えないで。そんなことをすれば、生きる喜びも一緒にあきらめることになるのよ。乙女の冠をかむったお前には思いもおよばないことだろうけれど、高貴な騎士の愛にまさるものは何もないのよ。あの殿御以上の方はお前には現れないよ。私ならむげにひじ鉄をくわせるようなことはしないわ。（窓から見やる。）

クリエムヒルト　あの方は私など相手になさらないわ。だからひじ鉄も必要ありません。

ウーテ　(笑って) この歳になっても、もうちょっとは跳べそうだわ!

クリエムヒルト　下では何をやっているのですか。笑ったりして。

ウーテ　見てのとおり、石投げ競技ですよ。弟のギーゼルヘアが最初に投げたわ。あの子が最年少なのね。でも大変、異国の武人がやってきたわ。ああ、あの子はどうなってしまうのでしょう。武人がいま位置についたわ。さあ石をとって、ああ、――まるで羽がはえたかのように飛んでいく。――ちょっとこっちへおいで。私の肩越しに見てご覧。こんなものには二度とお目にかかれないから。特別な見物よ。一度投げて勝負を決めようというのよ。それ! ――何ということ? あれっぽちなの?

クリエムヒルト　(近づいて) 褒めるのが早すぎたのでは?

ウーテ　ほんの一尺ばかり差がついただけ!

クリエムヒルト　(ウーテの背後に来て) 一寸よりはまだましでしょう。

ウーテ　たった一尺の差で子どもに勝つなんて。

クリエムヒルト　威張っているわりには、口ほどにもない方。
ウーテ　おまけに肩で息をしておいでだよ。
クリエムヒルト　図体ばかり大きくて、やることはちゃちね。女の私なら褒めてももらえようけれど。
ウーテ　今度はゲルノートの番よ。いい男だねぇ。兄弟の中でもあの子が一番お父様似だよ。さあ息子よ、頑張って！　――あっ、投げた！
クリエムヒルト　熊さんびっくりしているわ。予想外だったのでしょう。にわかに本気になり始めたわ。
ウーテ　あの子はもういつでも冒険の旅に出してもいいわ。でもギーゼルヘアはここに残るのよ。
クリエムヒルト　続きはどうなったの。――いいえ寄らなくてもいいわ。ここでもよく見えるから。
ウーテ　武人がまた出てきたわ。おや？　戦意を喪失して、やる気がなくなったのかしら？　口ほどにもない方ね。――でも何をしているのかしら。くるりと回って、目標に背を向けて、目は後ろに向けて。――頭と肩越しにぶんと岩を投げたわ！

見かけによらないものね。ゲルノートもギーゼルヘアも負かされてしまった。
クリエムヒルト　またぞろ一尺でしょ。でも肩で息はしていないわ。
ウーテ　私の子はよい子たちだ。ゲルノートはわるびれず男に手を差しのべている。他の人なら剣の柄に手をかけてもいいのに。あんな無礼は許されるものではないのだから。
クリエムヒルト　あの方は悪気があってあんなことをされたのではないでしょうに。
ウーテ　フォルカーがぶすっとしてヴァイオリンを脇に置いた。あんなに怒ってかき鳴らしていたのに！
クリエムヒルト　勝敗がたった一尺の差でつくので、やる気をなくしたのです。次は主馬頭《しゅめのかみ》の番ね。階段をゆっくり上っていく。――いいえ、グンター王がダンクヴァルトを押し退けたわ。王みずから受けてたつことにしたのね！
ウーテ　うまくなさったわね。ゲルノートの二倍は遠く投げられた。
クリエムヒルト　まだ足りないわ。武人がすぐその後に投げて、また一尺超えてしまった。
ウーテ　王は笑っている。何だ、よかった！――私にはわかるのよ、この男が例の鷹だということが。でもお前の夢のお告げどおりにはならないわ。いよいよ彼が渾身の力をふるうときよ。

クリエムヒルト　トロイの騎士ハーゲンの登場ね。

ウーテ　腹は煮えくりかえっているはずなのに、そんなことおくびにも出さないで楽しそうね。——石をつかんだわ。まるでにぎり潰さんばかりね。あっ、飛んでいく！　城壁のすぐそばに落ちたわ！　これでハーゲンの勝ちね。その向こうまで投げられる人はいないから。一尺の余地ももうないわ。

クリエムヒルト　でも武人は石を取りにいくわ。

ウーテ　何をしようというの？　——あれあれ！　いったいどうしたんだい！　お城が崩れ落ちたのかい？　物凄い音がしたよ！

クリエムヒルト　塔のところまで飛んでいった。カラスとコウモリが巣から飛びだしてきたわ——。

ウーテ　驚いて明るい方へ逃げだしたのよ。

クリエムヒルト　壁に穴があいているわ。

ウーテ　あり得ない——。

クリエムヒルト　ちょっと待って、砂埃がいま退くわ。窓くらいもある穴よ！　石が突き抜けたのだわ。

ウーテ　私にも見えた。

クリエムヒルト　石はライン河に飛び込んだのね。

ウーテ　そんな馬鹿な。でも事実なのね。川が証人よ。水があんなに高く跳ね上がっているもの。

クリエムヒルト　これはもう一尺どころではないわ。

ウーテ　あの男ようやく額から汗をひと拭きしたわ。当然でしょう。でなければハーゲンの憤懣が治まらないところ。

クリエムヒルト　試合はおしまいね。みんな握手をしている。ダンクヴァルトとフォルカーには出番はなかったけれど。

ウーテ　あら、すっかり忘れていた。もうミサの時間よ。行きましょう。

（二人退場）

第四場

騎士たちが再び登場

グンター　ジークフリート殿、貴殿はわれらを手玉にとられたな。
ジークフリート　気を悪くしたのか？
ギーゼルヘア　おゆるし下さい。僕ごときがあなたと腕比べをしようなどとは、お恥ずかしい。僕には母のウーテと腕試しをするのが関の山です。老婆を見事ねじ伏せられれば、ラッパを盛大に吹き鳴らして、国民の前で僕に樫の葉の冠をくださいお願いできますか？
ジークフリート　冗談はそれくらいにしておけ。大した投げっぷりだったぞ。あと一〇年も修行すれば、さぞかし上達するはず。
ハーゲン　本気でやってあの程度か？
ジークフリート　遊びで本気を見せる奴がどこにいる。
グンター　あらためて、ようこそいらした。一晩といわずいつまでもあなたをここに引き止めておけるのであれば、なんたる果報であろう。だがあなたのお気に召すようなものを差しあげることができないのが、残念だ。私の右腕をあげるから、代わりにあなたの左腕を家来に頂戴したいと申しでても、いやと申されるでしょう。大損ですからな。

ジークフリート　用心されよ。そのうち思いもよらないものを、ねだるから。

グンター　なんでもねだって下さって結構。最優先で調達しましょう。

ジークフリート　それは有り難いお言葉！　忘れないぞ。しかしやはり遠慮しておこう。俺はあなたが考えるよりずっと厚かましいのだから。国をくれというくらいでは、また大人しいほうだ。

グンター　驚かないから、おっしゃってください。

ジークフリート　俺の宝についてもしかしてもう聞いているか？　そのとおり、金銀ほしさにあなたを困らせようとは思わん。そんなものは腐るほどある。家にもって帰るよりそこらでばらまいた方がいいくらいだ。しかし金などあってもしかたない。俺が買いたいものは、金では買えないからだ。

グンター　買いたいものとは？

ジークフリート　察しが悪いな。——この顔をもっといいのと取りかえたいのだ！

グンター　いまの顔の魅力を誰かに試してみましたか。

ジークフリート　母上にな！　そうさ、なかなかの男前といってもらえた。

グンター　他には？

ジークフリート　もちろんだ。気づかなかったのか。われわれが先ほど庭にいたとき、見下ろしている娘がいたのを。瞳を隠した帳《とばり》のような金髪の巻き毛が揺れた瞬間、彼女は俺と目があって、慌てて身を引いてしまった。あれはまるで俺が小人の国へ行ったとき、足を踏みいれた地面が突然縮んで人の顔のようになり、歯をむいたとき、とっさに飛び退いたのと同じような慌てぶりだった。

グンター　恥ずかしがりなのだ。気にせずとことん口説いてみるがいい。仲人が必要なら、私がその役をかってでよう。その代わりといってはなんだが、同じことをあなたにもしてもらわないといけないが。ブリュンヒルトがここに輿入れしてくる前に、わが妹クリエムヒルトが先に嫁に行くことは筋が通らんからだ。

ジークフリート　王様、いま誰と言った？　あの極北の乙女を娶りたいというのか？　煮えたぎる鉄を血潮で溶かしているあの女を？　やめておけ！

グンター　なぜだ？　たいした女ではないのか？

ジークフリート　たいした女じゃないだって？　その美貌は世に知れ渡っているぞ。だが彼女と戦って勝てる男はどこにもいないのだ。一人をのぞいては。その男は彼女を娶ろうとは思わんが。

グンター　女が怖くて嫁取りをあきらめろというのか。何たる腰抜け！　腰抜けと嘲られて千年も生き長らえるよりは、彼女の一撃で命を落としたほうがまだましだ！

ジークフリート　威勢はいいが、炎で炙られ、水底に引きこまれても、はたして腰が抜けないものかな。あの女は四大元素のようなものだ。あの女を打ち負かすことのできる男はこの世に一人しかいない。彼女を自分のものにしようが、人にくれてやろうが好きにできるのはな。そいつから女をもらいうけたいのか？　父親でも兄弟でもないそいつから？

グンター　まずは自分の力を試してみたい。

ジークフリート　無理だ。あなたに勝ち目などない。一撃でこなごなだ。乳房に女の優しさが宿っているなんて考えないことだ。あなたに一目惚れして、戦いをあきらめるなんてこともあり得ない。あの女は自分の純潔のためには命がけで戦うのだから。見さかいなく落ちる稲妻、悲鳴に耳を貸さない湖のようなもの。純潔の帯を解こうとする勇者たちを無慈悲に葬り去る。あきらめて忘れることだ。それとも別の男の手からもらい受けたいか？　俺のこの手から？

グンター　それで、何か問題が起きるだろうか？

ジークフリート　それくらい自分で考えろ！　あなたと嫁取りに出かけるのも悪くはない。あなたが妹君をご褒美にくれると約束してくれるのならだが。実は、俺がここに来たのは彼女が目当てだったのだ。たとえ俺に王国を奪われていたとしても、妹君を担保にすれば買い戻せたはずだ。

ハーゲン　それで貴様に名案があるのか？

ジークフリート　彼女に勝つのは至難の業だ。俺同様石投げの名手で、投げた石のところまで跳躍する。また百歩も離れたところから槍を投げ、七層にも重ねた鋼鉄の盾を撃ちぬく。まだまだいろいろある。われわれにできるのはただ一つ、仕事を分担することだ。つまり俺が動き、王が振りをするのだ！

ハーゲン　王が勢いをつけて、お前が投げて跳ぶつもりか。

ジークフリート　そのとおりだ。王を背負ってな。

ハーゲン　ばかばかしい！　そんな子どもだましに誰が引っかかるか。

ジークフリート　隠れ頭巾を使うのだ。効果はすでに証明済みだ。
ハーゲン　ブリュンヒルトのところに行ったことがあるのか?
ジークフリート　ある、しかし求婚の旅ではない。会ってみたかったのだ、こちらの姿を見られずに。――何をそんなに驚いて、じろじろ見られるのか? 無理もない、ご一同に信用してもらうためには、おしゃべりなカッコウになったつもりで百万遍も自慢話を唱えなければならないところだ。だがな、それは長旅の余興に取っておこう。そこだと手柄を話しても、ナルシスのように水面の姿を眺められるからな。
グンター　そうはいかん。イーゼンラントとあなたの冒険をお話ししてもらわないと。ぜひ聞かせてくれ。われわれも冒険に出かけるところだったので。
ジークフリート　やれやれ! 血気さかんな俺はそこまでいって、すでに第一日目に洞窟で二人の若い騎士がはげしく戦っているのに出くわした。二人はニーベルンゲンの王の息子で、父君を弔った直後だった。――あとで知ったのだが、二人は父を殺して、遺産を奪い合っていたのだ。彼らの回りには宝石が積み上げられ、塔になっていた。二人の間には由緒ある王冠と奇妙な角杯と、何より名剣バルムングがあり、洞窟からは黄金が照り輝いていた。俺を見て、二人はすごい剣幕で、「見知らぬ人、宝を公正に分配してくれぬか」と頼んできた。いまにも殺し合いをしそうな様子だったので、引き受けて分けてやったが無駄だった。両方とも自分の取り分が少ないと騒ぎだしたので、もう一度望みどおりに混ぜ合わせて再び二つに割ってみせると、二人は怒り狂って、膝をついて分配に思案している俺に、凄まじい勢いで剣を抜いて斬りかかってきたのだ。身を守るために剣を抜こうとしたが間に合わず、とっさにそばにあったバルムングをつかんだが、二人は罠に突進する猪のように、差し違えて死んでしまった。その間俺は倒れたままで、二人には手を出さなかったのだ。こうして財宝が俺に転がり込んだというわけだ。

ハーゲン　血なまぐさいが、筋が通っておる。

ジークフリート　さて洞窟へはいろうとすると、驚いた。入口がなくなっている。土塁のようなものがにわかに大地の底からせり上がっていたのだ。俺は道を開こうと、ぶすりと剣を突き刺した。だがどうだ、水の代わりに血が吹き出て、ぴくぴくしている。土塁の中に大蛇が隠れているのかと思っていたが、大違いだ。その土塁が大蛇そのものだったのだ。千年も岩の間で眠りこけ、草と苔が繁茂してしまうと、もう息する生き物というよりごつごつした丘の背といった方がいいくらいだった。

ハーゲン　そいつは竜だ！

ジークフリート　そうだ、俺がそいつをしとめたのだ。鎌首をもたげる前に、上にあがって、うなじに馬乗りになり、後ろから青い頭をめった切りにしてやった。これぞ一世一代の大仕事だった。バルムングがなければ到底できなかったろう。それから大蛇の体内を、肉を切り分け、大骨を切り刻みながら、まるで藪こぎでもするように洞窟のところまでかき進んだ。しかしそこに足を踏みいれるやいなや、目に見えない手でしっかり羽交いじめにされ、肋骨をぎゅうと締めあげられたのだ。まるで空気に絞められているように。こいつが凶悪な小人アルベリヒだ！　これまで死ぬような思いをしたことはなかったが、不意をつかれてこのときばかりは、あわやというところだった。だがとうとう奴は正体をあらわした。そうなると奴もお終いだ。というのも取っ組み合っているときに、偶然、隠れ頭巾を頭からはぎ取ってしまったのだ。頭巾を取られて力をなくし、奴はどうと倒れた。虫けらのように踏みつぶしてやろうとしたとき、俺の知らない秘密を教えますというので、すでに首根っこを足で踏みつけていたのだが、離してやった。奴が教えてくれたのは、竜の血がまだ湯気を立てているときにもっている魔力だった。小人などもうどうでもよかった。俺は急いで血の海で行水したのだ。

グンター　一日でバルムングと財宝と隠れ頭巾と鉄の体を手にいれたというわけか。

ジークフリート　そのとおり！　そのほかに鳥の言葉も覚えたぞ。魔法の血が一滴俺の唇にはねたとき、即座に頭上の鳥のさえずりの意味がわかるようになったのだ。すぐにふき取ってしまって惜しいことをした。そのままにしていれば動物すべての言葉が理解できたであろうに。想像できるか。にわかに茂みの中から声が聞こえてくる。老菩提樹に隠れて、くすくす笑う声や罵りがまるで人間の声のように聞こえてくるのだ。葉陰でみんな俺の悪口を言っていた。しかし周りを見回しても、いるのはけたたましい小鳥や、カラスや、フクロウたちだけだった。ブリュンヒルトという名とともに、俺の名も聞こえてきた。正体不明な囁きが無数に飛び交っていたが、一つ確かなのは、冒険が俺を待っているということだった。俺はその気になった。カラスが先導し、フクロウがあとを追った。やがて行く手を火焔湖が阻み、その向こうに青緑の炎を噴く灼けた鉄のような城が立ち現れた。俺は立ち止まった。そのときカラスが叫んだ。バルムングを抜いて頭上で三度振れ、と。俺がそうすると、湖の炎はたちどころに消えた。城に人影がした。城壁のところに姿が現れた。

ヴェールをはためかせ、凜とした乙女が下を見おろしていた。フクロウが、「あれがおまえの花嫁だ」と教えてくれた。「隠れ頭巾をとれ！」と。試しにそれをかぶったまま忘れていたのだ。いたずら者の鳥たちがそれを取ろうと飛んできたが、俺はしっかり脱げないように手で押さえていた。城に立ったブリュンヒルトは確かに美しい女だったが、俺の心をくすぐらなかったのだ。嫁にしようとは思わなかったから、姿を見せる必要もなかったのだ。

フォルカー　それはまことに殊勝な心がけ。

ジークフリート　誰にも見られずそこを後にしたが、城も女の秘密も、道中も心得ている。

グンター　勇者よ、わしをそこへ連れていってくれ！

フォルカー　いや、王様、ここに留まられよ。悪い予感がする。

ジークフリート　言ったことができないような男と思っているのか？

フォルカー　そうではない。私はただ、手品はわれわれにはふさわしくないと言いたいだけだ。

グンター　他にやり方もあるまい。

フォルカー　だったらやめておきなさい。
ゲルノート　私もそう思います。
ハーゲン　どうしてだ？
グンター　そんなにとやかく言われることでもなかろう。泳いで向こう岸にわたれなければ、舟に乗る。こぶしで足りなければ、剣を抜く。これが悪いことか。
ジークフリート　これで決まりだ！
グンター　決まった！　ブリュンヒルトをくれれば、クリエムヒルトをやろう。われわれの結婚式は一緒にとりおこなうぞ！
ハーゲン　（唇に指をあてて、ジークフリートに目くばせして、剣を指ではじく。）
ジークフリート　俺は女子《おなご》ではないぞ。秘密は絶対にもらさん。ご一同が腕試しへと出かけたら、俺は舟に何か用があるふりをして、海岸に下りていこう。女にそれをちゃんと見届けさせたら、今度は隠れ頭巾をかぶって引き返してきて、あなたの腕をつねる。それからは、あなたの味方になってやろう！

（全員退場）

第二部

ジークフリートの死

五幕の悲劇

【梗概】

イーゼンラントの女王ブリュンヒルトは女神ワルキューレの一人で、火焔に守られた城で乳母と暮らしている。多くの騎士が彼女に求婚していたが、腕試しに敗れことごとく命を落としていた。グンターは、隠れ頭巾で姿を隠したジークフリートに助けられブリュンヒルトを打ち負かし、ブルグントに花嫁として連れ帰る。王国では華々しく二組の結婚式がとりおこなわれるが、グンターを受けいれないブリュンヒルトを見かねたハーゲンは、ジークフリートに再び隠れ頭巾で王の寝室に忍びこんで、王のふりをして花嫁を屈服させるよう命じる。ジークフリートは不承不承従うが、暗闇でブリュンヒルトから帯を奪い、それを持ち帰ってしまう。その後ブリュンヒルトは従順な妃となるが、ジークフリートに対する嫉妬心からクリエムヒルトと口論になり、寝室での秘密を知るところとなり、食を絶って、夫とハーゲンにジークフリートの暗殺を迫る。ハーゲンはクリエムヒルトをあざむいてジークフリートの急所を聞きだし、オーデンの森で彼を謀殺する。夫の死を知ったクリエムヒルトは下手人が叔父であることを知り、復讐を誓う。

【登場人物】

グンター王
トロイのハーゲン
ダンクヴァルト
フォルカー
ギーゼルヘア
ゲルノート
ヴルフ（騎士）
トルクス（騎士）
ルーモルト
ジークフリート
ウーテ
クリエムヒルト
ブリュンヒルト（イーゼンラントの女王）
フリッガ（彼女の乳母）

司祭
侍従
騎士たち、民衆、侍女たち、小人たち

第一幕

イーゼンラント(1)、ブリュンヒルトの居城、早朝

第一場

ブリュンヒルトとフリッガ、舞台の左右から登場

ブリュンヒルト　こんなに早くどこへ行っていたのだ？　髪からは朝露がしたたっているし、着物には血がはねているぞ。

フリッガ　満月のうちに、いにしえの神々に生け贄を捧げてきたのです。

ブリュンヒルト　いにしえの神々だと？　この世はもうキリストの十字架に取ってかわられ、トール神やオーディン神は地獄の魔王におとしめられたのにか？

フリッガ　だから畏れる必要もないとおっしゃるのですか。祝福してくださらなくな

った分、神々の呪いを吹きかける力はもっと凄まじいのです。それで相変わらず山羊を生け贄に差しだしているのです。あなた様もなさりませ。あなた様こそそうなさる理由がございます。

ブリュンヒルト　なぜ私なのだ？

フリッガ　そのうちにと思い続けて、ずいぶんお話しするのが遅れました。もう話してもいい頃でしょう。

ブリュンヒルト　うすうすは感じていた。今わの際《きわ》にでも話すつもりなのだろうと思って、せっつきはしなかったが。

フリッガ　お聞き下さい。島の火山からある日前ぶれもなく見知らぬ老人がやってきました。そして私に何やらルーン文字の書いた盤と一緒に女の子を差しだしました。

ブリュンヒルト　夜中のことだろう。

フリッガ　なぜご存じか？

ブリュンヒルト　時々夜中にうわごとを言っていたからな。月の光がお前の額に差すと、お前は口を開いた。

フリッガ　それをお聞きなされたのですか。――なるほど――そう真夜中でございました。亡くなった女王様の殯《もがり》をしていたときのことでございますよ。その老人の髪は雪のように白く、女でも珍しいほど長く、それにまるでマントのように身をつつんで、後ろに長くたれておりました。

ブリュンヒルト　さては山の精だな！

フリッガ　わかりません。老人は無言のままでしたが、女の子は手を広げて亡き女王様の頭で輝いていた黄金の冠を取りました。それは驚いたことに、その子にぴったりでした。

ブリュンヒルト　何？　その子どもにだと？

フリッガ　その子どもにです！　大きすぎもしないかと思えば、時間がたっても小さすぎることもありませんでした。

ブリュンヒルト　私の王冠のようにか！

フリッガ　そう、あなた様の王冠のようにです！　もっと驚いたことは、その女の子は、女王様が腕にお抱きになっていた女の子と姿形がそっくりだったのです。違いといえば息をしているかしていないかだけ。まるで自然が、同じ目的のために同じ体を造って血を注いだかのようにそっくりなのです。腕の子はその後かき消すように消えてしまいました。

ブリュンヒルト　お母様が子どもを腕に抱いていた？

フリッガ　女王様は難産のすえ亡くなられたのです。お子も助かりませんでした。

ブリュンヒルト　初耳だ。

フリッガ　話すのを忘れていたのでございますよ。お子を王様にお見せできなかったことで、心臓がはり裂けたのでございます。王様は何年もまだかまだかとお待ちになり、ようやく一ヶ月前というときに突然の死に襲われたのでございます。

ブリュンヒルト　先を続けろ。

フリッガ　振り返って老人を捜しましたが、こつ然と消えていて影も形もありません。すると火山が真っ赤なリンゴのように真っ二つに割れて、窓からその裂け目が見えていましたが、ゆっくりと閉じていくではありませんか。

ブリュンヒルト　それきり老人は来なかったのか？

フリッガ　まあお聞き下さりませ。翌朝、女王様の亡骸を霊廟にお納めしてからすぐに、司祭が女の子に洗礼をほどこそうとしました。でも、彼が聖水で子どもの額を濡らそうとした瞬間、彼の腕は麻痺して、二度と上がらなくなってしまったのです。

ブリュンヒルト　何ということだ！

フリッガ　司祭は老人だったので、私たちはさして驚きはしませんでした。別の司祭を呼んできて、聖水をかけてもらうところまではうまく行きました。ところが女の子を祝福しようとした瞬間、彼は唖《おし》になり、それきり言葉を失ってしまったのです。

ブリュンヒルト　それで三人目は？

フリッガ　探すのに苦労しました！　ずいぶん遠くの村から、事の仔細を知らない司祭を一人見つけてきました。彼は洗礼をつつがなく執り行いましたが、式もほとんど終わりという段になって、転倒し、そのまま二度と立ち上がれなくなったのです。

ブリュンヒルト　それで女の子は？

フリッガ　健康にすくすく育ちました。たわむれに、私たちが何をして何をすべきでないのか、ルーン文字の盤に書かれている予言を教えてくれたのですが、それは決してはずれることがありませんでした。

ブリュンヒルト　フリッガ！　フリッガ！

フリッガ　そうです、ようやくおわかりになりましたか？　その子があなたなのです。だから、あなたに母と呼べる人がいるのなら、その方は死者の骸《むくろ》の灰塵がつもる霊廟ではなく、いにしえの神々のいますヘークラ山(2)に、ノルネの三女神(3)とワルキューレの乙女たち(4)のもとにいるのです。——ああ、あの聖水の一滴があなたの額にかかってさえいなければ、私たちにはもっとたくさんのことがわかるはずなのに！

ブリュンヒルト　何をぶつぶつ言っているのだ？

フリッガ　私たちが寝床にもはいらず、服を着たまま椅子に掛けて夜を明かしたのはなぜなのでしょう？　歯はがくがくいい、唇は真っ青でした。

ブリュンヒルト　突然眠気に襲われたのだ。

フリッガ　そんなこといままでにありましたか？

ブリュンヒルト　なかったな。

フリッガ　やはりそうでしょう！　あの老人がここへ来て教えてくれようとしたのです！　あの方を見たような気さえしますよ。あなた様の肩を揺すって、私を脅していました。あなた様は深い眠りで耳に栓をされてしまっていたのです。強情を張るとどんな運命が待っているのか、あなた様に知らせないために。だから生け贄を捧げて、お祓いをしてください。ああ、私が司祭の言うとおりにしさえしていなければ！　だが私はルーン文字の盤をまだ解読していない。姫様、生け贄を捧げなさいませ！　危険が迫っているのです。

ブリュンヒルト　危険だと？

フリッガ　危険です！　城の外堀がわりの火焔湖(5)の火が、消えて久しいことをご存じか？

ブリュンヒルト　だが名剣バルムングの騎士はまだ到着しない。呪われた財宝を大蛇ファフナー(6)から奪って、剣ともども颯爽と馬にのって現れるはずの男が。

フリッガ　盤を間違って解読したのかもしれません。でもこの今度のしるしは間違いありません。昔からそうですが、いざというときには必ずあなた様に啓示がくだるのです。だからお姫様、生け贄をするのです。もしかするとあなた様の周りにいる目に見えない神々が、生け贄の血が流れた瞬間、姿を現すかもしれないではないですか。

ブリュンヒルト　私には怖いものはないぞ。

（ラッパの音が聞こえる。）

フリッガ　ラッパです！

ブリュンヒルト　初めて聞くわけでもあるまい。

フリッガ　不安な気持ちで聞くラッパは初めてです。アザミの花のように敵の首を切って捨てていた時代は終わりましたよ。いまお姫様の前にあらわれるのは、手強い首の持ち主ですから。

ブリュンヒルト　苦しゅうない、近う寄らせよ！　私が勝者だということを思い知らせてやる。湖の火がまだ燃えていた頃、私が敵を迎えにいくと、まるで主人に尾っぽを振る飼い犬のように忠実に炎は私を避けて、左と右に分かれたものだ。いまは誰でも行き来できるようになってしまったが、誰でも歓迎されるとは思うなよ。(そう言いながら彼女は王座にのぼる。) 開門だ！　連中を迎えいれよ！　誰であれここへ来るものの首は、私がいただく！

第二場

ジークフリート、グンター、ハーゲン、フォルカー登場

ブリュンヒルト　さあ死にたいやつはどいつだ！ (ジークフリートに向かって) お前か？

ジークフリート　俺は死にたくもないし、お前を娶る気もない。グンター王をさしお

いてまず俺を歓迎してくれるとは光栄も度が過ぎようというものだ。ただの道先案内で来ただけなのに。

ブリュンヒルト　(グンターに向かって) ではお前か？　どうなるかわかっていような？

グンター　よく知っているぞ。

ジークフリート　お前の美貌は天下に鳴り響いているが、それにもまして鳴り響いているのはお前の強さだ。お前の目を見ただけでこの世のものとも思えない快感に舞い上がってしまい、死神がそばについていることを忘れてしまうのだろう。

ブリュンヒルト　よく知っているな！　ここでは勝利か、さもなくば死なのだ。お前だけではなく、お前の従者たちもな。笑っているのか。思い上がるなよ。並々とついだ葡萄酒の杯をこぼさないように頭にのせておけるとでも思っているのか？　そうして、私の顔を額縁の絵でも見るかのように眺められると思っているのか。お前も杯もたたき落として砕いてやるわ！　(グンターに) お前には忠告しておいてやる。よいか、私の手にかかって果てた勇士たちの名前を、侍女に聞いてみるがよい。その中に、お前と手合わせをしたものがいるかもしれない。それどころかお前を負かして土下座させたやつもな！

ハーゲン　グンター王がいままでに負けたことは、一度もない。

ジークフリート　王の城はラインのそばヴォルムスに高く聳《そび》え、国はあらゆる誉れで飾られ、王の右に出る勇士はおらず、高貴さにかけては最も優れたお方。

ハーゲン　でかしたぞ、ネーデルラントの！　よく言った！

フォルカー　この荒涼たる土地と、うら寂しい海の孤独をいさぎよく捨てて、わが王について夜の地獄から陽のあたる世界へと出てくることがそんなに難しいのか。こんな土地がまだ地上にくっついていたとは。――この打ち捨てられた暗礁を見ろ。生き物たちがとうの昔に恐れをなして逃げだした場所ではないか。こんな土地がいといってしがみついているのは、あなたくらいのものだ。荒狂う嵐、逆巻く波、吹き出る火山、それに天からしたたり落ちるこの赤光、まるで生け贄の台から流れ出た血のようではないか！　悪魔ならいざ知らず、人間にはちょっとおぞましすぎる。息つぐごとに血を吸い込むようなものだ！

ブリュンヒルト　私の孤独だと？　誰がそんなたわごとを。お前たちの世界で羨ましいと思ったものは何もないぞ。あったとしても、自分で奪い取るだけのこと。お前たちの手をわずらわせる気などさらさらない。

ジークフリート　ご一同、先にお話ししたとおりだろう。さあ、さあ、回りくどいことはやめて、試合だ、試合だ。あの女は力ずくでないと、テコでも動かないのだ。最初は抵抗するが、後になればきっと感謝するもの。

ブリュンヒルト　感謝だと？　当てがはずれたな。私から何を奪うつもりなのか知っているのか？　知るはずはない。これまで誰も知らなかったのだから。よくよく考えて自問してみるのだな。私がそれをどんなふうに守りぬいたのかを！　ここでは時間は止まっているようなもの。春も夏も秋も知らない。一年は表情を変えない。そして私たちもそれと同じく不滅なのだ。陽の光のもとですくすく育ったものはここではまったく育たないが、そのかわりこの夜の世界では、お前たちが種をまくことも育てることもできないものが実りをつけるのだ。試合だ、試合だ、腕がなるぞ！　思い上がって私から自由を奪いにきた敵たちを叩きのめすのだ！　若さと、人生の沸き立つ感動には不自由していない。それらが消える前に、運命は目に見えない不思議な予言の力を私に与えて、私を巫女に任じたのだ。

フリッガ　ああ、どうしたのだろう。生け贄の効き目がではじめたのか？

ブリュンヒルト　大地は突然、余の目の前で裂け、地中深くに隠しておいたものをさらけだす。天上の星の階音が聞こえてくる。余には天上の音楽が聞こえる。そしてさらに第三の至福が訪れる。それは誰の理解もおよばないものだ！

フリッガ　オーディン様、あなたですね！　姫様の目をお開きになった。夜にはあなたのお言葉を聞こうとはされなかったので。しかしいまは、ノルネの女神が紡ぐ運命の糸がはっきり見えるのだ。

ブリュンヒルト　（一点を凝視しながら、立ち上がる。）まもなく朝が来る。熊狩りもやめ、地球をたたき壊すウミヘビが凍土に閉じ込められないように助けだしてやることもやめて、余が城をあとにする朝が。黒毛を思う存分駆り、どこへなりとも駆けゆく。突然、余は馬を止める。目の前の大地が虚空に消えているではないか！　仰天して馬を返したが、こちらも同じ。大地は透き通ってしまっている。上も下も色とりどりの雲に覆われている。侍女たちが相変わらずおしゃべりをしている。お前たちは盲目か、何も見えないのか？　余たちは地底にいるのだぞ。彼女たちは驚いて、頭をふりながら、余のまわりに集まってくる。だがフリッガが、余のときが来たかと囁く。そうだそのとおりだ！　地球は水晶玉になり、雲海と見えていたものは、大地を縦横無尽に走る、光り輝く金銀鉱脈の束だったのだ。

フリッガ　勝ったぞ！　勝ったのだ！

ブリュンヒルト　夜になった。ずいぶん時間がたった。おそらく深夜だ。余たちが集っていると、突然侍女たちが死んだように倒れる。最後の言葉は聞き取れない。しかし頭上に響きを感じて、余は塔に急ぎ登った。どの星も音色を響かせているではないか。まるで音楽そのものだ。だが夜が明け初める頃、余はうわごとを言う。日暮れ前に王が逝去する。王子は死産し、母の胎で息絶えると！　それをどこから聞き知ったのか。自分でも記憶がない。余がそんなことを口走ったなどとは、人に言われて初めて知る。それがわかる頃には、それはすでに隅から隅まで世界中に知れわたっている。やがて侍女たちがこのように余のもとに集まってくる。だが戦いを挑んで剣を抜いたりはしない。冠をぬいでうやうやしく、余の夢に耳を澄ませて夢解きをしようと。余の眼は未来を見抜くからだ！　余の手はこの世の財宝の扉を開くからだ！　運命には手も触れさせずに、運命を知りぬき、万人の頂点に玉座をかまえ、神々が約束してくれたものを忘れている。何百年、何千年も一夜にして駆け去るが、それに気づくこともなく、死とは何処にあるや、と問うてみる。すると鏡に映る巻き毛が答えてくれる。黒々と色褪せない巻き毛が！　余は叫ぶ。第三

の国！　死も超えるもの！（崩れ落ちる。侍女たちが抱きとめる。）(7)

フリッガ　もう恐れる必要もない。たとえ名剣バルムングの武人であっても。姫様は奴の攻撃から身を守るすべをおもちだ！　恋心を胸に秘めて戦っても、勝つのは姫様。これを知った以上、戦わない道理はない。

ブリュンヒルト　（起きあがって）またうわごとか？　何をしゃべった？

フリッガ　姫様、弓をお取りください。矢はいままでで一番早く飛ぶでしょう。話はそれからです。

ブリュンヒルト　（騎士たちに）さあついて来い！

ジークフリート　（ブリュンヒルトに）お前が負けたら、俺たちと一緒にいくと約束しろ。

ブリュンヒルト　（笑って）約束してやる！

ジークフリート　では武運をお祈りする。俺は舟を片づけてくる。

ブリュンヒルト　（退場しながら、フリッガに）戦利品の広間に行って、掛け釘を一本あらたに打ちつけてこい。（騎士たちに）さあ来い！

（全員退場）

第二幕

ヴォルムス、城の中庭

第一場

ルーモルトとギーゼルヘアが出会う。

ギーゼルヘア　ルーモルト、木をぜんぶ伐ってしまうつもりなのか？　もう何週間も森ごと根こそぎ伐りとってきているぞ。こんな結婚式の準備は尋常じゃあない。まるで人間どころか小人や妖精アルフまで来そうな勢いだ。

ルーモルト　それくらいのお客様は見越しております。料理が足りなかったら、働きの悪いコックを鍋にぶち込んで、見習いコックでかき回してやりまさ。

ギーゼルヘア　もう吉報が届くと信じ込んでいるようだな。

ルーモルト　信じてますとも。ジークフリート殿がご一緒ですからな。あの方にかかったら何でも驚いて逃げまどうウサギを狩るようなもの。道すがら王子を二人も捕虜にして送ってよこすような方ですから、悪魔の女房とも互角に渡り合えましょう。

ギーゼルヘア　まったくだ。リューデガストとリューデゲルは格好の人質だ。(8) 二人はブルグント人がまだ見たこともないほどの大軍勢を引きつれてきてみたまではよかったが、あえなく捕虜にされてしまい、いまでは召使い一人必要ないありさま。さあ料理だ、料理だ！　お客に不足はあるまい！（ゲルノート登場）おや、猟師のお出ましだ！

ゲルノート　空手の猟師だがな。塔に登ってみたが、ライン河は舟でびっしりだ。

ルーモルト　花嫁の到着だ！　鐘でも鍋でも、牛でも豚でもブーブー、ガンガン鳴り響くものは何でもいっせいに打たせましょう！　花嫁殿が遠くからでも、大歓迎の様子を察してくださるように！

（ラッパが鳴る。）

ゲルノート　遅かったようだ。

第二場

ジークフリート　(従者と登場) 帰ったぞ!

ギーゼルヘア　兄上はどこです?

ジークフリート　慌てるな。俺は使者なのだ。——だが、お前にではない。母君にお伝えしたいことがある。そしてついでに、お前の姉上にもお目もじがかなえば、いうことはないが。

ギーゼルヘア　そのつもりです。二人のデンマークの王子のお礼をまだしていないので。

ジークフリート　実は、二人を送りつけなければよかったと後悔しているのだ。

ギーゼルヘア　なぜですか?　われわれの勝利があなたのおかげだということは、存分に証明されたのに。王子とは願ってもない人質ですから。

ジークフリート　そうかもしれんな。だがほっておけば、ひょっとして俺が二人に敗れたという噂が、風の便りにひろがったかもしれない。それを聞いてクリエムヒルト姫がどんな顔をしたのか、知りたかったのだ。

ギーゼルヘア　二人はあなたの役に十分たっていますよ！　金属を叩いてラッパに仕上げるのは聞いたことがありますが、人間からラッパを作るなんて初めて聞きましたよ。連中をみていると、あなたが大した鍛冶屋なのだということにあらためて感心しました。二人があなたを褒める、その褒めっぷりときたら！　聞けば、赤面ものですよ。ところが、その褒め方は、敗北の恥辱をきれいに取り繕おうとして、小賢しく敵将を持ち上げるのではなく、本心からなのですから。ですが一番の褒め言葉は姉上から聞けるでしょう。二人から根ほり葉ほりあなたのことを聞いていましたから。あ、噂をすれば！

第三場

ウーテとクリエムヒルト登場

ジークフリート　困ったぞ。

ギーゼルヘア　何がです？

ジークフリート　父上に戦《いくさ》の指南など受けようと思ったことは一度もなかったが、母上には今日いてほしい。こんなときどんな話をすればよいか聞いておけばよかった。

ギーゼルヘア　何とまあ純情な。手をお出しなさい。僕はここでは若僧と呼ばれてからかわれていますが、その若僧が今日はライオンをひいて歩くさまを見せてあげましょう。（ジークフリートを婦人たちのところへ連れていく。）ネーデルラントの勇士が戻りました！

ジークフリート　高貴なご婦人方、一人で帰ってきたからといって驚かないでいただきたい。

ウーテ　勇敢なジークフリート殿！　いえいえ、驚くなんてとんでもない。あなたは、みんなが戦死しても一人生き残って、おめおめそれを知らせに来られるような戦士ではないと存じておりますよ。私に新しく娘ができ、クリエムヒルトには姉ができたことを知らせにいらしたのでしょう。

ジークフリート　御意。

ギーゼルヘア　御意？　って、それだけですか？　それだけ言うのにこんなに時間がかかるのですか？　さては兄王の花嫁が羨ましいのですね、それとも、あり得ないようですが、戦いで舌でももつれてしまったのですか。いやいやそんなはずはない。以前ブリュンヒルト様の黒い瞳と黒髪についてお話しになっていたときは、あんなに雄弁だったのだから。

ジークフリート　何を言うか！

ギーゼルヘア　図星なのだ！　躍起になって打ち消そうと、誓いに指を三本あげられますよ！　残り二本で青い眼と金髪に色目を使おうというのですね！

ウーテ　悪ふざけが過ぎますよ！　この歳の子は若枝でもこん棒でもない中途半端な年頃。母親の愛の鞭ではもう足りず、かといって父親のげんこつにはまだ年端がいかない。若駒のように元気がよすぎて、手綱も鞭も知ったことではない。勘弁してやってください。いやいっそ懲らしめてもらった方がいいかしら。

ジークフリート　気をつけなければ危険ですよ。野生の若駒を手なずけるのは並大抵のことじゃない。乗りこなす前に、一蹴りされて不具になるのがおちですから。

ウーテ　こうしてまたお仕置きはおあずけになるのね。

ギーゼルヘア　勘弁してもらったお礼に、いいことを教えてあげましょう。

クリエムヒルト　ギーゼルヘア！

ギーゼルヘア　姉上、隠しごとでもあるのですか？　そんなに取り乱して。僕が姉上の秘密など知るはずがないでしょう。積もった灰を吹き飛ばして、炭火を赤々とおこすようなまねはしませんよ。

ウーテ　秘密って何なの？

ギーゼルヘア　忘れました。姉がにわかに赤々と頰を染めたら、弟なら気になってどうしたことかと思うのが普通。でももうこれくらいにしておきましょう。死ぬ前にまた思い出すでしょう。そうしたら教えてあげますよ。

ジークフリート　俺こそお仕置きものだ。自分の任務を忘れていたのだから。祝い着にお召し替えをお願いしようと思っていたら、もうラッパが鳴っている。グンター王が花嫁とご帰還になったのだ。

ギーゼルヘア　料理長が走りまわっているのが、目にはいりませんか。あなたがいらっしゃるのを今か今かと心待ちにしていましたからね。ちょっと手伝ってきます。

（ルーモルトのところへいく。）

クリエムヒルト　お役目大儀です。でも大したお礼もできずお恥ずかしい。

ジークフリート　めっそうもない。お気になさるな。

クリエムヒルト　（腕輪をはずそうとして、ハンカチを落とす。）
ジークフリート　（ハンカチを拾いあげて）ではこれをいただきます。
クリエムヒルト　それはあなた様には似合いません。大したものでもないので。
ジークフリート　他の方には大したものでなくとも、私にとっては宝物。金銀は宮殿を建てるほどもっておりますが、私がほしかったのはあなた様のハンカチ。
クリエムヒルト　でしたらお好きに。私のお手製ですのよ。
ジークフリート　本当に頂戴しますよ。
クリエムヒルト　愛しいジークフリート様、本当に差しあげますわ。
ウーテ　邪魔をして申し訳ないけれど――そろそろ支度をしないと。（クリエムヒルトを連れて退場）

第四場

ジークフリート　ああ、俺はまるでロラン像(9)のように突っ立っている。頭に雀が巣をつくらないのが不思議なくらいだ。

かな。

第五場

司祭　（近づいて）誉れ高き勇士よ、失礼だが、ブリュンヒルトは洗礼を受けているのかな。

ジークフリート　受けている。

司祭　生まれはキリスト教国ということだな。

ジークフリート　みな十字架をあがめている。

司祭　（再び後ずさりして）あがめているといってもこの国と同じようにであろう。十字架の横にヴォータンの神木が立っていても気にならない。樫の木に魔法の力など宿っていないことに気づいていない。それは信仰厚きキリスト教徒とて同じこと。連中はじっとにらまれれば、太古の恐怖の残り香がほんのりと立ちこめてきて、偶像をいつまでたっても叩き壊せないでいるのだから。

第六場

ファンファーレ、ブリュンヒルト、フリッガ、グンター、ハーゲン、フォルカー、従者たち。

クリエムヒルトとウーテが彼らを迎えに城から出てくる。

グンター これがわが城だ。母上と妹がお前を出迎えようとやってきた。

フォルカー （女たちが近寄っていく中、ブリュンヒルトに）これでもまだ不足ですか？

ハーゲン ジークフリート、一言いわせてもらおう。お前の入れ知恵はろくでもなかったな。

ジークフリート ろくでもなかっただと？ 女をねじ伏せたではないか。ここに連れてきたではないか。

ハーゲン それがどれほどのものか。

ジークフリート すべてだ！

ハーゲン ほざくな！ 口づけも許さないような女を誰が手なずけたといえるのだ。

グンターの手には負えないぞ。

ジークフリート やってみたのか？

ハーゲン　やってみたから言っているのだ。先ほど、城につく前だ。花嫁は最初は生娘のように恥じらって、抵抗していた。わしらの母も最初はああだったのだろう。ところが、求婚者を突きとばすには、親指一本で足りることに気がつくと、それから女の態度は豹変した。王が退かないのを見ると、彼をむんずとつかみ上げ――ああ家門の恥――ゆうゆう片手でライン河に投げ落としたのだ。

ジークフリート　悪魔の女房か！

ハーゲン　罵《ののし》る暇があったら、何とかしろ！

ジークフリート　司祭が二人を結びつけてしまえば――。

ハーゲン　彼女に付き添っている乳母。あの婆さんさえいなかったらな！　日がな一日隙をうかがって、あれこれ探ってまわり、彼女のそばを離れない。七〇か八〇か知らぬが、老獪な女め。わしはブリュンヒルトよりもこっちのほうが怖ろしいわ。

ウーテ　（クリエムヒルトとブリュンヒルトに向かって）二人とも仲良くしなさい。心臓が初めて打ったそのときに結んだ腕環を、いまは少しずつ広げて大きな環にして、その上で歩調を合わせて心を一つにして円の中心を回りなさい。お前たちは恵まれている。わたしなど、夫に言うべきでないことはぐっとこらえて呑みこまなければならなかったから。夫の愚痴などこぼすすべさえなかったのですから。

クリエムヒルト　お姉様と呼ばせてください！

ブリュンヒルト　あなたたちのことを思えば、お二人の息子であり兄である方が、奴隷の焼き印を私の唇に押すのを、もう今夜くらいから許してあげてもいいかもしれないが、生木のようにどうしても心に火がつかないのだ。そしてあなたたちが優しい言葉をかけてくれなければ、身にせまる不名誉を永遠に拒みつづける覚悟なのだ。

ウーテ　不名誉ですって？

ブリュンヒルト　失礼、言葉が過ぎました。思ったまま話すのが私の性分。あなたたちの世界では私はまったくの他所者。私の世界へ来れば、あなたたちも同じように驚かれるだろう。ここには寄る辺がないのだ。生まれるはずもなかった世界で生きていかなければならないとは！　――空はいつもこんなに青いのか？

クリエムヒルト　いつもではないけれど、たいていは。

ブリュンヒルト　私の国では青さとは眼だけのもの。赤毛に青白いの顔がそれに加わるがな。それにいつもこんなに静かなのか。

クリエムヒルト　時々荒れた天気にもなります。稲光と雷鳴がとどろいて、昼でも夜のように薄暗くなります。

ブリュンヒルト　ああ嵐よ吹け！　それが私には何よりのふるさとからの便りだ！　こんなにまぶしくては堪らない。眼が痛い。まるで素っ裸で歩きまわっているような気分になる。衣服が透けて見えているのではないか。――これが花というものか。赤、黄、緑――。

クリエムヒルト　花を見たことがないのですか。色は知っているのに。

ブリュンヒルト　国にはあらゆる種類の宝石があるからな。ただ白と黒のものはない。だが白は私の腕でわかるし、黒いのは私の髪だ。

クリエムヒルト　香りをご存じないのでは？（スミレを摘んで渡してやる。）

ブリュンヒルト　まあ何と可愛い。こんな見逃すほど小さな花が香りをはなっているのか。可愛い名をつけてやりたいが、すでに呼び名があるのだろうな。

クリエムヒルト　これほど慎ましい花はなく、これほどたやすく踏みにじられる花もなし。草々に気を遣い、恥じらいて、身を隠す。でも、お姉様から優しい褒め言葉をかけてもらいたくって、愛想をふりまく。この花は、お姉様を幸せにするものが、まだたくさん隠れていることの、確かな証拠。

ブリュンヒルト　ああ、そうあってほしい、いやそうなると信じたい！ ――だが現実は厳しいのだ。あなたにわかるのか、女でありながら、戦って男をうち倒すことがどういうことなのか？ 吹き出す血潮から湯気を立てて、敵の力が抜けていくのを、吸い込んで体に取り込むのがどういう気分かを？ 力がみなぎり、気分が高揚し、そしていよいよ人生最大の勝利を確信したそのときに――（突然振り向いて）フリッガ、もう一度聞くが、何があったのだ。最後の戦いの前に私は何を見て、何をしゃべったのだ？

フリッガ　あなた様は、この国を霊視されたようでした。

ブリュンヒルト　この国をだと？

フリッガ　そして、恍惚状態に陥られました。

ブリュンヒルト　私が恍惚状態に――。だがお前の眼は輝いていたぞ。

フリッガ　あなた様が幸せそうだったからです。

ブリュンヒルト　ここにいる騎士たちは雪のように白かったぞ。

フリッガ　以前からです。

ブリュンヒルト　なぜそれをいままで黙っていたのだ。

フリッガ　いまここで目の前に見て初めて、私にもそれがどこかわかったのです。

ブリュンヒルト　この国を見たとき恍惚状態にいたのなら、この国にいるいまもそうなるはずだ。

フリッガ　そのはずです。

ブリュンヒルト　星々や鉱石についても話したような気がするのだが。

フリッガ　おおせのとおりです！　星々はここであざやかに輝くが、金銀にはそれが見えていない、とおっしゃいました！

ブリュンヒルト　ああ、それだ！

フリッガ　（ハーゲンに向かって）そうだったでしょう？

ハーゲン　聞いた覚えがない。

ブリュンヒルト　ご一同、見てのとおり私はまだ小娘なのだ。普通の小娘よりも早く育ってみせるが、いまはまだそうはいかないのだ。（フリッガに）それがすべてか？

フリッガ　すべてでございます。

ブリュンヒルト　ならばよい！　それで十分だ！

ウーテ　（近づいてきたグンターに）グンター殿、花嫁がお前に素っ気なくともしかたない。まずはじっくり時間をかけなさい。カラスや夜タカの鳴き声ばかり聞いてきたのなら、打ち解けた気分にならないのも当たり前です。やがて春になって雲雀《ひばり》や小夜鳴鳥のさえずりを聞けば、心も和みましょう。

ハーゲン　それは、熱にうかされて小犬をなでている吟遊詩人の台詞だ。そうしておこう。夢見る小娘というのであれば、もう少し考える時間をやってもよい。だが王妃様には約束を守っていただく。お前は剣にものをいわせてあの女を手にいれたのだ。力ずくで奪うのだ！（呼ぶ。）おい、司祭！（先頭に立っていく。）

グンター　私も行くぞ！

ジークフリート　待て、グンター殿、俺との約束を忘れたのか？

グンター　クリエムヒルト、お前の伴侶を私が選んではだめか？

クリエムヒルト　兄上殿下、すべて御意のままに。

グンター　（ウーテに）異存ございませんか？

ウーテ　あなたは王です。私もクリエムヒルトも臣下の身。

グンター　では親戚一同の前でお前に命じる。私と一族がした誓いを果たすために、高貴なジークフリートの求婚に「はい」と返事をするのだ。

ジークフリート　あなたと面と向かうと、言いたいことが言いだせなくなる。俺のしどろもどろの口上をもう十分聞いたろう。狩人なら帽子の羽根を吹き落として恋人の心を探るところだが、俺にはそんなものはない。だから単刀直入に聞く。姫、俺のものになってくれ！　どうしよう、こんな単純な口説き文句では心もうごかないか、それとも俺のことをご存じないか。承知にせよ断るにせよ、答える前に、俺が母上にいつも叱られている話を聞いてくれ。母にはお前は力ばかりは人に引けをとらず世界を征服してきたが、モグラの塚ほどの土地も治められない間抜けだと言われてきた。お前の目移りは、死んでも直らないと。前半は母上の言うとおりだと思ってくれ。だが後半は反論したい。俺はあなたを征服するが、あなたから目移りはしないと。それでだ、クリエムヒルト、もう一度聞く。俺のものになれ！

クリエムヒルト　母上様、そんなにお笑いになって！　でも、夢のお告げが頭を離れません。いやな予感がする。やめておけという声がはっきり聞こえる。でもそれだからこそ勇気を出して言いましょう。あなたの妻になります！

ブリュンヒルト　（クリエムヒルトとジークフリートの間に割ってはいって）お待ちなさい。

クリエムヒルト　何ごとですか？

ブリュンヒルト　さっそくながら、姉として言わせてもらいましょう。

クリエムヒルト　いまですか？　いったい何を？

ブリュンヒルト　（ジークフリートに）どのような了見でお前は王の妹に求婚などするのだ。お前は臣下、家来の身ではないか！

ジークフリート　何だと？

ブリュンヒルト　お前が来たときは、道案内人だったではないか。帰るときは、使者だったろう。（グンターに）なぜこんな奴の振る舞いを黙って許しているのだ。

グンター　ジークフリートは騎士の中の騎士だ。

ブリュンヒルト　だったら王座のすぐ下に席を設けてやればよい。

グンター　ジークフリートの宝はわしの宝以上なのだ。

ブリュンヒルト　馬鹿なことを。それで妹を奴にくれてやるのか？

グンター　私のために数多くの敵をうち破ってくれた。

ブリュンヒルト　私を破った勇者がそんなことで奴に借りをつくったのか？

グンター　私同様彼も一国の王なのだ。

ブリュンヒルト　そして自分を従者と名のることもあるのか？

グンター　お前が私の妻になったら、そのわけを聞かせてやろう。
ブリュンヒルト　そのわけとやらを聞かないうちは、お前の妻になどならんぞ。
ウーテ　この私を母と呼んではくれないのかい。私も若くはない。喜びを先のばしにしないでおくれ。そうでなくとも辛酸はたっぷり嘗めてきたのだから！
ブリュンヒルト　王とともに教会には参りましょう。約束ですから。あなたの娘には喜んでなりましょう。でもこの男の妻にはなりません。
ハーゲン　（フリッガに）この女をなんとかしろ！
フリッガ　私が出しゃばってどうなります。グンター王があの方を一度うち倒したのであれば、二度目もうまくいくはずでしょう。いやいやとごねてみせるのは、生娘の権利なのですから。
ジークフリート　（クリエムヒルトの手をとって）俺が王である証拠に、あなたにニーベルンゲンの財宝を贈ろう。だからこれが俺の権利、あなたの義務だ。（クリエムヒルトに口づける。）
ハーゲン　大聖堂へ参ろう！
フリッガ　ニーベルンゲンの宝は本当にあの男のものなのか。

ハーゲン　聞いてのとおりだ。ラッパを吹け！
フリッガ　名剣バルムングは？
ハーゲン　言わずとしれたこと。おい、婚礼曲を吹かんか！
（華々しいファンファーレ。全員退場）

第七場

広間。トルクスとヴルフ登場。舞台の上方で小人たちが宝を運んでいる。

トルクス　俺はクリエムヒルト様につく。
ヴルフ　じゃあ、俺はブリュンヒルト様だ。
トルクス　なぜだ、そっちが好きなのか？
ヴルフ　なぜって、みんなが同じ色の衣装を着たら、槍試合にならないではないか。
トルクス　それはそのとおりだが、今回だけは気違い沙汰だ。
ヴルフ　おい、声が大きいぞ。よそからいらした新しい奥様に誓いを立てているものも多いらしいぞ。

トルクス　お二人の違いは昼と夜のようなものだな。

ヴルフ　そのとおりかもしれん。だが夜の方がいいという者も多いのだ！（小人の方を指さして）連中は何を引きずっているのだ？

トルクス　財宝だと思うが。ジークフリートがこのニーベルンゲン族に城までお供を申しつけ、ついでに財宝をもってくるように命じたからだ。聞くところによると、宝はクリエムヒルト様への結納金らしいぞ。

ヴルフ　気味が悪いな、この小人ども！　背中のこぶといったら！　ひっくり返せば、パン捏ね桶になりそうなくらいだ。

トルクス　地中深くや洞窟でミミズたちと寝起きして、モグラが従兄という奴らだからな。

ヴルフ　だが強い！

トルクス　そして悪知恵もある！　こいつらを味方につけておけば、マンドラゴラの魔法の根[10]を探さなくともよいそうだ。

ヴルフ　（宝を指さして）あれをもっていれば、小人も魔法も必要ない。

トルクス　俺はいらない。古き言い伝えによれば、呪いの黄金[11]は乾いた海綿が水を吸うように、血に飢えているそうだからな。それどころか、このニーベルンゲンの兵隊たちの間では奇妙な噂が立っているのだ。

ヴルフ　カラスにまつわるやつだろう！　どんな話だったか？　小耳にははさんだのだが。

トルクス　宝を舟に積みこんでいたとき、カラスが一羽飛んできてその上にとまった。カアカアとあまりうるさかったので、ジークフリート殿は耳をふさいで、失せろと言われた。カラスが何を言っているのか聞こえたのだ。それから宝石を一つつかんでそれに投げつけられたが、逃げないので、とうとう槍までお投げになったそうだ。

ヴルフ　意味ありげな話だな。ジークフリート殿は勇敢ながら普段は温厚なお方なのに。（ラッパの音）聞いたか、俺たちへの合図だ！　集まっているぞ！　ブーリューンーヒールート！

トルクス　クーリーエームーヒールート！

（退場。集まってきていた騎士たちが唱和して、呼びかけを続ける。次第に暗くなる。）

第八場

ハーゲンとジークフリート登場

ジークフリート　ハーゲン、何の用だ？　宴会から中座するように目くばせをしたりして。今日のこの宴が俺にとって特別なものであることは知っていよう。今日一日は気持ちよく過ごさせてくれ。もうお前たちの望みはずいぶん聞いてやったではないか。

ハーゲン　やってもらわねばならんことはまだある。

ジークフリート　明日にしてくれ！　今夜は一分一秒でも惜しいのだ。新妻とはまだ数えるほどしか話をしていないのだぞ。今宵は妻と楽しませてくれ！

ハーゲン　恋にのぼせている輩と酔っぱらいを邪魔したことは一度もないが、今回ばかりは別だ。他に手はない。いやとは言わせんぞ。ブリュンヒルトが言っていたことは聞いたな。彼女が結婚式でどうしているかも見てのとおりだ。新婦席で泣きじゃくっている。

ジークフリート　だからといって、俺に何ができるのだ？

ハーゲン　女だといって、約束したことをなかったことにはすまい。それは間違いない。しかし王の不名誉がなかったことにならないのも、また間違いないことだ。ここまではわかるな？

ジークフリート　そこからはどうだというのだ？

ハーゲン　ブリュンヒルトを懲らしめてくれ！

（グンター登場）

ジークフリート　俺がか？

ハーゲン　よいか。王があの女と一緒に寝室にはいる。お前は隠れ頭巾をかぶって一緒に忍び込むのだ。女がベッドを整える間もなく、王が無理やり唇を奪おうとする。いやと言う。もみ合いになる。彼女が勝って、高笑いをする。王は何ごともないかのように明かりを消して、こう言う。「遊びはここまで、これからが本気だ。もう舟の上のようにはいかんぞ。」それが合図だ。お前は彼女を組み伏せて、男とは何なのかわからせてやるのだ。後生ですから、命だけはお助けくださいませ、と泣いて頼むまでな。ことが終われば、王が入れ替わって、貞淑な妻になるよう誓わせる。お前は来た道をこっそり出ていく。

グンター　私に最後の奉公をしてくれるか？　これ以上無理は言わないから。

ハーゲン　やるな？　お前が言いだしたことだ。いやとは言わせん。お前が最後まで責任をもってやり終えるのが筋というもの。

ジークフリート　かりに引き受けたとしても——お前たちの願いは、たとえ結婚式の当日でなくても、断るべきことだ。どうしてこんなことに——。クリエムヒルトに何と言い訳をすればいいのか。もうずいぶん俺のわがままを赦してくれているのに。地獄の劫火で足の裏がじりじりしてきた。今度へまをやったら、一生赦してもらえない気がする。

ハーゲン　娘が母親の手元を離れ、揺りかごの間から夫婦の寝室に引っ越すのだ。お別れの挨拶は長くなる。大丈夫、時間はたっぷりある。——商談成立だな？（ジークフリートは差しだされた手を払いのける。）ブリュンヒルトは手負いの鹿だ。矢が刺さったままにしてはおけん。猟師が手厚く二本目をくれてやるのだ。負けは負け、過ぎたことをどうこういってもしかたない。ワルキューレとノルネの血筋をひく、気位高い女神ももはや虫の息。とどめを刺してやれ！　翌朝目を覚ました婦人は快活に笑って、こう言うにちがいない。「ひどい夢から覚めたわ」と。

ジークフリート　なぜだか、いやな予感がするのだ。
ハーゲン　お前が帰る前に、二人のお別れの儀式が終わるのではないかと心配しているのだな。安心しろ。クリエムヒルトはまだ三度は母に呼ばれて、祝福と抱擁を繰り返すだろうから。
ジークフリート　それでもやはり、断る！
ハーゲン　なんだと？　もしこの瞬間に使者が到着して、お前の親父殿が危篤だと知らされたら、即座に馬を牽かせるのではないのか？　お前の妻さえ、早く早くとせき立てることだろう。親父殿はたとえ高齢でも快復するかもしれない。しかし、名誉はいったん踏みにじられればすぐには回復しない。死者の国から蘇ることも決してないのだ。王の名誉とは星の光のようなものだ。自分が輝けば彼の家臣ぜんぶも輝き、自分が曇れば家臣も曇る。その光を一本だけかすめ取ろうとするような卑怯者は、わしがただではおかん。自分でできるものなら、お前に頼みはせん。自分でやって、わしの手柄にするところだ。だが魔法で始めたことは魔法で終わらせるしかない。お前がやるのだ！　それとも土下座でもしろというのか？
ジークフリート　気がすすまん。こんなことになろうとは思いもおよばなかった。だがもう逃げることはできない。聖なるかな、聖なるかな、聖なるかな！　生まれてこの方こんな気のすすまんことはなかったぞ。だがお前の言うことにも一理ある。やむをえん。

グンター　母上の耳にはいれておこう――。

ハーゲン　だめだ、だめだ、女はいかん。ここにいる三人以外に、他言は無用だ。わしら以外に聞いていたのは、死神だけだ。

（全員退場）

第三幕

朝。城の中庭。聖堂の片側

第一場

ルーモルトとダンクヴァルト、戦装束で登場

ルーモルト　三人お陀仏だった。
ダンクヴァルト　昨日のところはそれで十分だ。だがまだ序の口だ。今日はもっとすごいぞ！
ルーモルト　ニーベルンゲン族は普段着が死装束なのだ。戦いに出るときは剣と一緒に身につけるのだ。
ダンクヴァルト　北の国では奇妙な習わしがあるものだ。山が険しくなり、明るい樫

がなくなって、暗い樅《もみ》におおわれるようになると、人間も陰気になり、やがて理性を失い、獣だけが住む世界となる。唄も歌えない部族の隣には笑わない部族がいて、そのまた隣は話せないのがいて、そんな具合に続いていくのだ。

第二場

音楽。大行列。ヴルフとトルクスが騎士たちにまじっている。

ルーモルト　（ダンクヴァルトに話を合わせて）ハーゲン殿はもう満足されたのだろうか？

ダンクヴァルト　そう思うが。結婚宣言というより宣戦布告のような調子だからな。兄者のいうことはもっともだ。ブリュンヒルト様は、菩提樹でさえずる雲雀の声で初夜の床から目を覚ましたいと思うような方ではないからな。（通り過ぎる。）

第三場

ジークフリート、クリエムヒルトとともに登場

クリエムヒルト　(服を指して) いかが？　お礼をおっしゃってもいいのでは？

ジークフリート　何のことかわからんが。

クリエムヒルト　とぼけないで！

ジークフリート　お前がここにいてくれること、お前が笑ってくれること、お前の瞳が黒ではなく、青いこと、それに俺は感謝している。

クリエムヒルト　私にかこつけて、創造主ばかり褒めるつもりね！　まったく、自分で自分をつくったんじゃないし、お気にいりの眼は私が選んだのではなくってよ。

ジークフリート　愛に浮かされて、ありえない夢を見ているようだ！　今日のように萌えたつ春の日の朝、お前は真っ青な釣鐘草におりた、輝く朝露を二粒すくって瞼にとった。それ以来お前の瞳には輝く蒼天が二つついているのだ。

クリエムヒルト　だったら、私が子どもの頃上手に転んだことに感謝あそばせ。危うく眼を突くところだったのですから。ほら、額のところに傷が。

ジークフリート　そこに口づけさせてくれ！

クリエムヒルト　情熱的なお医者さんですこと！　お薬を無駄づかいしては、いけませんことよ。古傷でとっくに治っていますのに。それよりもお礼はどうなりました？

ジークフリート　ではお前の口にお礼を言おう――。

クリエムヒルト　お口でですか？

ジークフリート　（抱きしめようとする。）そうだ。

クリエムヒルト　（腕からすり抜けて）いやだわ、誘っていると思ったのでしょう！

ジークフリート　お前の口から出る言葉に礼をいうのだ。いや言葉よりもずっと甘いものに。秘密を優しく囁くお前の声が俺の耳にどれだけ心地よかったか！　まるでお前の口づけを奪ったようだった。いやひそひそ話もだ。俺たちが腕試しをしているときに、窓辺でこっそり覗いていたろう。それに気づいていたら！　ああ、お前の悪口や意地悪さえいとおしい――。

クリエムヒルト　お高くとまっていると思われたのでしょう？　意地悪ね！　暗がりで言ったことを、明るいところでわざと暴いてみせて、私がはずかしがって顔を真っ赤にするのを見たがるなんて。私の血は正直なの。すぐに上がったり下がったり。

母上は私を薔薇の木だというのよ。枝に赤や白の花をつけているでしょう。これさえなければあなたに気づかれなかったのに。弟が昨日の朝、私をからかったときに、頬が真っ赤に染まったのがわかったの。それであなたに失礼をしたことを正直に話さないといけなくなったの。

ジークフリート　弟にも今日、いい雌鹿が見つかればいいのだが！

クリエムヒルト　仕留め損ねれば、いい気味よ！　――あなたはハーゲン叔父様に似ているわ。誰かがあの方に新しい上着を作ってあげて、それをこっそりベッドの上においておいても、ぜんぜん気づかない。気づくときは、あんまり小さくてはいらないときだけ！

ジークフリート　どういうことだ？

クリエムヒルト　あなたには、神様と自然が私に下さった体しか見えないでしょう。そのあと私が身につけたものは目にとまらない。この召し物も、この帯にもぜんぜん気づかないし。

ジークフリート　たしかに、それは見事だ。だが、それよりも虹を帯にしてお前の体に巻いてやりたい。その方が似合うし、虹も映えよう。

クリエムヒルト　では、それを夜になったら取ってきてもらえるかしら。着がえてさしあげるから。でも他のものと同じように、そこいらにうっちゃっておかないでね。贈り物とは知らずに、あやうく見過ごすところだったわ！
ジークフリート　何のことを言っているのだ？
クリエムヒルト　もし宝石がついていなければ、まだ机の下に転がっていたところだわ。でも燃えるような輝きは絶対に人目をはばかることができません。
ジークフリート　俺の贈り物だというのか？
クリエムヒルト　もちろん！
ジークフリート　クリエムヒルト、きっと思い違いをしているのだ。
クリエムヒルト　部屋の中で見つけましたのよ。
ジークフリート　母上が置き忘れられたのであろう。
クリエムヒルト　母上が？　まさか、母の装飾品はすべて知っているのよ。私、これがニーベルンゲンの宝の一つだと直感したの。それで、あなたを喜ばして差しあげようと、急いでしめてきたのよ！
ジークフリート　それは有り難いが、でも俺には見覚えがない！

クリエムヒルト　(帯を解いて)では金の帯締めをもう一度出しましょう。もうすっかり身支度を整えていたけれど、母上とあなたを喜ばそうと、その上から帯をしめたの。この帯締めは母の贈り物なの。

ジークフリート　素晴らしい！　——ところで帯は床に落ちていたのか？

クリエムヒルト　ええ。

ジークフリート　くしゃくしゃになって。

クリエムヒルト　ほら、知っているくせに！　だから最初にお見せしたときに、褒めてくだされぱよかったのよ。二度手間だわ、こんなふうに締めるの。(帯をもう一度締めようとする。)

ジークフリート　何ということだ！　ちょっと待ってくれ！

クリエムヒルト　どうしたの、顔色が変よ？

ジークフリート　(独り言)あいつ、俺の手を縛ろうとしよった。

クリエムヒルト　どうしたの、深刻な顔をして？

ジークフリート　(独り言)だから俺は頭にきて、本気になったのだ。

クリエムヒルト　にっこりしてみて。

ジークフリート　(独り言)　そのとき彼女から何かを奪い取った！
クリエムヒルト　いい加減にしてちょうだい！
ジークフリート　(独り言)　それにあいつはもう一度手をのばしたので、俺はそれをふところに押しこんだ。それから——それをかしてくれ！　さあ、はやく！　それを沈めるのは、井戸では浅すぎる。重石をつけてライン河に沈めなければ。
クリエムヒルト　ジークフリート！
ジークフリート　落としたのだ！　——さあ、かして！
クリエムヒルト　女の帯などどこで手にいれたのです？
ジークフリート　それには、怖ろしく呪われた秘密があるのだ。これ以上聞かないでくれ！
クリエムヒルト　もっと大変な秘密を私に明かしてくださったのに。あなたの急所がどこにあるのかを。
ジークフリート　急所なら、俺が一人で守れるが！
クリエムヒルト　秘密は二人で守るほうが確かだわ。
ジークフリート　(独り言)　何ということだ。焦ってへまをやってしまった！

クリエムヒルト　（顔をおおって）あなたは私に何でも話すといわれました。どうして誓いなど立てたのです？　お願いしたわけでもないのに。
ジークフリート　誓っていうが、俺は女を手込めにしたことなどない！
クリエムヒルト　（帯を高くに振りあげる。）
ジークフリート　俺はそれで縛られかけたのだ！
クリエムヒルト　百獣の王ライオンがそう言うのでしたら、信じもしましょうが。
ジークフリート　本当だ！
クリエムヒルト　あんまりだわ！　どんなにひどい過ちでも、あなたのような勇者が過ちを犯して、嘘で言い逃れをしようとするなんて！
（グンターとブリュンヒルト登場）
ジークフリート　はやく、それをしまえ！　人が来る！
クリエムヒルト　誰が来るのです？　ブリュンヒルト様ですか？　あの方は帯をご存じなの？
ジークフリート　さっさとしまえったら！
クリエムヒルト　いやです。あの方に見ていただきます。

ジークフリート　はやくしまってくれ、すべて話すから。
クリエムヒルト　(帯をしまいながら) あの方のものなのですね?
ジークフリート　いいか、よく聞いてくれ。
(二人、行列について退場)

第四場

ブリュンヒルト　あれはクリエムヒルトでは?
グンター　そうだ。
ブリュンヒルト　いつまでこのヴォルムスにいるつもりなのでしょう。
グンター　近々いとまを請うはずだ。ジークフリートが国へ帰ると言っているからな。
ブリュンヒルト　あの男にはさっさといとまを出して、縁を切りとうございます。
グンター　あいつのことがそんなに気にくわないのか。
ブリュンヒルト　国王の娘であるあなたの妹が身を落とした姿をみるに堪えないのです。

グンター　妹とお前は身分の上では同じだ。

ブリュンヒルト　いいえ、全然違います。あなたは男です！　この男という名を聞けば、以前なら虫酸が走ったところですが、いまは何とも誇らしく、心地よい気分になるのです。グンター様、私がまったく別人になったことは、あなたもお気づきでしょう。口答えは一切いたしません。

グンター　そしてお前は私の妃だ！

ブリュンヒルト　そう呼んでくださるのが嬉しい！　以前は馬を駆って、槍を振り回していたことがまるで嘘のようです。焼き肉の番をしているあなた様なんて想像もつかないのと同じです。武器などもう見たくもないし、第一盾は重くてもうもちあがらないでしょう。以前はそれを脇にかかえて、侍女たちを引きつれていました。そうなのです。いまはあなた様のお供をするより、クモが巣を張る様子や、小鳥が巣をつくる様子にじっと耳を澄ましているほうが楽なのです。

グンター　もうよいではないか！

ブリュンヒルト　わかっております。おゆるし下さい！　あなた様を意気地なしと罵りましたが、実は温かい愛情からだったのですね。舟の上であんなに失礼なことをしてしまったのに、あなた様は私に恥をかかせまいとしてじっと我慢されていたのですね。そんなお気遣いを露とも知らず――。本能の嵐が吹くままに私に宿っていた力は、あなたに乗りうつったのです。

グンター　何とお淑《しと》やかになったことだ。だったらジークフリートとも仲直りできるだろう。

ブリュンヒルト　あの男の名前を口にしないで！

グンター　あいつに腹を立てる理由はないだろう。

ブリュンヒルト　もちろんありませんわ。たとえ王が道先案内をつとめたり、使者のまねごとをしてやったりしても、驚きはしませんわ。人間が鞍を背負って、馬を背にのせて、ヒヒンと嘶いたり、犬の代わりに狩りをしてやっても、全然驚くにあたりませんから。当人がお好きでなさっていることであれば、とやかく言いませんわ。

グンター　そんなことはしておらん。

ブリュンヒルト　素晴らしいじゃございませんか。あの方は背丈も図体も大きく、他の方にぬきんでております。みな、あの方が世界中の王から王冠を供出させて、それを溶かして最高のを一つ作らせて、この世で初めて最強の帝国をうち立てるだろうと信じておりますのよ。それはそうでしょう。地上に一つ以上の王冠が輝いていれば、どちらも偽物。あなた様の頭上に輝いておりますのは、光り輝く日輪ではなく、青白い半月ですわ！

グンター　お前は昔はあいつのことをそんなふうには言わなかったではないか。

ブリュンヒルト　あなた様をさしおいて、あの方を王だと勘違いしてしまいました(12)！　私にかわって復讐してください。引きずりだして――殺すのです！

グンター　ブリュンヒルト！　あいつは私の妹の婿殿だぞ。あいつの血はわしの血だ。

ブリュンヒルト　戦ってあいつを叩きのめしてください。あなたの足台にして、いいところを私にみせてください。

グンター　そんな話は聞いたこともない。

ブリュンヒルト　あきらめませんわ。見たいと思うとどうしても見てみたい。あなた様には身も骨もおありでしょうが、あの男は見かけだおしの影法師！　愚かな者たちの目を眩《くら》ましている魔法を吹き払ってやってください。あいつのわきに座って鼻高々のクリエムヒルトの鼻っ柱をへし折ってやるのです。いい気味だわ。それをして下さるのなら、もっとよりをかけてあなた様に尽くしますよ。

グンター　奴の強さを知らないのか！

ブリュンヒルト　あの男が竜を退治しようが、小人王アルベリヒを打ち負かそうが、あなた様の強さに比べたら、何ということはありません。私とあなた様は、男と女の死力をつくして、歴史に残る大試合を戦った仲。あなた様は勝者、私は何も不平不満はありません。ただ私が手にいれるはずだった名誉をあなた様がいま身にまとうべきなのです。あなた様こそ地上最強の男。私のためにも、あの男を思い上がった金色の雲からたたき落として、惨めな乞食のわが身に気づかせてやってください。そうすれば、あいつがあと何百何千年生きようと、私の知ったことではございませんわ。

（二人退場）

第五場

フリッガとウーテ登場

ウーテ　ブリュンヒルトは昨日よりは機嫌がよさそうですね。

フリッガ　大奥様、そのとおりでございます。
ウーテ　そうなるという気がしていましたよ。
フリッガ　私にはまったく意外でした！　性格がまったく変わってしまうなんて！　姫様の身なりが変化して、黒髪が金の櫛ですいているうちに、ある日突然金髪の巻き毛に変わったとしても、驚きはしませんが、これには仰天しました。
ウーテ　その口ぶりは、悔しがっているのではあるまいな？
フリッガ　驚いているだけです。大奥様にも、怪物のお子さまがいらっしゃれば、おわかりでしょう。私と同じく、仰天されたはずです。
ウーテ　（城に再び向かいながら）彼女に怪物に戻れなどと入れ知恵をしてはなりませんよ！
フリッガ　みなさま方には思いもよらない苦労を、私はこれまでしてまいりました。それにしても、なぜこんな具合になったのか、さっぱりわからない。だが姫様がそれで幸せなら、私もそれ以上いうことはございません。あの方が忘れた昔のことを思い出させるなど、もはや意味なきこと。

第六場

クリエムヒルトとブリュンヒルト、手に手をとって登場。多くの騎士や民衆が集まっている。

クリエムヒルト　ねぇ、みずから剣をとって戦うより、こうして観戦している方がずっといいでしょう?

ブリュンヒルト　どちらがいいなどとおっしゃる以上、どちらもお試しになったのでしょうね?

クリエムヒルト　まさか!　ご遠慮しておきますわ。

ブリュンヒルト　ほら、見ているのが関の山のくせに、聞いたような口をきかない方がいいわ!　——お気を悪くされたのかしら?　手を離さなくともよろしいではないですか。なるほどあなたのおっしゃるとおりかもしれませんわね。ただ、私は力くらべと聞いただけで血が騒ぎますの。

クリエムヒルト　どういうことですか?

ブリュンヒルト　自分の夫がうち負かされるのを見て、うれしい女はいないということとですわ。

クリエムヒルト　それはそうでしょうとも。

ブリュンヒルト　そして、自分の夫が立派に鞍に乗っかっているのを見て、大した男と錯覚する女もどうしたものでしょう。実は主人に目をかけてもらっているだけのくせに。

クリエムヒルト　それもそうでしょうとも。

ブリュンヒルト　そうでなければどうします？

クリエムヒルト　私がそうだとおっしゃるの？　何をお笑いになっているの？

ブリュンヒルト　ずいぶん自信がおありだからよ。

クリエムヒルト　当然でしょう！

ブリュンヒルト　本当かどうか試すことはないでしょうから、甘い夢でもみていればいいわ。眠れ、眠れ、よいこちゃん。起こしはしませんから。

クリエムヒルト　何という言い草でしょう！　私の夫は気が優しいので、自国の領主たちを虐げるようなまねはいたしません。本当は、剣を王笏に鋳直して、全世界に振りかざしてもよいはずですが。すべての国は夫に恭順を誓っております。もし逆らう国があれば、夫に頼んで早速私の薔薇園に頂戴いたします。

ブリュンヒルト　クリエムヒルト、私の夫のことを忘れているのではありませんか?

クリエムヒルト　あの方は私の兄上、折り紙つきでしょう。重かろうが軽かろうが、秤で量ったりしません。

ブリュンヒルト　そのとおり。殿は世界の重さの基準。黄金がものの価値を決めるように、殿が騎士や勇者の価値を決めるのです！　妹よ、お針仕事を教えてくれるときは、黙ってあなたの言うことも聞きましょう。だがこれ以上の口答えはゆるしません。

クリエムヒルト　なんてことを！

ブリュンヒルト　馬鹿にして言っているわけではないですよ。お裁縫を習いたいのですよ。槍投げほど得意ではないですからね。こちらはよちよち歩きの頃から、教えてもらわなくともできるようになったので。

クリエムヒルト　それほどおっしゃるのなら、すぐに始めましょうよ。お姉さまは擦り傷が絶えないようですから、刺繍からはいりましょう。ほらここに見本があるわ！（帯を見せようとする。）いけない、間違えた！

ブリュンヒルト　最近、姉の私に対して態度が変ですよ。何もしていないのに、楽しくつないでいた手を急にひくなんて、まるで敵同士みたい。礼儀にもとるとはこのことではないかしら。夢にまで見た王笏が、お兄様のもとへいってしまったことを根にもっておいでなの？　それくらい実の妹君なら我慢しないと。お兄様の名誉は、半分はあなたの名誉なのですから。それにどうせあなたのものにはならない名誉なら、私に下さってもいいのじゃないかしら。私がそのためにどんな犠牲をはらってここにいるとお思いなの。

クリエムヒルト　「人を呪わば、穴二つ」などと申します。お姉様ほどたくさんの殿御の愛を踏みにじった方はございません。さて今度はそのお返しに、愛がお姉様を盲目にしてしまったのでしょう。

ブリュンヒルト　それは私ではなく、あなたのことでしょう！　つべこべ言い合うつもりはありません。みんな存じております。最強の男だけが私の愛を手にいれることができることは、私が生まれる前から決まっていたことなのです。

クリエムヒルト　私も同感ですわ。

ブリュンヒルト　どういう意味？

クリエムヒルト　(笑う。)

ブリュンヒルト　気でもふれたのですか！　家来には家来のあつかいがあると言ったので、心配になってきたのですか。その必要はありませんよ。あなたの王国をぶんどって薔薇園にするつもりはありませんから。それと、あなたが聞き分けよくするのなら、教会へ先にはいるのは今日だけにしておいてあげましょう。(13) それ以外は譲ってあげてもいいことよ。

クリエムヒルト　それでは今日だけは花をもたして差しあげましょう、と言いたいところだけれど、これればかりは譲れません。夫の名誉がかかっているのですから。

ブリュンヒルト　そのうちご主人もそうしろとおっしゃるはず。

クリエムヒルト　夫を馬鹿にするおつもり？

ブリュンヒルト　あの方は私の前で、お兄様より一歩下がって臣下の礼をとられましたよ。私が挨拶をしようとしたら、畏れ多いと拒まれました。あの方が自分で臣下と名乗った以上、そう見なしたのも当然でしょう。でもいまはまた違ったように見えてきましたけれど。

クリエムヒルト　違ったとは？

ブリュンヒルト　そうね。狼が熊に出会うと道を譲り、その熊が野牛に会うとまた道を譲る。狼や熊は主従の契約を結んでいないでしょう。でも誰が主人で誰が家来かはちゃんとわきまえているもの。

クリエムヒルト　言わせておけば！

ブリュンヒルト　なに、その偉そうな態度は？　小娘の分際で、身の程を知ったらどうなの？　私はこんなに落ち着いているのに。ちょっとは見習ったらいかが？　それとも何かわけでもおありなの？

クリエムヒルト　わけはありますとも！　それを聞けば、お姉さまは卒倒なさるわ！

ブリュンヒルト　卒倒する？

クリエムヒルト　そうよ、卒倒なさるわ！　でも心配はご無用。お姉さまを本当に憎んでいたら、わけをお話しもしましょうけれど、私、お姉さまが好きだから。だってそれを知ってしまえば、自分で自分の墓穴を掘って、隠れたくなるにちがいないもの。だめ、だめ！　この世でもっとも惨めな女を一人つくるような真似はできないわ。せいぜい威張って、偉そうな口をおききになるがいいわ。私にはまだ憐れむ心が残っていますから。

ブリュンヒルト　思い上がるのもほどほどにおし！　あなたなんか大嫌いよ！
クリエムヒルト　夫の慰みものになった女に、嫌われる筋合いはないわ！
ブリュンヒルト　この女を鎖につないでおくれ！　取り押さえるのだ！　気がふれている！
クリエムヒルト　（帯を取りだす。）この帯に見覚えがあるでしょう？
ブリュンヒルト　もちろんよ！　それは私の帯。ないないと思っていたら、夜中に盗んだのね！
クリエムヒルト　盗んだですって？　これは泥棒にもらったのではありません！
ブリュンヒルト　だったら誰にもらったのです？
クリエムヒルト　あなたを乗りこなした男ですよ！　兄上ではありませんけれどね！
ブリュンヒルト　何ですって！
クリエムヒルト　お姉さまは男にもまさる女傑。兄上ふぜい、とっくに絞め殺して、罪ほろぼしに死人と一緒に寝てもおかしくないはず。これをくれたのは私の夫ジークフリートです！
ブリュンヒルト　まさか！　そんな馬鹿な！

クリエムヒルト　その馬鹿なのです。できるものなら、もう一度夫を馬鹿にしてご覧なさい。さて御免あそばせ。聖堂には私が先にはいらせていただきます。(お付きの侍女に)ついてきなさい！　私の威光をとくと見せつけてやるわ！(聖堂にはいっていく。)

第七場

ブリュンヒルト　ブルグントの勇士たちはどこに行ってしまったのか？——ああ、フリッガ！　もう聞いたか？

フリッガ　はい、うかがいました。間違いないでしょう。

ブリュンヒルト　ああ、恥ずかしさで死んでしまいたい！　そんなことがありえるのか？

フリッガ　あの女はちょっと口が過ぎましたが、でも、あなたが騙されたということだけは本当です。

ブリュンヒルト　あいつ、嘘をついているのではないのか？

フリッガ　バルムングの騎士が下手人です。火焔がおさまったとき、あの男は火焔湖のほとりに立っていました。

ブリュンヒルト　私には目もくれなかったということか。城の上に立っていた私を見なかったはずはないからな。頭の中はクリエムヒルトのことで一杯だったのか。

フリッガ　奴らのたくらみのお目当てが何であったのか、あなた様が一番ご存じのはず。このことの責任は私にもあるのです！

ブリュンヒルト　（フリッガには耳をかさずに）だからあんなに落ち着き払って、私を見つめていたのだ。

フリッガ　このような猫の額ほどの国ではなく、全世界があなた様のものと決められておりましたのに。天の星さえあなたの意向をうかがい、それどころか死神さえあなたを避けて通るほどでしたのに。

ブリュンヒルト　あいつの名はもう聞きたくない！

フリッガ　なぜです。姫様、試合をもう一度やり直すことはできませんが、あの男に復讐することはできます。

ブリュンヒルト　復讐してやる！　私の恋心を踏みにじりおって！　あの女、ジークフリートに抱かれて、寝屋で私のことをさんざん笑いものにしたのだろう。そのつぐないを、お前の涙でさせてやる。私は——ああ、でももう遅い。私はもうあいつと同じ、弱い女なのだ。（フリッガの胸に倒れ込む。）

第八場

グンター、ハーゲン、ダンクヴァルト、ルーモルト、ゲルノート、ギーゼルヘア、ジークフリート登場

ハーゲン　何があったのだ?

ブリュンヒルト　（立ち上がって）王様、私は慰みものなのですか?

グンター　慰みもの?

ブリュンヒルト　あなたの妹君が私をそう呼んだのです!

ハーゲン　（フリッガに）ここで何があったのだ?

フリッガ　あなた方の嘘がばれたのです。誰が勝者だったかわかりました。それどころか、クリエムヒルト殿は、その男が姫様を二度破ったことも暴露されました。

ハーゲン　（グンターに）奴が口をすべらせたのだ！　（王に耳打ちをする。）

第九場

クリエムヒルト　（聖堂から出てきて）ご主人様、おゆるし下さい。はしたない真似をして。でも、あの女があなたを侮辱したのですよ。それをご存じだったら、あなただって――。

グンター　（ジークフリートに）武勇伝のつもりだったのか？

ジークフリート　（手をクリエムヒルトの頭に置いて）この女の命に賭けて、そんな真似はいたしておらん。

ハーゲン　誓いも立てずに、もっともらしいことを言うな！　お前は、あの日のことを話したのだ。

ジークフリート　やむにやまれぬ事情があったのだ。

ハーゲン　やはり話したのではないか！　事情がどうだったかなど、いまさらどうでもよい。とにかくこのご婦人方を引き離さなければならん。仲の直らないうちに引き合わしては、おたがいメドゥーサのように蛇の御髪《おぐし》を逆立てるからな。

ジークフリート　俺はまもなく国へ出発する！　来い、クリエムヒルト！

クリエムヒルト　（ブリュンヒルトに）挑発したのはあなたの方ですからね、それを。

ブリュンヒルト　（そっぽをむく。）

クリエムヒルト　兄上を愛しておいでなら、誰のおかげで一緒になれたのかよくお考えなさいな！

ブリュンヒルト　なんてことを！

ハーゲン　さっさと連れていけ！

ジークフリート　（クリエムヒルトの手をひきながら）俺がもらしたのではない。いずれわかるだろう。（退場）

第一〇場

ハーゲン　みな、こちらへ寄れ。死刑判決を下さねばならん。

グンター　ぶっそうなことをおっしゃるな。

ハーゲン　理由は十分だろう。王妃殿があそこにいて、屈辱のあまりさめざめと涙をながしておられる。（ブリュンヒルトに）気高い勇者よ。あなたにだけはわしは頭があがらん。あなたにそのような仕打ちをした男は、死ななければならぬ。

グンター　叔父上！

ハーゲン　（ブリュンヒルトに）あなたがあの男と刺客との間に割ってはいられる気がなければ、あの男は死ぬことになる。

ブリュンヒルト　その言葉が真実かどうかわかるまで、私は食を断ちます。

ハーゲン　グンター王、お前を差しおいて出しゃばったことを言ったのは、すまなかったが、もうこのままではすまないことをわかってもらいたかったのだ。もちろん決めるのはお前だ。奴をとるのか、奥方をとるのか、二つに一つだ。

ギーゼルヘア　本気でおっしゃっているのですか？　たった一度の不始末で、地上でもっとも信頼おける男を葬ろうというのですか？　兄上、いや王様、いやだとおっしゃってください！

ハーゲン　お前たちはこの宮廷に、王家の血をひかん子を連れてくるつもりなのか？血気さかんなブルグントの勇士たちがそんな奴を王にいただくとは思えんがな。さあ、王よ、決断するのだ。

ゲルノート　勇敢なジークフリート殿なら、彼らが文句を言おうものなら、即座に黙らせてくれるでしょう。それは私たちには難しいことなのです。

ハーゲン　（グンターに）返事がないな。わかった。後はわしに委《まか》せろ！

ギーゼルヘア　僕は血なまぐさい密談はごめんだ！（退場）

第一一場

ブリュンヒルト　フリッガ、私が飢えて死ぬか、あの男が刺されて死ぬかどちらなのだ。

フリッガ　あの男が死ぬのでございます、姫様。

ブリュンヒルト　ふられただけではない。人にくれてやられて、いやそれどころか売りとばされたのだ！

フリッガ　売りとばされたのです、姫様！

ブリュンヒルト　こんな女と契りが結べるかと、私をはした金で売って、女を一人あてがってもらったのだ。

フリッガ　はした金で売ったのです、姫様！

ブリュンヒルト　人殺しよりひどいぞ。許せない。復讐してやる。殺してやる。

（全員退場）

第四幕

ヴォルムス

第一場

広間。グンターと家来たち。ハーゲンが投げ槍をもっている。

ハーゲン　菩提樹の葉なら、盲《めしい》でもあたる。だがわしはこの槍で五〇歩先の胡桃を開けようというのだ。

ギーゼルヘア　今頃そんな腕自慢を披露しなくてもよいではありませんか。叔父上が槍投げの達人だということは、昔からよく存じております。

ハーゲン　あ、奴が来た！　睨みつけて、親父殿が亡くなったときのように、しかめ面をしてやるのだ。

第二場

ジークフリート　ご家来衆、猟犬があんなに吠えているのが聞こえないのか？　若い勢子たちも今か今かと角笛を吹くのを待っている。さあさあ、行くぞ。馬に乗って、出発だ！

ハーゲン　絶好の狩り日和だな。

ジークフリート　聞くところでは、熊が家畜小屋に押し入ったり、朝、門を開けると、鷹が、出てくる子どもを襲おうと待ちかまえていたりするそうだな。

フォルカー　ああ、珍しいことではござらん。

ジークフリート　俺たちが嫁取り合戦をしている間に、全然狩りをしなかったからではないか！　さあさあ、俺と一緒に思い上がった敵たちに大反撃をしかけるぞ。一網打尽だ！

ハーゲン　その前に、剣を研いで、槍の鋲《びょう》を打ち直さなければならん。

ジークフリート　なぜだ？

ハーゲン　知らないのか？　まあお前は、ここしばらく女といちゃついてばかりいたから、当然だが。
ジークフリート　俺が帰国の準備をしていたことは、知っているはずだぞ！　だがまあよい、何があったのか言ってくれ。
ハーゲン　デンマーク人とザクセン人がまたぞろ挙兵したのだ(14)。
ジークフリート　王子が二人とも俺たちに降参すると誓ったではないか。奴らは死んだのか？
ハーゲン　違う。それどころか二人は軍の先頭に立っている。
ジークフリート　リューデガストとリューデゲルは俺が捕まえて、身代金もとらず釈放してやったのだ。
グンター　ところが昨日再び宣戦布告してきたのだ。
ジークフリート　使者を八つ裂きにしてやっただろうな？　はげ鷹どもはもれなくご馳走にありついたろうな？
ハーゲン　言うのは簡単だ。
ジークフリート　卑怯者の蛇の使いなら、使者でも何でも、踏みつぶしてやるわ！

地獄も悪魔もご照覧あれ！　このジークフリートの堪忍袋の緒が初めて切れたぞ！　これまでの憎しみなど可愛いもの。ちょっと愛が足りなかっただけのことだ。俺は人の信頼を踏みにじる奴や、裏切り者や、偽善者や、卑怯者には我慢がならんのだ！　罠にかかった蜜蜂が息絶えたのを見届けて、ようやくゆっくりすり足で寄ってくる蜘蛛のような奴がな！　勇士と呼ばれたこともある男たちが、自分の顔に泥をぬって平気なのか？　なあ、兄弟たちよ。何をそんなにしらじらと俺を見ているのか？　まるで俺一人がいきり立って、ことの善悪をはき違えているとでも言わんばかりに。俺たちはこれまでこんな侮辱を受けたことはないぞ。最後の一兵卒まで借金を棒引きしてやったとしても、この二人の王子には借りは返してもらうぞ。

ギーゼルヘア　恥知らずな奴らですね。王子たちがあなたを褒めていたあの声が、僕の耳にはまだ残っていますよ。それで使者はいつやってきたのですか？

ハーゲン　見なかったのか？　さもありなん。奴は口上を述べるやいなや、きびすを返して一目散に逃げ帰ってしまったからな。駄賃をせびるどころの騒ぎではなかったわ。

ジークフリート　言いたいだけ言わせて、仕置きもなく取り逃がしたとは！　そんな奴はカラスに目でもえぐられればよい！　いやカラスとてそんな奴の目玉はごめんと、主人の前で吐き出すだろう。俺たちにふさわしいのはそうした回答だ。騎士と騎士との決闘でも、国と国との戦争でもない。しきたりや礼儀など糞くらえだ。そういう輩には害獣退治こそふさわしいのだ。ハーゲン、何がおかしいのだ！　騎士の剣など必要ない。罪人の首を切る斧で十分だ！　いやそれでももったいない。鉄では剣ともいえるからな。野犬狩りの縄をもってこい！

ハーゲン　まったくそのとおりだ。

ジークフリート　俺を馬鹿にしているのか？　なぜだ、いつもはあんなに気が短いくせに。なるほどお前は俺より年を重ねているからだろうが、俺が腹を立てているのは若気のいたりからというわけではない。奴らの恩赦を提案したのが俺自身だったことへの苛立ちからでもない。俺はこの世の支配者なのだ。教会の鐘が鳴ればミサが始まるように、俺の号令一下で復讐と裁きが始まるのだ。ありとあらゆる人間にな。

グンター　そうだ。

ジークフリート　（ハーゲンに）信義を裏切るとはどういうものか知っているか？　奴

武士の顔をとくと見て笑ってやれ。正々堂々と敵と渡りあい、相手をねじ伏せる。武士の情けとはいかないまでも、高い気位から斬り捨てることができず、赦してやり、それどころか奪った武器まで返してやる。すると敵はそれを受けとって、しっかとお前を抱いて感謝して、褒めたりご機嫌をとったり、最後には百万言を労してお前の子分になると誓うだろう。だが耳の中が甘いおべっかでべたべたになったお前が、幕舎で疲れて床につこうと、武装を解いて子どものように裸で横になるやいなや、敵はこっそり忍び寄って、お前を一突きにするのだ。血まみれのお前に、ざまあ見ろと唾まで吐いてくれよう。

グンター　（ハーゲンに）叔父上はいかがお考えか？

ハーゲン　（グンターに）義憤には勇気づけられた。お言葉に甘えて友人に聞きたいのだが、わしらと一緒に出陣してくれるだろうな。

ジークフリート　二度手間になったのは俺のせいだ。俺一人でニーベルンゲン族を率いていく。母に新妻を見せて、生まれて初めてでかしたと褒められたいのはやまやまだが、嘘つきがのうのうと竈《かまど》でパンを焼き、泉で水を飲んでいるとあらば、そうもいかん。帰り支度は取りやめだ。誓ってもよい。奴らを生け捕りにして、城門のところに鎖につないで、俺が出入りするときにワンワンと鳴かせてやろう。何といってもこいつらは犬にも劣る輩だからな。（急ぎ退場）

第三場

ハーゲン　これで、怒り狂って女のところへ駆け込むにちがいない。話がすんだ頃に、わしが現れるという算段だ。
グンター　どうも気が進みません。
ハーゲン　どういうことだ、王よ。
グンター　第二の使者に来させて、戦争は避けられたと言わせてください。
ハーゲン　よかろう。だがその前に、わしがクリエムヒルトのところへ行って秘密を聞きださねばならん。
グンター　憐れみの情を感じないのですか？　鉄の心臓でもおもちなのですか。
ハーゲン　はっきり言ってくれ、王よ。何が言いたいのだ。
グンター　あの男を殺してはなりません。

ハーゲン　生かしておきたいなら、そう命じればよかろう。わしは森で奴の後をつけ、槍をぬく、お前が合図をする。どっと倒れるのは罪人ではなく、一頭の野獣だ。

グンター　罪人とはあんまりです！　どうしようもなかったのでしょう？　帯をもって帰ってしまって、それをクリエムヒルトに見つかった。忘れていたのでしょう。そう、刺さったままの流れ矢を、ふって落とすのを忘れるように。後でがさついて初めて気づくように。そうでしょう？　みなの者もそう思うだろう。どうしようもなかったのだ。

ハーゲン　違う！　お前は奴の肩をもっているだけだ。機転をきかして言い逃れをする頭もなかったのか。それもどうしようもなかったのか。探りをいれられただけですぐに真っ赤になりおって。

グンター　それだけでしょう！　他に何があるのです？

ハーゲン　王妃の誓いがある。

ギーゼルヘア　お義姉《ねえ》さまがそんなに血がお好きなら、自分で手を下せばよいのだ。

ハーゲン　まるで子どもの喧嘩だな。使うと決めるまで武器は集めてはいけないのか？　一つの国を調べるときも、あらゆる国境を探ってみるではないか。なぜ英雄にそうしてはならんのだ。クリエムヒルトからうまく聞きだせるかやるだけはやってみるぞ。われわれがいままで煉《ね》ってきた大切なたくらみが無駄だったということにならない限りでだが。それにジークフリートが秘密を明かしていなければ、クリエムヒルトは何も答えまい。わしが聞きだしたことを使うかどうかは、お前たちが決めればよいではないか。嘘をついて戦話《いくさばなし》を仕立てたが、やりたければ本当にやってもよいのだ。そして戦場で、あいつの急所を守ってやることもできるのだ。だがまずはその急所がどこか探りださねばならん。（退場）

第四場

ギーゼルヘア　（グンターに）兄上はすんでの所で思いとどまって、信義と誠にふみとどまられた。あやうく、「こんな策略は王たるものにはふさわしくない」と叫ぶところでした。

フォルカー　お怒りももっともだ。貴殿も騙されていたのですからな。

ギーゼルヘア　だからって怒っているわけではないよ！　いや、もう争っても仕方ない。一件落着したのだから。

フォルカー　どこに落着したのでしょう？

ギーゼルヘア　どこにって？

フォルカー　王妃様は喪服に身をつつんで、飲食を断っておられる。水さえお召し上がりにはならないそうではありませんか。

グンター　そのとおり、困ったものだ。

フォルカー　それで、どこにどう落着したのでしょう。ハーゲンの言ったとおりです。ちまたの娘子ならいざ知らず、王妃様のご機嫌がなおることなど待っていても仕方がないのです。だから、彼か王妃様かということになるのです！　おっしゃるとおり、悪いのはあいつではない。帯が、まるでアダムとイヴを騙した蛇のように彼に巻きついたのです。それは不運なことでしたが、それは血に飢えた不運だったのです。そうである以上、あとは不運が誰を殺すか、それを貴殿が決めねばなりません。

ギーゼルヘア　死にたい人が死ねばいいんだ！

グンター　誰を選ぶか考えただけでも、身の毛がよだつ。

フォルカー　以前、この道に踏み込むのはおやめなさいと忠告しましたが、いまはその道の向こうに目的地があるのです。

ダンクヴァルト　俺たちの掟では、不運とて、責任をもたなくてもよいというわけにはいかない。槍の扱いが悪かったせいで、夜の行軍のときに親友を刺し殺してしまった者が、涙で釈放されたいというのは甘いのだ。涙がどんなに熱く烈しくほとばしっても、必要なのは血なのだ。

グンター　ブリュンヒルトを見舞ってくる。（退場）

第五場

フォルカー　あそこにクリエムヒルトがハーゲンを連れてくる。彼が言ったとおり、取り乱しているようだ。ひとまず去ろう。

（全員退場）

第六場

ハーゲンとクリエムヒルト登場

ハーゲン　こんなに早朝に広間にやってくるとは、どうした具合だ。
クリエムヒルト　叔父様！　部屋でじっとしていられないのです。
ハーゲン　見間違いでなければ、先ほど出ていったのはジークフリート殿だな。腹でも立てているのか、血相を変えていたが。まだ夫婦喧嘩が片づいていないのか。ひょっとして亭主関白を決めこむつもりなのか。話してくれれば、掛けあってやってもよいぞ。
クリエムヒルト　その話はおよしになって！　思い起こさせるものさえなければ、あの忌まわしい日の出来事はとっくに夢となって消えていましょう。夫はそれについて一言も話しませんわ。
ハーゲン　気の利く婿殿《むこどの》でよかったな。
クリエムヒルト　あの方が私を責めてくれれば、まだ楽でしょうが、彼は、私がもうすっかり後悔しているのを知っているのです。

ハーゲン　そんなに気に病むな。
クリエムヒルト　ブリュンヒルトにひどいことを言ったことは十分承知しています。そのことで自分をいくら責めても責め足りません。あんなことを言うくらいなら言われた方がずっと楽だったでしょう。
ハーゲン　そのことを気に病んで早々に部屋を出たというわけか？
クリエムヒルト　そのことを？　いいえ、私が気に病んでいるのはジークフリートのことです。
ハーゲン　ジークフリートのこととは？
クリエムヒルト　また戦争が起こったそうではありませんか。
ハーゲン　そのとおりだ。
クリエムヒルト　裏切り者！
ハーゲン　里帰りを邪魔されたからといって、そんなに腹を立てるな。気にせず準備をするのだ。大したことではない。鎧兜《よろいかぶと》なら後からでも荷詰めできるではないか。いや、わしは何を言っているのだ。ジークフリート殿は鎧いらずだったな。
クリエムヒルト　本当にそう思われますか？

ハーゲン　おいおい、冗談もほどほどにしろ。他の女ならいざ知らず、お前がそんなことを言ってどうする。千本の矢が飛んできても、あいつにあたるのは一本のみ。それとて当たってもへし折れてしまおうぞ。虫の知らせというのなら、もっと賢い虫に聞くのだな。

クリエムヒルト　矢ですって！　その矢なのです、私が心配しているのは！　尖った矢尻が突き刺さるには、私の親指ほどの場所があれば十分でしょう。それで彼は命を落とすのです。

ハーゲン　特に毒矢ならな。わしらは町を囲む堤防を神聖なものとみなして、戦時でも攻撃はしないが、あの犬畜生どもはそれとて平気でやってのけたからな。矢に毒をぬることなど朝飯前かもしれん。

クリエムヒルト　そのとおりです！

ハーゲン　それとお前のジークフリートと何の関係があるのだ。彼は不死身ではないか。太陽の光のような矢に当たっても、ぶるっと身震いすれば、粉雪をふり払うように舞い落ちようぞ！　そのことは奴も百も承知だ。戦いの際、一瞬たりとも忘れることはない。わしらとて臆病者ではないが、身震いすることもある。それをあいつは平気でやってのけるのだ。一目見て笑いとばす。わしらもそれを見てほっと胸をなで下ろす。鉄は火の中に飛びこんでも大丈夫だ。出てくるときは鋼《はがね》になっているからな。

クリエムヒルト　私怖い！

ハーゲン　結婚して間もないからだ。新妻が臆病なのは、微笑ましいものだが。

クリエムヒルト　お忘れですか？　それともご存じないのですか？　古い歌の言い伝えによれば、あの方に一ヶ所だけ急所があるということを。

ハーゲン　おお、忘れていた。そのとおりだ。彼からじかに聞いたことがあるぞ。何でも葉っぱがどうこうということだったが。だがそれが何のことだったかわからずじまいだったが。

クリエムヒルト　菩提樹の葉っぱのことです。

ハーゲン　それだ！　だがなぜ菩提樹の葉っぱがジークフリートの命取りになるのだ。その意味がわしにはとんとわからんが。

クリエムヒルト　一陣の風が吹き、葉を飛ばして、あの方の上に落としたのです。そのときあの方は竜の血をあびていました。葉が落ちたところだけは、血がかからず不死身にならなかったのです。

ハーゲン　それに気づかなかったところを見れば、背中にでも落ちたのか。――それがどうしたというのだ。もし危険がせまっても、婿殿を守ってくれる親類縁者、いや兄弟たちまでいるではないか。みなはあいつの急所がどこかは知らないがな。何を怖がっているのか。取り越し苦労というものだ。

クリエムヒルト　怖いのは女神ワルキューレたちです。彼女たちは最強の勇者だけをねらって、誰彼みさかいなく矢を射かけるのです。

ハーゲン　だったら、彼の背後を守ってくれる信用のおける小姓をつければよい。そうだろう?

クリエムヒルト　だったら安心して眠れますわ。

ハーゲン　よいか、聞いてくれ、クリエムヒルト。もし万一婿殿が――いや、実際起こりかけたことだから万一ではないな――舟からライン河の水底へ落ちて、重い甲冑が腹をすかせた魚たちのもとへと彼を引きずり降ろしていったとしても、わしは奴を助ける。それができなければ、一緒に海の藻屑《もくず》になるまでだ。

クリエムヒルト　叔父様、そこまで親身になって案じていてくださっているの!

ハーゲン　ああ、案じているとも！　当たり前だろう！　——それで、もし赤く燃える鶏(15)が真っ暗な夜に、あいつの城の上にとまったら、それで目覚める前にすでに火の手に巻かれて、出口も見つからないような有様であっても、わしがこの腕に婿殿を抱いて助けだしてやる。うまくいかなければ、二人して灰になるまでだ！

クリエムヒルト　（彼をかき抱こうとする。）叔父様！

ハーゲン　（それを止めて）よせ、よせ。だが誓うぞ、必ずやるべきことはやる！　だがこのことも誓っておかねばならぬ。わしがやると言っているのは、今しがた決心したことだ。

クリエムヒルト　そう、つい最近、お二人は身内になったのです。——そういうことをおっしゃっているのでしょう？　叔父様自身がジークフリートを守ってくださるということなのね？

ハーゲン　そうだ、わしが守るのだ。彼がわしのために戦ってくれるのだからな。だがいったんあの男が剣を抜けば、無数の手柄を立てて、その一つとしてわしには残らんのだが。それでもわしはあの男を守る！

クリエムヒルト　叔父様がそこまで考えていてくださったなんて！

ハーゲン　ところで、その場所とはどこなのだ。指さしてくれ。それがなければ守るに守れんのでな。
クリエムヒルト　もちろんですとも。ここです。肩と肩のちょうど真ん中あたり！
ハーゲン　手ごろな的の高さだ！
クリエムヒルト　叔父様、まさか私の罪のつぐないを、あの方にさせようとしていらっしゃるのではないでしょうね。
ハーゲン　何を馬鹿なことを。
クリエムヒルト　私は嫉妬に目が眩んだのです。あの方の自慢話くらい普段なら冷静に聞けるのに。
ハーゲン　そう、嫉妬だ！
クリエムヒルト　恥ずかしいわ。あの夜あったのが取っ組み合いだけだったとしても、もちろんそう信じていますわ、でも取っ組み合いだったとしても許す気になりませんでしたの。
ハーゲン　もういいではないか。ブリュンヒルトもそのうち忘れるだろう。
クリエムヒルト　あの方が飲食を断っておられるというのは本当ですか。

ハーゲン　今頃の時期はいつも断食しておるのだ。イーゼンラントではノルネン節《せっ》とかいって、大切なお籠もりの時期なのだ。

クリエムヒルト　もう三日になりますよ！

ハーゲン　それがどうしたのだ？　もうよい。人が来た。

クリエムヒルト　それで、私は何をすれば——。

ハーゲン　婿殿の上着の上にはっきり見えるように十字を縫い込んでくれといったら、どうだろう？　他愛もない話だが、あの男がそれを知ったら、こっぴどく叱るだろう。だが、わしが用心棒を買ってでる以上、失敗は許されないからな。

クリエムヒルト　承知しましたわ。（ウーテと司祭の方へ行く。）

第七場

ハーゲン　（クリエムヒルトを後ろに見て）これで、お前の勇者は俺の獲物になった！　口が堅ければ、命まで失わずにすんだものを。だが虫けらのように、食べたものがそのまま赤や緑と体にでる奴には、そんなことは土台無理なことだがな。秘して漏らさず。いわんことではない、まもなく内臓《はらわた》がたまった毒をべらべら吐き出す番だ。

第八場

ウーテと司祭登場

司祭　この世にはそれを写す姿はございません。あれやこれやに喩えては、それで理解しようとされますが、それを描く文字も、それを測る物差しもないのです。神の前に身を投げだして、頭を垂れてお祈りをするのです。懺悔《ざんげ》と謙譲でわれを忘れたそのときに、天上に引き上げられるのです。それは大地に稲妻が一瞬光るようなものですが。

ウーテ　そんなことがあるのですか?

司祭　怒りに狂ったユダヤの民が石打の刑にしようとしたときに、聖シュテファン様は天国の扉が開いているのを見て、歓喜のあまり歌ったのです。ユダヤ人たちは彼を八つ裂きにしましたが、そう思ったのは怒りにわれを忘れた殺人鬼たちだけで、聖シュテファン様には破れた服に穴があいたくらいにしか感じなかったのでございます。

ウーテ　（話に加わってきたクリエムヒルトに向かって）クリエムヒルト、聞きましたか？

クリエムヒルト　聞きました。

司祭　それが信仰の力だったのです。不信心にはどんな罪があるのかもお話ししておきましょう。聖ペトロ様は教会の剣をもって、教会の鍵を管理されている方ですが、あるお弟子様をたいそう可愛がっておられました。このお弟子様があるとき、荒れ狂う海が打ちつけ周囲を洗う岩に取り残されました。彼は、師匠のペトロ様がイエス様が手招きすると、死ぬかもしれないのに舟を捨てて、海原にしっかりと足をつけて歩いて行かれたことを思い出したのです。しかし自分がこれをやるかと考えただけで、目がまわってしまいました。奇跡が起こるなどと到底考えることもできなかったので、波にのまれないようにしっかりと岩にしがみついて、「何でもします。でもこれだけはご勘弁を！」と叫びました。すると主が吹きかけた息で、みるみる岩が足元から融けはじめ、どんどん沈んでいくではありませんか。もはやこれまで、恐怖と驚愕のあまりお弟子様は眼下の荒波に身を投げました。するとどうでしょう。

永遠なる神様の息にかかって、海は、私やみなさんをのせている大地のように盤石になったのです。そして彼は「主よ、御国はあなたのものです！」と叫んだのです。

ウーテ　ありがたい！

クリエムヒルト　司祭様、石と水を変えたその方が私のジークフリートもお守りくださるよう、お祈りください。夫と一緒にいさせてもらえるのなら、毎年一人の聖人様に祭壇を寄進いたしましょう。（退場）

司祭　素晴らしい話ではありませんか。もう一つ、私がどうして聖衣をまとうようになったのかお話しして進ぜよう。私はアングロ族の出身で、異教の民のもと異教徒として生まれました。野山育ちで一五のときに戦士となりました。そのころ神の最初の使いが現れたのです。その方は罵られ、虐げられ、最後は非業の死を遂げられました。私はその場におりました。そして仲間にけしかけられてこの手で――大奥様、私がこの手を使わないことをご存じでしょう。別に萎えているわけではないのに。――私はこの手でその方にとどめを刺したのです。その方の祈る声を聞きました。私のために祈ってくださったのです。アーメンというと息を引き取りました。私の胸は塞がりそうでした。私は剣を捨てました。そしてその方のお服に身をつつみ、国を出て、十字架の教えを説いてまわることになったのです。
ウーテ　あそこに息子が来ました！　ああ、この国から消えて久しい平安をあなた様のお祈りが呼び戻してくれればいいのに！

（二人退場）

第九場

グンター、ハーゲンとその他の者と登場

グンター　いま言ったように、ブリュンヒルトはその日を、一日千秋の思いで待ちわびているのだ。早く秋が来て、リンゴの実が落ちないかとな。乳母殿は、彼女の食欲をそそろうと、部屋にこっそり麦の実をまいてみたのだが、手もつけない有様だ。
ギーゼルヘア　命がけで他人の命を取ろうとするなんて、どうした具合なのでしょう。
ハーゲン　それをわしも知りたい。
グンター　あれこれたくらんだり、迫るわけでもない。時と場所と人の思惑が合わされば必ずそうなりそうなはずなのに、聞いてくることもないし、ちらともそぶりに出さない。だがあのまなざしは確かにいぶかしがっている。「口がきけるのならおっしゃることがおありではないの？　仕留めましたとなぜおっしゃらないの」と。

ハーゲン　一言いっておこう。女王はジークフリートの虜になっているのだ。彼女の憎しみとも思えるものは実は愛情なのだ。

グンター　叔父上もそう思われるのか？

ハーゲン　だがそれは、普通の男と女が誓いあう愛ではない。

グンター　でなければ何なのです？

ハーゲン　魔術だ。巨人族が種を絶やさないための魔法だ。それは好き嫌いではなく、盲目の本能によって最後の女神を最後の男神へと惹きつけるのだ。

グンター　その魔法を破るすべはないのですか？

ハーゲン　それを破るのは死だけだ。奴の血が固まると、女王の血も冷える。奴は竜を退治するためにここに来た。それが終われば、竜が来た道を帰るだけだ。

（騒ぐ声がする。）

グンター　何かあったのか？

ハーゲン　偽の使者たちをダンクヴァルトが追いたてているのだ。あいつ、結構な役者だろう？　いま女とちちくりあっている奴にも、きっと聞こえたはずだ。

第一〇場

ジークフリート登場

ハーゲン　（ジークフリートを見ながら）だめだ、だめだ、絶対だめだ！　そんなことをすれば一族の恥だ！　ジークフリートも同感だろう。おや、ちょうど奴が来た。なあ、お前の決断を聞かせてくれんか！　（ダンクヴァルト登場）もちろん、お前が何か言ったところで変わるものではないがな。答えはもう出ている。（ダンクヴァルトに）たっぷり鞭をくれてやったろうな？　（ジークフリートに）だが意見は一応聞いておこう。

ジークフリート　何があったのだ？

ハーゲン　犬ども、今度は手のひらを返したように和平を望んできたのだ。だがわしは、恥知らずな使者が口を開く前に、城から叩きだしてやったわ。

ジークフリート　それでこそだ！

ハーゲン　王はさすがにご立腹だったがな。それでは事の仔細がわからぬと——。

ジークフリート　事の仔細だと？　けっ！　——俺にはお見通しだ。狼の尾っぽをつかんでみろ。頭はすぐに和平だと言いだすわ。

ハーゲン　そうかもしれん。

ジークフリート　他にないだろう。おそらくうようよとわいて出た蛮族に背後をつかれたのだ。種もまかずに刈りたがる輩にな。

ハーゲン　お前たち、聞いたか？

ジークフリート　防戦一方になったからといって、狼を許してやるようなことはなさるまいな！

ハーゲン　もちろんない！

ジークフリート　狐どもに加勢して、狼を最後の罠に追いやるのだ。奴らの胃袋にな！

ハーゲン　そうしよう。だが、いきり立って事を起こす必要はあるまい。今日のところは狩りにでも出ればどうだ？

ギーゼルヘア　僕はまいりません。

ゲルノート　私も失礼したい。

ジークフリート　若くて血気あふれるお前たちは、狩りをやめて、家に留まりたいというのか？　俺は縛りつけられても、縄をかみ切ってでもいくぞ！「ああ、狩人の血がさわぐ！」畜生、歌でも習っておけばよかった！

ハーゲン　では、行くのだな？

ジークフリート　行くかだと？　叔父貴殿、俺のはらわたは煮えくりかえっているんだ。どいつかぶん殴ってやらんと、おさまらない。血を見ないとな。

ハーゲン　血を見たいのか。わしもだ！

第一二場

クリエムヒルト登場

クリエムヒルト　狩りにお出かけなのですか？

ジークフリート　そうだ。夕食の獲物は何がよい？

クリエムヒルト　愛しいジークフリート、お出かけにならないで。

ジークフリート　何を言っている。いつになったらわかるのだ？　武人の妻たるもの、「お出かけにならないで」などと言うべきではないということを。「私もお連れください」と言ってみろ！

クリエムヒルト　では、私もお連れください！

ハーゲン　それはなるまい！

ジークフリート　なぜだ？　本人がその気なのだ。それに今日が初めてというわけでもあるまい。鷹をよこせ！　お前たちは飛ぶ鳥をねらえ！　俺たちは野をはねるものを追うから！　さあ、何が起こるか楽しみだ！

ハーゲン　女が一人、恥にまみれて部屋にこもっているのに、もう一人は森へ狩りにいくのか？　大変な侮辱になるぞ。

ジークフリート　なるほど、そこまでは頭がまわらなかった。確かに無理だな。

クリエムヒルト　では、せめてお召し物をお着替えください。

ジークフリート　また替えるのか？　望みは何でも聞いてやるが、気まぐれでものを頼むのはよせ！

クリエムヒルト　気まぐれですって、ひどい！

ジークフリート　とにかく俺を行かせてくれ！　外の空気にふれれば気も晴れる。明日の夜には、悪かったという気持ちにもなろう。

ハーゲン　では行こう！

ジークフリート　行こう。だがその前に、お別れの口づけを。（クリエムヒルトを抱く。）なぜ抵抗せん？「あなたのおっしゃるとおり、口づけも明日の夜に」とでも言うかと思った。これは感心な。

クリエムヒルト　生きて帰って！

ジークフリート　何というお別れの挨拶だ？　どうしたのだ？　俺は気心のしれた親戚と狩りに出るだけだ。山が裂け、俺たちを呑みこまないかぎり、大事はない！

クリエムヒルト　ああ、何ということ！　それは昨日の私の夢！(16)

ジークフリート　クリエムヒルト、見ろ、山はしっかり立っているではないか。

クリエムヒルト　（彼をもう一度抱く。）ただただ生きて帰って！

（騎士たち退場）

第一二場

クリエムヒルト　ジークフリート！
ジークフリート　（もう一度戻ってくる。）どうしたのだ？
クリエムヒルト　怒らないでね、私――。
ハーゲン　（ジークフリートをすばやく追ってきて）もう奥方が恋しくなったのか？
ジークフリート　（クリエムヒルトに）猟犬がもう駆けだしたくて、うずうずしているのだ、聞こえるだろう。どうしたのだ？
ハーゲン　新しい上着の麻糸がすぐに届く。月明かりの中、夜の妖精と糸紡ぎができるようにな。
クリエムヒルト　もう行って！　私、最後に一目見たかっただけなの！
（ハーゲンとジークフリート退場）

第一三場

クリエムヒルト　何度呼び戻しても、恐ろしくって、あんなこと言えない。人は後悔するとわかっていることをなぜするのかしら！

第一四場

ゲルノートとギーゼルヘア登場

クリエムヒルト　あなたたちはまだいたの？　神様がここへ連れてきてくださったのね！　あなたたちにお願いがあるの。馬鹿なことと笑わないでね。私のジークフリートから一歩も離れず、背中を守ってほしいの。

ゲルノート　僕たち行かないんだ。気がすすまないから。

クリエムヒルト　気がすすまないですって？

ギーゼルヘア　違うだろ、兄さん！　ただ時間がないだけだよ。戦いの準備がまだ終わっていないんだ。

クリエムヒルト　あなたたちのような若僧がそんな大任をおおせつかったの？　私のことを大事に思っているでしょう。同じお乳を飲んで育った姉と弟だということを覚えているのなら、お願いだから二人を追って！

ギーゼルヘア　みんなはもうとっくに森にはいっているよ。

ゲルノート　兄上もご一緒だし。

クリエムヒルト　後生だから！

ギーゼルヘア　僕たち武器を点検しなければならないんだ。姉上もご存じでしょう。

（退場しようとする。）

クリエムヒルト　では、一つだけ教えてくれる。叔父様はジークフリートの親友よね。

ゲルノート　当たり前じゃないか。

クリエムヒルト　ジークフリートを褒めるのを聞いたことがある？

ギーゼルヘア　貶《けな》してなければ、褒めているということでしょう。叔父上がジークフリート殿を悪くいうのは聞いたことがない。

（二人退場）

クリエムヒルト　いったいどうしたというのでしょう。あの二人がお供をしないなんて——。心配でたまらない！

第一五場

フリッガ登場

クリエムヒルト　乳母殿、私をお探しか？
フリッガ　別に誰を探してもおりません。
クリエムヒルト　では王妃様のご用でか？
フリッガ　それも違います。王妃様は何も必要とされていないので。
クリエムヒルト　いつ聞いても何も、何もと！　何も赦さないおつもりなのですね！
フリッガ　何をおっしゃっているのでしょう。そんなことする必要がないではありませんか。別に気を悪くされているわけでもないのに。あ、角笛が鳴っていますね。狩りでもされるのですか？
クリエムヒルト　もしかしてお前が頼んだの？

フリッガ　私がですって⁉　まさか！（退場）

第一六場

クリエムヒルト　ああ、正直に話すべきだったかしら。大切な人ジークフリート、あなたは女という生き物を知らなかったのね。そうよ！　知っていたら、怖いとすぐ口を割ってしまう臆病な種族に、大変な秘密を漏らしたりしなかったでしょう。私が竜の強さを褒めたばかりに、あなたは私の耳元で冗談交じりにあの秘密をそっと漏らした。その後誰にもそれはお話しなさらないで、とお願いしたのは当のこの私だったのに、その私が！　――まわりを舞う小鳥さん、いつも一緒にいてくれる白い小鳩さん、私を憐れと思うなら、あの人を追って！　危険がせまっていると伝えて！（退場）

第五幕

オーデンの森

第一場

ハーゲン、グンター、フォルカー、ダンクヴァルト、従者たち登場

ハーゲン　ここがその場所だ。泉がわくのが聞こえるだろう。茂みで見えないがな。わしはここに立って、かがんで水を飲む者がいれば誰でも、串刺しにして、岩屋に磔にしてくれる。

グンター　私はそんなことを頼んではいませんよ。

ハーゲン　いずれ頼まなければならなくなる。よく考えろ。他に手段がないではないか。今日がうってつけの好日だ。だから命令するのだ。それがいやなら、黙ってお

ればよい。(従者たちに) おい、お前たち、ここで休憩だ。

(小姓たちが食事の用意をする。)

グンター　あの男をずっと恨んでいたのですね。

ハーゲン　さあ、どうかな。わしは腕をかしてほしいと言われれば、よろこんでかすだけだ。わしと奴の間に割ってはいる奴がいれば、まずそいつを血祭りに上げてやる。それがまちがっているとは思わんがな。

グンター　だが弟たちは私にやめさせようとして、だめだとわかると背を向けてしまいました。

ハーゲン　忠告はするが、たくらみを阻止する気はないではないか。あいつたちとて、わしらが正義の御旗のもとにいることは承知しているのだ。ただ、年端もいかないので、戦場で正々堂々と流れない血におびえているだけなのだ。

グンター　それですよ！

ハーゲン　奴は死神に示談金を払ったのだ。暗殺されても本望ですとな。(従者たちに) 角笛を吹け！　みなを集めるのだ！　まずは腹ごしらえだ！　(角笛の音) ことは起こるべくして起こるのだ。わしに任せておけ！　恨みもなく、何が起こっても赦してやるつもりなら、そうするがよい。ただ家来が、お前の女房の仇を討って、恥から救いだすのを邪魔してはならん。わしらにあの男を消してもらいたいと、じっと息を殺して待っているが、たとえそれが無駄とわかっても、断食の誓いを破るような女ではない。それどころか、いよいよ命が尽きようかという段になれば、若い血潮に生命力が再びみなぎって、それが呪いとなって吹きだそうぞ。お前はあっという間にそれに呑みこまれるのだ!

グンター　いまならまだ間に合う!

第二場

ジークフリート、ルーモルトと従者たちと登場

ジークフリート　さあ、着いたぞ!　狩人たちよ、獲物をもってきたか?　俺のは後から車に乗せてきた。だが重すぎて壊れてしまったがな!

ハーゲン　わしはライオンしか狩らんつもりだったが、今日は出会わなかった。(17)

ジークフリート　それもそのはず、お先にしとめさせてもらったからな!　──食事の

支度ができたか！　でかしたぞ、褒めてやる！　ちょうど腹の虫がさわぎはじめたところだ！　いまいましいカラスたちめ、お前たちも来たのか？(18)　角笛を吹いて、奴らを追い払ってくれ！　カラスの群にはもう何度となく獣の肉を投げてやった。ついいましがた狐までくれてやったばかりなのに、まだ物足りないのか。青々と茂った草原で、黒々とした奴らを見るとぞっとする。まるで悪魔を見ているかのようだ。だから鳩たちは俺のまわりには一向に近づかないのだ！　今日はここで夜を明かすことになりそうだな？

グンター　実はな――。

ジークフリート　おや、これはよい場所を選んだな！　あそこに木の空洞《うろ》がぱっくり口を開けているじゃないか。こいつは俺がもらった！　子どもの頃から俺はこんなふうに寝るのに慣れているのだ。苔むした朽木に顔をうずめて休むことほど、気持ちのいいものはないぞ！　それに寝るとも起きるともなく微睡《まどろ》みながら、一羽また一羽と目を覚まして鳴く鳥の声を数え上げることの心地よさといったら！　チッ、チッ、チッ！　おやもう二時だ！　ピィ、ピッピ！　背筋を伸ばしてあくびをして。クッ、クッ、クッ！　陽がもうギラギラしているぞ。目を覚ませ！　コケコッコー！　くしゃみがいやなら、さあ跳び起きろ！

フォルカー　まったくだ！　外がまだ真っ暗なのを見てとったときの神さまが、先に小鳥たちを起こして、足元がおぼつかないので、拍子をとらせるのだ。砂時計の砂がこぼれ落ちるように、日時計の長い針がゆっくり滑っていくように、間隔をおいてまずはライチョウ、次はオオツグミ、次はツグミと鳴き始める。日中ならかしましい連中も、朝は相手を邪魔しない。順番がくる前に、割り込んだりはしない。そのことは私も何度も経験した。

ジークフリート　そうだろう！　――兄上、浮かぬ顔をしてどうした？

グンター　まさか、気のせいだ！

ジークフリート　いやそうなのだ。結婚式に行く人と葬式に行く人の区別くらい、俺にもつく。顔つきが違うからな。みなの衆！　こうしよう。俺たちはまったくの赤の他人で、初めて森で出会ったようなふりをするのだ。みなそれぞれに獲物をもってな。そしてそこでそれを披露して、宴会のために分けあうのだ。名案だろう！　俺はあらゆる獣の肉をもっていく。野牛が一頭、イノシシ五頭、三、四〇頭の鹿に数え切れないほどの鶏だ！　ライオンや熊だって欠けてはいないぞ！　そのお返し

は、一杯の冷えた葡萄酒でどうだ⁉

ダンクヴァルト　ああ、やっちまった！

ジークフリート　どうしたんだ？

ハーゲン　飲み物を忘れてきたのだ。

ジークフリート　なるほど。一仕事し終えて、舌が焼け石のようになってしまった狩人に、これこそ最悪の一撃だ！　こうなったら意地でも探しだしてやる。そのためには犬にでもなるぞ。鼻はそれほどきくほうではないが、楽しみのためには手段を選ばんぞ。（探す。）ここにもない。こちらにもない！　葡萄酒の樽をどこに隠したのだ！　おい、ヴァイオリン弾き、後生だから教えてくれ！　このままじゃ宮廷一のおしゃべりの俺も、声が枯れて、ミイラになってしまうぞ！

ハーゲン　いずれはそうなる。それはな――いや、葡萄酒がきれればだがな。

ジークフリート　なんという狩りをお前たちはしているのだ！　俺が狩りに来てやったというのに！　酒蔵係はどいつだ？

ハーゲン　わしだ！　――狩り場がどこか知らなかったのだ。飲み物がないという知らせを受けて、酒はシュッペサルトの森に送ったのだ。

ジークフリート　感謝するぞ、余計なことをしおって！　ではここには一滴の葡萄酒もないということなのか？　葉っぱの夜露でもなめて景気をつけろというのか？

ハーゲン　口が減らん奴だ。大人しくしていろ。ささやかな慰めが聞こえてくるだろう。

ジークフリート　（耳を澄ます。）ほんとうだ、何か流れている！　やったぞ、泉だ！　葡萄の木に吸いあげられて曲がりくねった道を通って俺の口にはいる方が、長旅の間にせしめたさまざまなエキスでこの頭を威勢のいい馬鹿っぷりで一杯にしてくれるから好きだが、石清水も悪くはない。泉よ、苦しゅうない近う寄れ！　（泉に近づく。）いや、待て。遠慮しておく。みんな、よく見ていてくれ。俺は誰よりものどが渇いているが、最後にいただくことにする。なぜって、今日はクリエムヒルトにちょっと辛く当たりすぎたからな。

ハーゲン　では、わしがいただこう。（泉のところに行く。）

ジークフリート　（グンターに）仏頂面はやめないか。ブリュンヒルトの機嫌をとる方法が思い浮かんだのだ。それさえあれば、初めての接吻も夢ではないぞ！　お前がするまで、俺も我慢しておくから。

ハーゲン　（泉からかえって狩り装束を解く。）かがんで飲まねばならん。これは邪魔だ。

（再び退場）

ジークフリート　クリエムヒルトは国へ帰る前に、みんなの前でブリュンヒルトに謝りたいといっている。これはあいつが自分から言いだしたことだ。決まりが悪いのでその後すぐに出発するがな。

ハーゲン　（戻ってきて）ああ、氷のように冷たいぞ。

ジークフリート　次は誰だ？

フォルカー　私たちは先に食事をすませる。

ジークフリート　よかろう。（泉のほうに行くがすぐに戻ってくる。）そうだった。（狩り装束を解いて、再び退場）

ハーゲン　（槍と剣と盾を指さして）そいつを片づけろ。

ダンクヴァルト　（武器を片づける。）

ハーゲン　（槍を再び手にとって、グンターには相変わらず背を向けたまま、狙いをつけて槍を投げる。）

ジークフリート　（叫んで）なんだこれは！

ハーゲン　（声を荒らげて）　まだ黙らんか！　（他の者に）奴が何を言っても、相手にするなよ！

ジークフリート　（はって戻ってくる。）やられた！　だまし討ちだ！　きさまらか？　人が水を飲んでいるときに！　兄上、兄上！　こんな仕打ちはあんまりではないか？　俺がどれだけお前の力になってやったか忘れたのか？

ハーゲン　木の枝を払うのだ。担架がいるようになるからな。太い枝を選べ。死人は重いぞ。急げ！

ジークフリート　俺は死ぬのか。いやそうはいかん。（跳び起きる。）俺の剣はどこだ？　持ち去ったのか？　武士の情けだ、ハーゲン、死にゆく者に剣をかしてくれ！　兄上と最後の一騎打ちだ！

ハーゲン　敵の名を呼んでおきながら、それを敵とも知らんとは憐れな奴。

ジークフリート　ああ、俺の命が流れ落ちる。溶けてしたたるロウソクのように。この人殺しは俺に剣を渡さんつもりらしい。武士の風上にもおけん奴。腰抜けのクズめ！　もう親指一本しか動かんぞ。この親指が怖いのか。（自分の盾につまずいて）俺の盾だ！　よくついてきてくれたな。これで犬を退治してくれるわ。（かがんで盾をとろうとするが、もう持ちあげられない。再び立ち上がって、よろめいて）まるで十字架に磔にされたようだ！　仇を討とうにももう時間がない！

ハーゲン　言わせておけば、いつまでもぺらぺらとよくまわる舌だ！　性懲りもなく浮わついた舌を罰として噛み切ってみろ。そうすれば何よりの仇討ちだ！　お前を破滅させたのはそいつだからな。

ジークフリート　でたらめを言うな。俺を殺したのはお前の嫉妬だ。

ハーゲン　黙れ、黙れ！

ジークフリート　死人に命令するのか？　図星だろう。もう一度甦ってお前に会いにきてやろうか。剣を抜け！　もう立っておれん。すぐに俺に唾を吐くがいい。塵のようにな。このあたりに――（地面に崩れ落ちる。）これでジークフリートを片づけたというわけか！　だがな、よく覚えておけ、お前たちが葬ったのはお前たち自身なのだ。もうお前たちを怖がる奴はいない。俺がデンマーク人をやっつけなければ、お前たちがやっつけられる番だ。

ハーゲン　憐れな奴。わしらの嘘をまだ真に受けておる。

ジークフリート　嘘だと？　何と姑息で、何とひどいことを！　よくもそんな嘘がよくつけたな！　もういい。こんな人間はお前たちだけだろう。お前たちは呪いの言葉の仲間入りだ。「ガマガエル、毒マムシ、ブルグント」とな！　いや、お前たちが最初だ！「ブルグント、毒マムシ、ガマガエル」め。お前たちからはすべてが消えてしまうぞ。名誉も、名声も、品格も、俺のように消えてしまうのだ！　悪業は尽きることがない。お前の腕が俺の心臓を刺し貫いたのだからな！　だがこれでお前の悪業も最後だ！　ああ、妻よ！　可愛そうなクリエムヒルト、お前の予感は当たったのだ。悲しまんでくれ！　グンター王よ、お前にまだ血も涙もあるのなら、あの女のことをよろしく頼む。――だが、本当はわが父の元へ帰った方がいいのかもしれぬ。クリエムヒルト、聞いているのかい？（息絶える。）

ハーゲン　ようやく、黙りおったわい。だからといって、ご褒美はもうないがな。

ダンクヴァルト　みなの者には何と説明する？

ハーゲン　なんとでも言え！　森で盗賊にあって、斬り殺されたとでもな。誰も信じないだろうが、だからといって誰もわしらを嘘つき呼ばわりはすまい。わしらは誰も弁明を求めない火と水の世界に立ち戻ってしまったのだ。ライン河が氾濫した申し開きに頭を悩ませるか？　あがった火の手が言い訳を考えるか？　だったら、わしらがどうして気に病まねばならんのだ？　おい、王よ、お前は何も命令を下さなかった。よいな！　ことの顚末はすべてわしにある。奴を連れていけ！

（遺体をかついで一同退場）

第三場

クリエムヒルトの部屋。深夜

クリエムヒルト　まだ明けてもいないのに、血がさわいで目が覚めてしまったわ。一番鶏が鳴くのをはっきり聞いたように思ったのだけれど、気のせいだったのね。（窓辺によって、格子戸を開ける。）まだ星がでている。ミサまでにはまだ一時間もあるというのに！　なぜだか今日は聖堂でお祈りがしたくて仕方がないわ。

第四場

ウーテ、静かに登場

ウーテ　もう目覚めたのですか？

クリエムヒルト　お母様のほうが驚きですわ。いつもは明け方に床について、昔わたしが起こしてもらったように、いまは娘に起こしてもらうまでゆっくりおやすみになるというのが習わしになっているのに。

ウーテ　今日はどうも眠られなかったのです。外があんまりうるさかったから。

クリエムヒルト　お母様にも聞こえたのですか？

ウーテ　ええ、気づかれないようにしていたが、男たちでしたよ。

クリエムヒルト　空耳ではなかったのだわ。

ウーテ　息を殺しているわりには、剣を落としたり、ぬき足さし足でかえって暖炉につまずいたり、犬を黙らせようとして尾を踏んだり。

クリエムヒルト　あの方たちが戻ったのかしら。

ウーテ　狩人がかい？

クリエムヒルト　わたしの扉のところまで誰かが足音をたてずに来たような気がして、ジークフリートが帰ったかと思ったのです。

ウーテ　まだ起きているという合図を送ったのかい？

クリエムヒルト　いいえ。

ウーテ　だったら彼だったのかもしれないね。それにしてもあまり早すぎる気がするが。

クリエムヒルト　わたしもそう思ったのです。それに扉を叩く音もしなかったし。

ウーテ　今度の狩りの目的は、獲物ではなく、百姓たちを安心させてやるためだそうよ。何でも、彼らが種を播けば、イノシシがほじくるといった具合で、頭にきて鍬を焼き捨てると騒いでいるそうなの。

クリエムヒルト　本当ですか?

ウーテ　クリエムヒルト、あなた、すっかり服を着てしまって。それに侍女もつけないで。

クリエムヒルト　一番の早起き者が誰かを知ろうと思ったのです。それによい気晴らしです。

ウーテ　わたしもロウソクの火で、あの子たちを一人一人順に見てまわった。歳が違えば、夢見も違う。一五、一六の娘などまだ五つか六つの子どもだけれど、一七になると夢を見始め、一八で理屈を覚え、一九になると欲望を知るようになる——。

第五場

侍従　（扉の向こうで叫んで）あぁ！

ウーテ　どうしたのです？　何かあったのですか？

侍従　（入室する。）つまずいて倒れるところでした。

ウーテ　それでそんなに大声を？

侍従　誰かが倒れていますぞ！

ウーテ　え、何ですって？

侍従　扉の前で人が死んでいるのです。

ウーテ　人が？

クリエムヒルト　（気を失って倒れる。）それはわたしの夫！

ウーテ　（彼女を受けとめて）そんな馬鹿な！　（侍従に）光をもっておいで！

侍従　（光をもってきてうなずく。）

ウーテ　あなたジークフリートなの？　――人殺し！　みなの者、起きるのです！

侍従　出あえ、出あえ！

（侍女たちが駆けこんでくる。）

ウーテ　クリエムヒルト！

クリエムヒルト　（身を起こして）これはブリュンヒルトがたくらみ、叔父上が手を下したこと！　――灯りをおもち！

ウーテ　クリエムヒルト！　叔父上って、あの人が――。

クリエムヒルト　（ロウソクを一つとって）やったのです！　決まっているわ。わたしにはわかる！　夫を足蹴になんかさせません！　先ほど侍従が蹴つまずいていたでしょう。ああ、侍従ですって！　昨日までは王だって道を譲っていた方が！

ウーテ　灯りをかしなさい！

クリエムヒルト　いいえ、自分で置けますわ。（扉を勢いよく開け、地面に伏す。）ああ、母上様！　この世に生んでいただいたことが、口惜しい！　――愛しいこのうなじ！　口づけさせて。唇だけじゃ、いや。そこにもここにも。もういやとおっしゃれないのね、この唇はもう――。なんてことなの！

侍従　あとを追われるのではないでしょうな。

ウーテ　あの子にはそのほうが幸せでしょうに。

第六場

グンターがダンクヴァルトとルーモルトとギーゼルヘアとゲルノートと登場

グンター　（グンターを迎えて）わが息子よ、何があったのです？
ウーテ　わたしも泣きだしたい気分です。だが、どこからお知りになりました？
司祭の口から正式にお知らせしようと、今夜命じたばかりなのに。
グンター　（手で示して）見えるでしょう、死者が自分で知らせに来たのです。
ウーテ　（ダンクヴァルトに耳打ちして）どうしてこんなことになったのだ？
グンター　兄者がここへ運んできたのです。
ダンクヴァルト　いらぬことを！
グンター　引き止めたのですが、聞かなかったのです。戻ってきたとき、笑って、「奴からご丁寧なお別れの挨拶を頂戴したから、これぐらいしてやらんとな」と言っておりました。

第七場

司祭登場

グンター (彼を迎えて) 遅かったな。

司祭 この方が森で殺されるなんて!

ダンクヴァルト 盗賊の槍が偶然急所に当たったのだ。まぐれ当たりで、大男が子どもに倒されることもある。

ウーテ (侍女たちとクリエムヒルトの介護をしてきたが) クリエムヒルト、お立ちなさい。

クリエムヒルト この上まだ別れをしなければならないのですか。いやです! この方をもう離しません。わたしを一緒に埋めてください。それがかなわないのなら、ずっとこのままでいさせて! あの方が生きていた間、しっかり抱きしめてあげたことがなかった! 亡くなったいまになって、初めてそれができるなんて。それができてどうなるの! 目に口づけてあげたことなんてなかったわ。みんな今日が初めてのことばかり。二人の時間は永遠に続くと思っていたから。

ウーテ　クリエムヒルト、もうそのくらいに。ジークフリート殿をいつまでも地べたに寝かせておくわけにはいきません。

クリエムヒルト　本当にそうだわ。今日はすべてがあべこべ。豊かなものが貧しく、宝物が二束三文。（立ち上がる。）さあ、鍵よ！（鍵束を前に放る。）もう祝うこともないでしょう！　絹も、錦糸の晴着も、亜麻布も全部もってきて！　花も忘れないでね。あの方はお花が好きだったから。全部、一つ残さず摘んできてね。今年咲き始めたつぼみも摘んでいらっしゃい！　主人がいないのに咲いても仕方ないから。みんなあの方の棺にいれるの。そこに私の花嫁衣装をかけて、その上にあの方を優しくくるんであげるの。そしてこうして（腕を広げる。）、あの方の棺の蓋になって、あの方を包んであげるの！

グンター　（家来に向かって）わしに誓え！　妹には何の危害も加えんとな！

クリエムヒルト　（振り向いて）人殺しが何をしゃあしゃあと！　お下がりください！　塞がった傷口がまた開きますわ！　いえ、そうだ、こちらにいらっしゃい！（ダンクヴァルトの腕をとって）死人が犯人を言い当ててくれるから。（着物で手をぬぐって）ああ汚らわしい、もうこれで右手で夫に触れられなくなったわ。血がにじんでいますか、母上様、よくご覧になって。よく見えないわ。にじんでいないですって？　みんな知っていても黙っているだけね。下手人はここにいないのね。ハーゲン叔父様はいらっしゃる？　前へ出てきてください。叔父様はまさかそんなことをしていらっしゃらないわよね。手に口づけて頂戴。

ウーテ　どうしたの、この子ったら――。

クリエムヒルト　ブリュンヒルトのところへ行ってごらんなさい。飲んで食って、大騒ぎのはずよ。

ウーテ　だから盗賊だと――。

クリエムヒルト　その盗賊が誰かなのです。（ギーゼルヘアとゲルノートの手をつかんで）お前はその場にいなかったのね。お前も。

ウーテ　お聞きなさい！

ルーモルト　私たちは森で別れたのです。ジークフリート殿がそう望まれたのです。狩りのしきたりでもありましたし。それでももう一度集まったときには、もう虫の息だったのです。

クリエムヒルト　あの方を看とったのですね。それで何とおっしゃいました？　最後の言葉は？　それをおっしゃれるのなら、あなたの言うことを信じてあげてもよいですよ。それが恨み言でなければね。だけれど気をつけて口をききなさい。聞いたこともないことを思い出せるくらいなら、口から薔薇の花だって咲くことでしょうよ。（ルーモルトが口ごもる。）それ見たことか！

司祭　いえいえ、ありうることですよ。泥棒カササギが、盗んだナイフをうっかり落としてしまって、それに当たって人が死んだこともありますからな。人間の手には届かないところでね。盗品が重くなりすぎた空飛ぶ盗人に起こったことが、盗賊にも起こったとしても不思議ではない。

クリエムヒルト　信仰厚きお父様、あなたは何もご存じではない！

ダンクヴァルト　王妃様、あなたのお辛い気持ちはお察し申し上げますが、そんなに盲滅法当たり散らされては、理不尽に過ぎますぞ。誇り高い勇士たちがあなたに誓って申して――。

（扉が閉まる。遺体は見えなくなる。）

クリエムヒルト　（これを見て）ちょっと、待ちなさい！　誰が許したの？　――（扉のほうへ急ぐ。）

ウーテ　待ちなさい、クリエムヒルト！　ジークフリート殿をそっと運びだすのは、お前も望んだところではないか。

クリエムヒルト　もとに戻して！　私から奪い取って埋葬してしまうのですか。二度と会わせないように。

司祭　聖堂に移すのです！　私もまいります。殿はいまとなっては神に召されたのですから。

第八場

クリエムヒルト　わかりました。聖堂へまいりましょう。（グンターに）あくまで盗賊とおっしゃるのですね？　でしたら親戚一同に加えて、お兄様も死人の裁きに立ち会っていただかなければなりません。

グンター　よかろう、わしはかまわんぞ。

クリエムヒルト　いいですか、全員出席ですよ。でもここにいるのはみなではないわ。

いない人を呼んできてちょうだい。
(全員別々の扉から退場)

第九場

松明。司祭、他の聖職者と下手の鉄の扉の前にいる。入口にはハーゲンの郎党六〇名が集まっている。最後にハーゲン、グンター、その他の者登場

(扉を叩く音)

司祭　扉を叩くのはどなたかな?
外からの声　ネーデルラントの王だ。頭にいただく王冠は指の数だけ。
司祭　存じませんな。
(再び扉を叩く音)
司祭　どなたかな?
外からの声　天下無双の丈夫《ますらお》だ。ぶんどった戦利品は歯の数だけ。
司祭　存じませんな。

（再び扉を叩く音）

司祭　どなたかな？

外からの声　お前の兄弟ジークフリートだ。犯した罪は髪の毛の数だけ。

司祭　扉を開けなさい！

（扉が開き、ジークフリートの遺体が担架に乗ってはいってくる。それに続いてクリエムヒルトとウーテと侍女たち入場）

司祭　（棺に向かって）よくいらした、死せる兄弟よ。ここに魂の安らぎを求めたのですか！（棺が安置されると、女たちと棺の間に割ってはいり、棺から遠ざけて）ご婦人方もよくいらっしゃった。彼と同じく、ここに魂の安らぎを求められているのでしような。（クリエムヒルトに十字架を差しかざして）このありがたい徴《しるし》を見て、顔をそむけられるのか？

クリエムヒルト　わたしは真実と正義を知りたいのです。

司祭　復讐をたくらんでいるのではないですか。だが復讐するのは主イエス・キリストだけに許されているのです。(19)イエス様一人が隠されたものを知り、イエス様一人が報いることができるのです！

クリエムヒルト　私は憐れな、うちひしがれた女です。この巻き毛で武人を絞め殺せるとでもおっしゃるのですか。どう仕返しができるのでしょう?

司祭　復讐するつもりがないのなら、なぜ犯人をお捜しか。この世の裁き手に任せて、何の不服があるのでしょう?

クリエムヒルト　罪もない者を憎むのはいやです。

司祭　誰も憎まなければ、そんな心配もありません! ――あわれな人の子よ、泥と灰から造られて、次の瞬間には風にひと吹きに散らされる者よ! ずいぶんと重荷を背負って天に向かって嘆いておいでのようだが、もっと重い荷を背負ったお方をご覧なさい。僕《しもべ》の姿で私たちのもとに下られて、この世の罪を一身に負って、それを贖うために、この世の始めから終わりまで堕落した被造物が嘗めた、あらゆる苦しみを堂々とお受けになった方を。この方はあなたの苦しみも背負ってくださっているのです。それどころか、あなた以上にひどく。天の力が唇に宿り、天使の群がこの方のまわりを回っていました。だがこの方は粛々と死を受けられた。十字架の上の死をです。自らを犠牲に捧げられたのは、あなたを愛するがゆえにです。底なしの慈悲の心を示してくださっているのに、あなたは自分を犠牲にするのをこばむおつもりか？　いますぐ「ご遺体を埋葬せよ！」と言って、お部屋にお戻りなさい！

クリエムヒルト　大変なご説教をなさいましたね。では今度は私の番です！（棺のところへ行って、枕元に立って）こっちへいらしてください。私が立っているところへ。みなさんの無実を証明してください。

司祭　（同じく棺のところへ行って、足元に立つ。）

（ラッパが三度鳴る。）

ハーゲン　（グンターに）何かあったのか？

グンター　男が殺されたのです。

ハーゲン　それで、なぜわしがここに呼ばれたのだ？

グンター　叔父上に嫌疑がかかっているのです。

ハーゲン　嫌疑はわしの一族が晴らしてくれよう。――おい、みなの者。わしが人の寝首をかいたり、殺《あや》めたりする人間でないことはお前たちがよく知っておるな！

ギーゼルヘア以外の全員　知っております！

ハーゲン　ギーゼルヘア、なぜ黙っておる？　お前の叔父が人の寝首をかいたり、殺めたりする人間ではないと証明してくれるな？

ギーゼルヘア　（片方の手をあげて）証明します。

ハーゲン　これで誓いの言葉とする。（聖堂にはいって、クリエムヒルトに）いま見たように、わしの潔白はいつでも証明できる。だから棺のところに行く必要はないのだが、お望みとあらば、一番最初にやってやろう。（ゆっくりと棺のところに近づいていく。）

ウーテ　クリエムヒルト、見てはなりません。

クリエムヒルト　お離しください！　あの方はまだ生きておいでです。ジークフリート様！　もう少しでお口を開き、目を開かれるのに！

ウーテ　可愛そうな子！　びくっと動くのは死体にはよくあること。ああ、気味が悪い！

司祭　これこそ神の指です！　弟を殺したカインに殺人者の徴をつけるために、音もなく聖なる泉に指を浸けられるのです。

ハーゲン　（棺の中をのぞき込んで）血が赤々と流れておる！　でたらめかと思っていたが、いまこの目で見た！

クリエムヒルト　よく腰が抜けませんこと？（ハーゲンにつかみかかる。）よくもぬけぬけと、この悪魔め！　人殺しが近寄ると傷口が破れて血が滴るのです！　一滴流れ落ちるごとに痛い痛いと泣いているのです！

ハーゲン　見てみろ、クリエムヒルト。死者ですらまだ怒っている。生きた人間の恨みがどれほどかわかるか？

クリエムヒルト　出ていって！　この手で絞め殺してやりたいところだけれど、あなたなんかに触れたら手が汚れるわ！　洗って落ちればそうするけれど、腕ごと切り落としても、まだ穢らわしい！　あなたの血で洗うのならそうしてやるけれど。出ていきなさい！　夫を殺したときも、そうやって突っ立っていたのでしょう。狼のような目であの人をじっと見つめて、にんまりと笑って悪魔のたくらみを温めていたのでしょう！　見つからないように、うしろから忍び寄って――そう野獣が人間を襲うときのように！　そしてあの印に、私がつけたあの印に狙いをさだめて――。卑怯者！　私に誓ったことを忘れたの！

ハーゲン　たとえ火のなか水のなか、夫殿をお守りすると誓ったが。

クリエムヒルト　敵のなかではどうなのです？

ハーゲン　もちろん。お守りしただろう。

クリエムヒルト　それは自分で殺すためでしょう。

ハーゲン　裁きを下したのだ！

クリエムヒルト　とんでもない！　天地開闢以来、いったいどの人殺しが裁きを下せたのですか！

ハーゲン　ジークフリートと差しで勝負するくらい、わしには何でもないことだ。だが奴は竜を着こんでいた。怪物はたたき殺すのが定め。奴が誇りたかい騎士だったら、なぜ竜のご加護など必要としたのだ！

クリエムヒルト　竜のご加護ですって！　夫は竜を退治したのですよ。そして竜を退治したということは、世界をねじ伏せたということですよ！　森に巣くう魑《ち》魅《み》魍《もう》魎《りょう》も、竜に怖じ気づいて手をこまねいていた腰抜け騎士、あなた自身もその一人でしょうが、みんな夫がねじ伏せたのです！　夫の悪口を言えた義理ですか？　嫉妬から、卑怯にも武器を手にした悪党に何が言える！　人の世が続く限り、夫の美談は語り継がれましょう。あなたの悪行もね！

ハーゲン　やむをえん。（遺体の脇においてあった名剣バルムングを奪う。）言いたいように言うがよい！（剣を腰に帯びて、家臣のほうにゆっくり戻る。）
クリエムヒルト　殺人の次は泥棒か！（グンターに）ご評定を！
司祭　十字架の上から泥棒を許した方のことを忘れてはいかん。
クリエムヒルト　裁判よ！法廷を開いてください！兄上がそれを拒まれるのなら、あなたの手も血で汚れているのだわ！
ウーテ　いい加減にしなさい！お前は一門を破滅させるつもりか？――
クリエムヒルト　破滅するならするがいいわ！あの方の命にくらべればそんなもの何でもない！（亡骸のほうへふり返り、棺に崩れ落ちる。）

第三部
クリエムヒルトの復讐
五幕の悲劇

【梗概】

修道院で亡き夫の喪に服すクリエムヒルトにフン族の王アッチラとの再婚話がもちあがる。ハーゲンへの復讐心をつのらせるクリエムヒルトは、アッチラの強大な力を借りれば夫の仇討ちができることに気づき、求婚を受けいれフンの女王となる。数年後アッチラの招きに応じてブルグント族はフンの国へ向かうが、途中ドナウを渡渉するときハーゲンは水の精から一族の滅亡の予言を聞く。一行は辺境伯リューディガーの歓迎を受け、弟王ギーゼルヘアは伯の娘と婚約する。アッチラの居城ではクリエムヒルトの陰謀に気づいたベルンのディートリヒが王を説き伏せて戦いを未然に防ごうとするが、アッチラの幼い息子がハーゲンに殺されたことをきっかけに戦闘の火ぶたが切られ、勇者たちが次々に斃れ、最後まで生き残ったグンターとハーゲンも捕らえられ処刑される。

【登場人物】

グンター王
トロイのハーゲン
フォルカー
ダンクヴァルト
ルーモルト
ギーゼルヘア
ゲルノート
司教
アッチラ王
ベルンのディートリヒ
ヒルデブラント（ディートリヒの師傅《しふ》）
辺境伯リューディガー
イーリング（北欧の王）
テューリング（北欧の王）

ヴェルベル（アッチラの楽士）
スヴェンメル（アッチラの楽士）
ウーテ
クリエムヒルト
ゲテリンデ（リューディガーの妻）
グードルン（その娘）
巡礼者
フン族の男　台詞なし
オトニット（子ども）　台詞なし
エッケヴァルト　　台詞なし

第一幕

ヴォルムス、迎賓の間

第一場

王座にグンター王。ブルグント族の一同。ハーゲン、ダンクヴァルト、ゲルノート、ギーゼルヘア、ウーテ、アッチラの使者、リューディガー

グンター リューディガー殿、もしよろしければ、ご来訪の御用向きをお話しくださ い。ここにブルグント族、一堂に会しておりますので。

リューディガー それではお話しいたそう。わが主君は広く世界に号令をかけ、命令を下されるお方。その君《きみ》が、ブルグントのみな様に頭をお下げになるのは、折り入ってお願いがあってのゆえにございます。わが主は先頃お妃様と死に別れられまし

たが、その後添《のちぞ》えにふさわしいのは、陛下の妹君でいらっしゃるクリエムヒルト様をおいて他にないとお考えです。この方だけがヘルケ様の代わりをつとめられ、この方だけが嘆き悲しむ民草を慰めることのできるお方。もし陛下がならぬと申されれば、わが主君は一生男やもめをつらぬかれるでしょう。

グンター　貴公の主君がそうそう頭を下げられることはないとおっしゃるのなら、こちらも簡単には礼を言わない一族とご承知おき願いたい。だがアッチラ殿は無名だったフン族の王座を天下に知らしめ、その剛毅な名をあらゆる民族の背中に彫りこんだお方。されば、私も自ら席を立って申し上げよう。お申し越しの件、感謝に堪えず光栄でございます。

リューディガー　それで、わが主人には何と返事を？

グンター　歓迎のラッパを吹かせないからといって、また夏至の祭りで焚くような迎え火をあちこちの山で焚かないからといって、われわれが思い上がって歓喜の声を押し殺していると思わないでいただきたい。お申し出に不服があるというわけではございません。ただ貴公もご存じのように、クリエムヒルトは連れ合いを亡くした身なのです。

リューディガー　アッチラ殿もまさに男やもめです。だからこそお二人の結びつきはいっそうめでたいというものでしょう。再婚には祝福と気品と分別が備わるのですから。お二人は、くちばしの青い若僧のようにのぼせ上がって愛の幸福をむさぼるようなまねはなさらず、仲良く慰めあわれることでしょう。クリエムヒルト様は新しいご主人に口づけされても、涙が止まることはないでしょうし、アッチラ殿も新婦の腕に抱かれてまんじりともなされないでしょうが、お二人とも、これが死んだ連れ合いへの最高の功徳だということにお気づきになって、ますます仲むつまじくなさるはずです。

グンター　そうならよいのですが、あいつから夫を奪い、私から義弟を奪ったあの忌まわしい事件からもうずいぶんの歳月がたったが、妹は私たちのところには寄りつきもせず、いまにいたるまでジークフリートの墓所のあるロルシュ修道院に籠もりきりなのです[1]。何から何まで、楽しみという楽しみはすべて避けて、まるで罪でもあるかのように、夕焼けを一目見ることも、花壇で咲き誇る薔薇を見ることも避けております。そんな妹がどうして再婚などしましょうか?

リューディガー　お許しいただけるのでしたら、わが主人のお気持ちをクリエムヒルト様にじかにお伝えいたしたいと存じますが、いかがでしょう？

グンター　新しい幸せの味をあの女に教えてやりましょう。そうすれば私たちの名誉も新しくなる。会議の結果はすぐにお伝えしよう。まずはご厚誼に感謝いたします！

（リューディガー退場）

第二場

ハーゲン　言語道断だ！

グンター　なぜです。彼女が望むなら、よいではないですか。

ハーゲン　望まなくても、無理に嫁がせようとする心づもりであろう。後家はさっさと片づけてしまおうとな。だがあいつをフン族のところに輿入れさせてはならん。鎖につないでおくのだ。

グンター　どうしてそこまで向きになるのです？

ハーゲン　どうしてだと？　よくもそんなとぼけた口がきけるな！　もう忘れたの

か？　何があったか？　説明しなければ、思い出せんのか？

グンター　（ウーテの方を気にしながら）母君の御前ですぞ――。

ハーゲン　母君がどうかしたか？　よい子ぶりおって！　ウーテはすべてお見通しだ！　あの狩りの日以来わしには手を差しのべてくれないからな。お前にも接吻の一つもくれなくなったはずだ。

グンター　そのとおりです。それというのも止めるのもきかず、叔父上がわが一門の秘密を覆っていた薄い霧を吹き払ってしまったからです。血まみれの墓穴をふさいでいた痩せた芝生を踏み荒らしてしまったからです。あなたは私の顔に骨まで投げつけられた！　あなたの庭で育てた毒キノコを悪意に満ちた目で食べさせておいて、恥のかけらもおもちでない！　はっきり言っていいですか。私は腹を立てております！　叔父上の入れ知恵に従ってしまったことを後悔しております。あのとき私がもう少し大人だったら、そう簡単に口車にのらなかったのに。だがいまははっきり否と言います。けがらわしい！　憎悪からではないにせよ、無知からあんなことを許したなんて！

ハーゲン　そうであろうか？　ブリュンヒルトがお前の妻となったのにか？

グンター　わが妻ですと！　よろしい！　妻でしょう、よそに女をつくらせない以上は。だがただそれだけで――。

ハーゲン　何かわしに話せないことでもあるのか？

グンター　あるでしょうとも！　ブリュンヒルトがあの事件のあと私たちをどうあつかったか！　葡萄酒を注いでやったときのことを、まだ覚えているでしょう。私たちを罵倒して、それはクリエムヒルトどころではなかった。あんな恐ろしく激怒したのは、試合に負けたとき以来、初めてのことです。

ハーゲン　状況を理解するためには時間がかかるのだ。

グンター　「お前が望んだことだろう」と私が叱ると、彼女はもっていた葡萄酒を私の顔にかけて、この世のものとも思えないような恐ろしい声をあげて、あざ笑ったのですぞ。――違いますか？　でたらめとは言わせませんよ！

ハーゲン　そのとおりだが、その後彼女は卒倒して、それで大人しくなったではないか。

グンター　そのとおり！　まったく大人しくなったのです。烈火のごとく怒り狂ったせいで、一瞬にして永遠の命を燃やし尽くしたのでしょうか。再び正気にもどったときは死人同然でした。

ハーゲン　死人だと？

グンター　そう、何を食べ、何を飲み、ルーン文字のお告げを聞くときでさえ、死んだも同然なのです。叔父上の言ったとおり、意中の男はジークフリートだけだったのです。

ハーゲン　まさか――。

グンター　どんなに優しい言葉をかけても、にこりともしません。ここ一番というところで、フォルカーに教えてもらった口説き文句をささやいてもだめです。逆に辛くあたってても涙一つみせない。あの女は喜びも悲しみも忘れてしまったのです！

ウーテ　そのとおり。老いた乳母ひとりにお世話をさせてね。

グンター　彼女はぼんやりと宙を見つめたままです。死体から流れでた生き血が、ミミズの冷えた腸《はらわた》を温めるという言い伝えがあるでしょう。ミミズははからずも大した果報者になりましたが、彼女のほうはいい面の皮です。百年か千年か先に、偶然彼女の足がミミズを踏みつけるようなことがないかぎり。――ゲルノート、もうけたな。ブルグントの王冠はお前のものだ。妃は世継ぎを生まんからな。

ハーゲン　そういうことか。

グンター　いま初めて気がついたのですか？　ずっと私一人の胸のうちに納めてきましたが、今日、叔父上がじきじきに灯りを点けられた以上、よく眼を開けて、まわりをご覧あれ！　屋敷の内では怨恨と不和、外では醜聞。他にありましょうか。あったら見せてください！

ハーゲン　もうそれくらいにしておけ。

グンター　だが今回の縁談はこの醜聞から私たちを救ってくれます。白鳥は澄んだ水を見ると、もぐって羽虫をふるい落とすといわれています。私も生まれて初めてこれと同じことを地上でやってみます。

ハーゲン　よいか王よ、真実は一つだけなのだ。クリエムヒルトは夫を心底愛していた、どんな女も真似できんほどに、さもなくば――。

グンター　さもなくば、のはずがないでしょう。そんなこと一目見ればわかることです。

ハーゲン　だとすれば、あいつはわしらを心底憎んでおる、どんな女も真似できんほどにな――。

グンター　わしらをですって？　叔父上を、の間違いでしょう！

ハーゲン　大した差ではない。あいつがわしらを憎めば憎むほど、ますます憎しみの炎は燃えあがる。愛とはそういうものだからだ。口づけや抱擁だけではなく、憎しみのように殺人や血や死を求める。愛が餓えて苦しめば、憎しみも空っ腹をかかえるのだ。

グンター　身に覚えがおありのようだ。

ハーゲン　あるとも。よく知っておるわ。だからお前に忠告しているのだ。

グンター　私は妹と和解しました。

ハーゲン　和解だと！　神に誓いも立てずにか？　わしはお前の忠実な家臣だったつもりだ。わしの血の一滴一滴が、他の連中の心臓と同じく、お前のためにほとばしっているのがわからんのか？　後になって初めて気づくことを、あらかじめお前のために、いやお前以上にしっかりと気づいてやっているのがわからんのか？　そういうことなら、わしはもう何も言わん。笑うのもやめだ。腹立ちまぎれにした忠告であっても、もっとましなお礼が返ってきそうなものだ。和解しただと？　よかったな、やっと和解の口づけをもらえて。だがな、それは（ギーゼルヘアとウーテを指さして）弟が毎日だだをこねて、母親が泣きおとしたからなのだ。それに――和解の杯はもう飲みほしたのか？　そんなはずはあるまい。それで借金が棒引きになるはずはないぞ。それどころか、和解は新しくくっついてきた借りだ。借金はますますふくらんでいくぞ！

ウーテ　あなたと私の娘を一緒にしないでください。あなたなら和解の口づけをするときも、相手が歯に毒でもぬってやしないかと気が気ではないでしょうけれど。あの子は、天地開闢以来、人間の争いを終わらせてきた聖なる十字架から眼をそむけることはないでしょう。

ハーゲン　ニーベルンゲン族は金塊ほしさに親父を殴り殺しただろう。(2)――その黄金をラインまでもってきたのがジークフリートだったがな――。肉親を殺そうなどと誰が考える。だがな、やる奴はやるのだ。ということは、これからもやる奴は出てくるということだ。

ゲルノート　普段なら叔父上の言うことに異議をさしはさみたくはないが、これだけはそうはいかないな。ジークフリートだけではなく、姉上にも怒りの矛先を向けるのなら。

ハーゲン　わしを誤解しておるな。わしらがまだ足を踏みいれていない国があれば言ってみろ。それをクリエムヒルトのために征服して、好きなだけ高い王座につけてやろう。だが、あいつに武器をもたせるのだけは、だめだ。それはいずれお前たちに向けられることになるからだ。わしがあいつからニーベルンゲンの宝を奪ったのは、いやがらせをするためとでも思っているのか。ばかばかしい！　あいつの苦しみはもっともだ。だから恨まれてもしかたないと思っている。ああいう女を妻に娶りたいと思わない男がいるか？　夫が生きている間は三つ指ついて夫に従い、亡くなると、墓所が光らない、輝かないと大地にくってかかるような女は他にはおるまい。わしが奪ったのは、奪わなければならなかったからだ。

ウーテ　そんな勝手な言い分は通りませんよ。

ハーゲン　和解にはそのせいで傷がついてしまったが、あれでよかった。（グンターに）事件の直前に国を留守にしていたという理由だけで、クリエムヒルトがお前を赦したと思うのか？　ありえないだろう。もどってみるや、お前はお宝泥棒を見逃したのだからな。あれはやらねばならなかった。宝があればあいつは大軍勢を募ったはずだからな。

ウーテ　あの子が軍勢を？　そんなことつゆほども考えてはおりませんよ。

ハーゲン　いまのところはな。そこら中にジークフリートの財宝をばらまいてめぐんでやっていたが、一人が二度おこぼれにあずかろうが一向に気にしていなかった。ああするのが味方をつくって、とどめておく格好の手段だった。

ウーテ　あれはジークフリート殿の追善供養ですよ。黒い喪服に身をつつんで、静かな美しい瞳をずっと濡らして、宝石や黄金をほしいというものに分け与えてやり、それをいつも涙で拭いてやっている姿は、この世で再び見られないものです。最高の苦しみが、最高の幸運の使いになる運命だったとは。

ハーゲン　わしもそのことを言っているのだ。まさに石をも動かす感動的場面だ。善行はずしりとくる。その重みから逃れようと、みんなあれこれと恩返しができないか考える。クリエムヒルトのまわりにみんな集まってきて、そのうち誰かがたずねる。「お姫様、あなたの涙のわけは？」と。あの女がちょっと目くばせしただけで、そいつはもう剣に手をかけて、「殿は竜を退治して莫大な財宝をこの国にもたらした英雄だ！　仇を討つぞ」とまくし立てるのだ。

ウーテ　ちょっと目くばせ？　——あの子がいつちょっと目くばせをしたというので

すか？　女ですよ、あの子は。そして私はあの子の母。グンターはあの子の兄ですよ。あの子が弟のゲルノートとギーゼルヘアを大切に思わなかった日がありましたか？

ハーゲン　まるでジークフリートのせりふを聞いているようだ。カラスが獲物を見つけて頭上をまわっているのに、「俺は兄上といるから、安心だ！　奴らに狐をくれてやって、追い払え！」と言っていた奴にな。

グンター　もう結構です！　――いま問題なのは、まず誰の口から知らせを聞くのが、いちばん当たり障りがないかということです。（ウーテに）母上、あなたからお願いできませんか。あいつに話してもらえませんか。

（全員退場）

第三場

クリエムヒルトの部屋

クリエムヒルト　（鳥と小リスに餌をやっている。）昔はよく、年寄りたちがどうしてあんなに動物好きなのかわからなかったけれど、いまは私がこうしている。

第四場

ウーテ登場

ウーテ　またエサ籠に手をいれているのですね。

クリエムヒルト　まだエサをやるくらいの財産はありますわ。それに動物が好きですの。この子たちもそうでしょう。誰だって、逃げようと思えばさっさと逃げられますのよ。籠も窓も開いていますもの。でもどの子も逃げない。それにこの小リス！　仕事に疲れた創造主が手慰みに造られたのにしては、この可愛さったら！　神さまはきっとお休みのほうがよいお知恵がはたらくのだわ。これは私の子どもです。可愛くないはずがありませんわ！

ウーテ　それはそうでしょう。でもね、人にも手厚くしないと。動物に惜しみないのに、私たちにはお預けなのですか。人は鳥やリス以上のものですよ。

クリエムヒルト　どうしてそう思われるのですか？　気高いジークフリートのあとを

追って死んだ人がいるでしょうか？　私も死ねなかった。彼の愛犬だけでしょう、あとを追ったのは。

ウーテ　何ということを！

クリエムヒルト　犬はジークフリートの棺の下にはいりこんで、私がエサをやろうとすると噛みつくのです。まるで私が間違ったことをそそのかしているかのように。私も呪って断食の誓いを立てましたが、やっぱりだめ、食べてしまいました。ごめんなさい、お母様。私には人の世は辛いばかりで、恐ろしい森にはもっとよいものがあるのではないかと思ってしまうのです。

ウーテ　もうおよしなさい！　話があるのです。

クリエムヒルト　（その言葉には耳もかさないで）そうだわ。凶暴なライオンも眠っている人は襲わないといいます。抵抗できない人を噛み殺すには、ライオンの気性は気高すぎるのです。目覚めていれば噛み裂くでしょうが、それでも空腹を満たすため。自然の欲求からです。人に人をけしかけるのもその自然の欲求ですが、見栄えのよさに嫉妬してだったり、堂々と闊歩するのを許さなかったりするからではありません。でも私たちの宮廷ではそうしたことが起こって、勇者が人殺しになりはてたのです。

ウーテ　蛇は嚙むではないですか。後ろからとか前からとか気にしませんよ。

クリエムヒルト　踏みつけられれば嚙みもしましょう。殺すつもりで舌を見せておいて、口づけをしましょうなどと敵に言えるほど、蛇は厚顔無恥ではありませんわ。私たちが聖なる神の平和を破ったから、戦いを挑んでくるのです。平和を望むものとはすぐにでも和解しますわ。そうしたものたちの元へ、子どもを抱えて逃げていった方がよかったのかもしれません。だって身内に裏切られだまされた挙げ句、つまはじきにされて寄る辺のなくなった、丸裸の人間を獣でも見殺しにはしないでしょう。それがこの世の初めからある、昔ながらの兄弟愛を知るものの掟[3]。私がどんなひどい目にあったかをあなたたちの言葉で息子に語って聞かせていれば、連中も彼らの言葉で息子に復讐の術を教えて聞かせたことでしょう。そうすれば一人前の男に成長した暁には、重い樫の木のこん棒をぶら下げて薄暗い森から出てきたことでしょう。家来たちが王に従うように、ライオンから臆病者の蛇にいたるまでみながあの子にわれ先につき従うはずです。

ウーテ　ラインにいれば復讐する術は人が教えるはず。その権利はジークフリート殿のお父上にはあります。お母上はそれを邪魔することはできますまい。だが本当はあの子はお前の手元におくのが一番よかったのです。

クリエムヒルト　ああ、それは言わないでください。お母様まで信じられなくなりますから。ジークフリートの息子をニーベルンゲン族の宮廷におくですって！　乳歯が生えかわるのも見ることはできなかったでしょうよ！

ウーテ　その代償《つけ》は大きいでしょう。せっかく自然がくれた慰めを突き返してしまっては。

クリエムヒルト　あの子が産声を上げるやいなや、人殺したちから遠ざけたのは正解でした。ギーゼルヘアは心配して手引きをしてくれました。その恩は一生忘れません。

ウーテ　そのせいで、お前はあれを相手に暮らさなければならなくなったのですよ。

（鳥たちを指さす。）

クリエムヒルト　どうして私をお責めになるの？　あのころの私をお母様もよくご存じのはず。死んだ母親の胸元に赤子を寝かせてお乳をねだらせてみれば、それでも自然の泉は再びわき出すこともあるやもしれません。でも私の魂を冬眠から呼び起こすことははるかに難しかったのです。どんな獣も私ほど深い心の穴蔵にはいりこんでしまったものはいませんでした。覚めているのに夢が現れたかと思えば、鶏がいくら元気に日の出を告げても目が覚めないまでになっていました。そんな有り様では母と呼ばれる資格はありません。あの子からほしいものは何もありません。私を慰めるために生まれたのではないのですから。あの子の役目は父を手にかけた下手人をうち倒すことだけ。見事本懐をとげた暁には、抱き合って親子の口づけを交わしましょう。そうして永遠に別れていきましょう。

第五場

ギーゼルヘアとゲルノート登場

ゲルノート　母上、それでいかが相成りました?

ウーテ　まだ話の途中です。

ギーゼルヘア　では僕たちの方から。

クリエムヒルト　今日は特別の日なのかしら。親戚一同相寄って、厄払いでもしようというのですか。

ゲルノート　厄払いはとっくに終わりました。いまは夏至の祭りをみこして、隣人と梁に葱をかけて好天を願うところですよ。月日の感覚もなくしたのですか。

クリエムヒルト　お菓子を焼くことに興味が失せて以来、祭りなどどうでもよくなりました。お前たちはこれまで以上に楽しそうね。

ゲルノート　姉上が喪服をお召しなのに、楽しめるはずがないでしょう。今日はそのお召し物を脱いでいただくために、うかがったのです。実は――（ウーテの方を向いて）だめです、母上、やはりあなたから言っていただかないと。

クリエムヒルト　どうしたのです。突然眼をそらして。

ウーテ　クリエムヒルト、あなたがもう一度昔のように私の胸に顔を埋めたければ――。

クリエムヒルト　母子して泣き明かすような日々はもうごめんです。お忘れになったの？

ゲルノート　この話は今日は無理だ！

ウーテ　子どもの頃の話をしているのですよ。

ギーゼルヘア　なかなか埒《らち》があかないようですね。これまでも何かと差し出がましいことをしてきましたが、いま一度お叱りを覚悟で言わせていただきます。（クリエムヒルトに）姉上、ラッパが鳴り響き、武具と馬がけたたましい音を立てているのが聞こえませんか。立派な王があなたに求婚してきたのです。

ウーテ　実はそうなのです。

クリエムヒルト　それを知らせる必要があるとお考えなのですか、お母様。馬小屋で働く愚かな下女でも私のような目にあえば、言下にはねつけるでしょう。それをよりによってお母様がどうして私に？

ウーテ　みんなが望んでいることなのです。

クリエムヒルト　笑いものにするおつもりですか。

ウーテ　この母がお前を笑いものにするために来たというのですか。

クリエムヒルト　私にはわかりませんわ。（弟たちに）あなたたちはまだ子ども、自分が何をしているのかわかってないのです。年頃になったら、教えてあげましょう。（ウーテに）でも、お母様まで――私のジークフリートを死んでもまだ裏切れとおっしゃるのですか？　夫が今わの際にしっかりと握って清めてくれたこの腕を、ほかの男に差しだせとおっしゃるのですか？　彼が亡くなってから今日まで、棺に口づけし続けたこの唇をけがせとおっしゃるのですか？　無念を晴らす暇もなく、その権利さえも彼から奪えとおっしゃるのですか？　彼を忘れて？　世間では残されたものがどれだけ悲しんでいるかで、亡くなったものの価値を量ります。未亡人が再婚したら、世間はどう思うでしょう。あの女はその程度の女だ。でなければ、男がその程度だったのだ、と。いかがですか？

ウーテ　お前が断ろうと受けようと、今回の縁談はお前に幸せになってほしいと兄弟が心底願っていることの表れなのです。

ギーゼルヘア　姉上、そのとおりです。そして僕たち同様、兄上も同じ意見です。ご存じですか。叔父上がこの縁談に反対されたとき、お叱りになって、誰がなんと言おうとご自分の判断を貫かれたのですよ。これまでも口では赦すとおっしゃっていましたが、今回ばかりは兄上に心からお礼をおっしゃった方がよいですよ。

クリエムヒルト　叔父様が反対された？

ギーゼルヘア　大反対でした。

クリエムヒルト　恐れているのだ。

ウーテ　本気で心配していらっしゃるのよ。
ゲルノート　叔父上は、姉上がアッチラ王に取りいってフン族をあげてブルグントに攻め込んでくると考えておられるのです。それがアッチラという男だと。
ウーテ　お口がすぎますよ！
クリエムヒルト　自分が何をしたかはご存じのようね。
ゲルノート　この宮廷にいさえすれば、われわれ一同でお守り申すということをご存じないのでしょう。
クリエムヒルト　叔父様よりもっと優れた騎士だったのに、この宮廷にいたばかりに、誰にも守られなかった人のことを思い出したのでしょう。
ウーテ　ああ神様、あんなことになるとわかっていたら！
ゲルノート　僕たちがもう少し大人だったら！
クリエムヒルト　そうね、私を守ってくれるには子どもすぎたわね。でも、天地があげてあの男を断罪しているのに、殺人犯をかばうところは大人も顔負けだったけれど。
ウーテ　そんな言い方はおよしなさい！　以前は弟同様お前も叔父様を心から尊敬し

慕っていたではありませんか！　子どものころ夢で野生の一角獣に追いかけられたり、怪鳥グリフィン(4)に襲われたりしたときに、怪物をやっつけてくれたのは父上ではなく、決まって叔父様でした。お前は朝一番で叔父様のところへお礼を言いに駆けていって、首に抱きついて口づけしていたではありませんか。叔父様ったら何のことかわからずぽかんとしていらっしゃったけれど。

ギーゼルヘア　そうですよ！　馬小屋で年輩の召使いたちが雷神トールの話をしてくれたとき、僕たちは稲妻が青く光るつどにトールが大地を穿っているのだと信じていたでしょう。それをハーゲン叔父が槍を投げる姿に重ね合わせていたのです。

ゲルノート　姉上、お願いですから、過ぎたことはもういい加減にお忘れください。勇者のためにもう十分喪をつくされました。最初に訃報にあわれたときは、ジークフリート殿の男ぶりの一つひとつに一年かけて泣き暮らそうと誓われたのかもしれませんが、もう十分です。誓いを果たされました。いまは涙を拭いてください。目は泣くためにではなく、見るためにあるのです。アッチラ王を一目見れば気にいるはず。死んだものは帰ってきません。いま、生きるものの中でもっともすばらしい男が現れたのです。

クリエムヒルト　この世でほしいものはただ一つだけ。それをあきらめることは決してありません。最後の息が絶えるときまで。

第六場

グンター登場

グンター　（弟たちに）どんな具合だ？
クリエムヒルト　（彼の前にひざまずいて）兄にして王であるグンター殿、おそれながらお聞き届けいただきたいことがございます。
グンター　どのようなことだ。
クリエムヒルト　兄上が今日初めて君主のご威光をお示しになったとうかがいました。
グンター　初めてだと！
クリエムヒルト　王冠と紫のマントがただのみかけだおしではなく、剣と王笏がただの嘲りのためでないのなら――。
グンター　これは手厳しいな。

クリエムヒルト　いえ悪意はございません。ただそうなのでしたら、そして兄上の王位にふさわしい戴冠を本当に希望されるのであれば――。

グンター　であれば、であれば、か。

クリエムヒルト　であれば、今日はあらゆる不正を堪え忍んだものたちにとっての晴れの日となるでしょう。この国で苦しむものたちの代表として私はあなた様の前に歩みでて、トロイのハーゲンを告発します。

グンター　（足を踏みならして）またその話か！

クリエムヒルト　（少しずつ体を起こして）事件が起こったあの森のうら寂しい場所を舞うカラスは、仇討つものを眠りから呼び覚まそうと、かあかあと鳴いて飛びつづけています。罪なき人の血が流れるのを見たカラスは、下手人の血が流れるのを見るまでねぐらに帰ることはないのです。なぜ鳴くのか自分でもわからず、しかし義務を怠るくらいなら餓えた方がましと思っている動物を見ると、何もしないわが身が情けなくなります。お兄さま、私はトロイのハーゲンを訴えます。何度でも死ぬまで訴え続けます。

グンター　無駄だというのに！

クリエムヒルト　簡単に決めつけないで下さい！　憐れなあなたの妹と、その嘆き節を早くおしまいにしたいとお考えなのでしょう。その妹は昔、兄上がどう猛な野鹿に突かれて怪我をされた手を治療しましたのに。痛みとは同類を見つけると自然と微笑みかけ、自嘲気味にいつもは嫌っているものを祝福したくなるものです。その痛みに一片の同情も見せず、眉をひそめて、ここから失せろとおっしゃるのでしょうか。もう一度よく考えて、お言葉を取り消していただけませんか。おかしいと言っているのは私だけではありませんよ。赤子が上げた産声から、老人の臨終の一息まで、花嫁と花婿の愛の囁きさえも、国中の声という声が私に味方しているのです。みんなを玉座に召してご覧なさい。老若男女、さまざまな身分の人々が現れて、お兄様は恐ろしい情景を目にされることでしょう。流血の罪は、雨を含んではち切れんばかりになった雷雲のように、人々の上にたれこめて、いまにも降りそそがんばかりだからです。身重の女たちは、胎《はら》に悪魔が宿ったのではないかと恐れ、産もうか産むまいか迷っています。私たちには当たり前でも、太陽や月が昇っていることすら、その人たちには自然の奇跡のように思えるのです。これ以上王としての務めを先延ばしにされるのであれば、人々は、太古の王の時代のように、自衛手段に訴えるでしょう。頭に血がのぼった民衆が集まってくれば、もうその恐ろしさは叔父様どころではありませんわ。

グンター　やれるものなら、やるがよかろう。

クリエムヒルト　私が血のりのある上着を見せても、その血の主の強者《つわもの》など見たこともない、声など聞いたこともない、その手を握って熱い握手を交わしたことなどまったくないとでもおっしゃるおつもりですか。ありえませんわ。ああ、大地よ、まっ赤に染まりなさい！　ブルグントのものたちが凶悪な殺人で汝を赤く染めたときのように。どす黒い紅に沈みなさい！　希望と喜びの緑の装束を脱ぎ捨てなさい！　そして私に生きるものすべてに、彼らのしらばっくれた悪行を知らしめるのです！

グンター　もうたくさんだ！　ここに来たのは、お前に礼を言ってもらうためだ。（ウーテに）もう話したのですか？（うなずくウーテを見て）それはよかった。——お前の気持ちをわしが聞くことはない。それは使者が自分の耳で聞けばよいこと。そのほうが、本人の意思だとわかってよい。使いのものには会ってやってくれるな。辺境伯リューディガー翁だ。礼をつくしてやらねばな。翁のたっての希望でもあることだし。

クリエムヒルト　辺境伯リューディガー殿ならよろこんで。

グンター　ではこちらへ来させよう。（ウーテと弟たちに）クリエムヒルトをしばらく一人にしてやってくれ！

（全員退場）

第七場

クリエムヒルト　肝のすわらないお兄さま。ハーゲン叔父様を恐れているのね。そして叔父様は私を恐れていらっしゃるらしい！　――そのとおりにしてやるわ。世間は初めは私を嘲るでしょう。でも、やがて褒め称えさせてやるわ。目にもの見せてあげる。

第八場

リューディガー、供のものと登場

クリエムヒルト　ようこそいらっしゃいました、辺境伯リューディガー殿！　でも本当ですの？　あなた様が使者として私にもってこられた知らせは？

リューディガー　そのとおり、あのすべての王の手から王笏をたたき落とされたアッチラ王の使いです。いや、ニーベルンゲン族だけはまだですが。

クリエムヒルト　アッチラ王のことはともかく、私は驚いたのです。あなた様のご高名はかねがねうかがっておりました。誰にも出る幕がないほど、冒険といえばリューディガー殿の十八番《おはこ》でした。それはこの国では知らぬものもないほどです。そのあなた様に、使者に立てなどと気安く命じることができるはずもございません。この世でもっとも貴重な宝をとってこいというのなら別ですが。

リューディガー　わが主、アッチラ王はそれをとってこいというのです。

クリエムヒルト　リューディガー殿、いま何とおっしゃいましたか？　未亡人に縁談をもってこられたのですか、人殺したちの巣窟に？

リューディガー　王妃様、それはどういう意味で？

クリエムヒルト　スズメたちは逃げ去り、忠実なコウノトリさえ百年のすみかを捨てていくこの国に、アッチラ王は求婚者としてこられたのですか？

リューディガー　それはちょっと物騒なお言葉。

クリエムヒルト　物騒なのは私が目の当たりにした連中の所業！　——とぼけるのはおよしになって。ジークフリートがどんな最期を遂げたかご存じのはず！　このライン河畔で流行《はや》っている、泣く子も黙る子守歌を聴いてみればよろしいのに！

リューディガー　それで私がそれを知っていると言ったら？

クリエムヒルト　アッチラ殿はまだ異教を信じていらっしゃるとか。

リューディガー　あなた様がお望みなら、改宗もされましょう。

クリエムヒルト　異教徒のほうが都合がよい！　——リューディガー殿、あなたには嘘はつけません。以前はときめいた心臓も、愛した男が死んだとき、ともに死んでしまったのです。でも是非にといわれるのであれば、それなりのものはご用意いただかないと。

リューディガー　国境《くにざかい》というものを知らない帝国をさしあげましょう。

クリエムヒルト　帝国の大小ではなく、それがどのように分けられているかが知りたいのです。剣や王冠や王笏は男が握っていて、女にはただ金襴緞子《きんらんどんす》の打掛だけがあてがわれているのであれば、そんなのは真っ平ごめんです。私はもっとすごいものがほしいのです。

リューディガー　何をお望みになっても、口を開かれる前にお届けいたしましょう。

クリエムヒルト　アッチラ殿も私の望みにいやとは言われないでしょうね。

リューディガー　保証いたします！

クリエムヒルト　あなたは？

リューディガー　最後の一瞬まで全身全霊をあげてお仕えもうします。

クリエムヒルト　辺境伯、いまの言葉を誓いなさい！

リューディガー　誓います。

クリエムヒルト　（独り言《ご》ちて）何に代えても私をというつもり。これで決まった！

（侍女たちに）お兄さまたちをここへ！

リューディガー　それではご承諾いただけますか？

クリエムヒルト　アッチラ殿はこのブルグントでも音に聞こえたお方。アッチラとは血のことか炎のことか、いや人の名だというくらいですから。――そのとおりです、承諾いたしましょう！ ――戦場では、王冠が溶けだして顔に垂れ、剣が焼けて手から滴り落ちるまで、攻撃の手を休めることはないという噂。この男なら私の望みをかなえてくれる！

第九場

ウーテ、王たち登場

クリエムヒルト　いろいろ考えてみましたが、あなたたちの意見に従うことにしました。辺境伯リューディガー殿、手をお出しください。私はそれをアッチラ殿の手と思ってお受けします。いまから私はフン族の王妃です。

リューディガー　王妃様、おめでとうございます！（家来とともに剣を抜く。）

ウーテ　幸多きことを！

クリエムヒルト（後ずさりして）おやめになって。お母様からそんな言葉を聞く筋合いはございません。（兄弟たちに）でもあなたたちは――一緒に来てくれますね。ダンクラート王の娘のたっての願いですし、あちらの帝王様もそれを心待ちにしておられるでしょう。

グンター　（無言）

リューディガー　なんと、いやだとおっしゃるのか？

クリエムヒルト　王家の顔に泥を塗るおつもりか。（リューディガーに）辺境伯殿、私がどうしてそんな仕打ちを受けなければならないのか、グンター王におたずねください。

グンター　いやだとは言っておらん。しかしいまはわけあって、ラインの城を出るわけにいかんのだ。辺境伯殿、私にかわってわが妹を嫁ぎ先のご主君にお渡しくださり、失礼の段お許しくださるようお伝えください。婚礼の儀がどうであったのかは、後々おうかがいに参りますゆえ。

クリエムヒルト　それは王の約束ですね。

グンター　王の約束だ。

リューディガー　妹君は私がしかとお預かりします！

クリエムヒルト　では、ジークフリート様の墓に最後のお別れをしてまいります。もろもろのことはその間に話し合っていてください。（エッケヴァルトが前にでる。）忠義者のエッケヴァルトは私が赤ん坊のころから世話をしてくれた。みんなが私を見捨てても、お前だけは私の棺桶の後をついてきてくれますね。（退場）

第二幕

ドナウ河の岸辺

第一場

グンター、フォルカー、ダンクヴァルト、ルーモルト、大軍勢。ヴェルベルとスヴェンメルがグンター王の前に控えている。その後ハーゲンと司祭たちの乗った舟が現れる。

ヴェルベル　殿下、そろそろお暇《いとま》させていただきたく存じます。国ではわれわれを待っております。連中ときたらヴァイオリンが槍と別物だということがわかる程度で、弾けるものなどおりません。堅苦しい使者としてお別れいたしますが、盛大にご入城の折りには、いっぱしのヴァイオリン弾きになって腕を披露いたしましょう。

グンター　まだ時間があるではないか。われわれはベヒェラーレンのリューディガー翁のところでしばし滞在することになるだろう。途中まで一緒ではないか。
ヴェルベル　近道をまいります。急がなければなりませんので。
グンター　わかった。行け。
ヴェルベル　有り難い。（スヴェンメルと退場しようとする。）
ルーモルト　お土産のことをお忘れか？　舟が着くまでしばし待たれよ。
ヴェルベル　（スヴェンメルとともに戻ってきて）まったくですな！
ルーモルト　舟がもうあんなに近くに。
フォルカー　相当の土産を手にしておきながら、忘れるとは、何とも変わった方々だ。（ヴェルベルの方ににわかにふりむいて）クリエムヒルト様はあいかわらず沈んでいらっしゃるのか？
ヴェルベル　まるで昨日までの不機嫌が嘘のように、上機嫌だと言いませんでしたか？
フォルカー　確かに聞いた。
ヴェルベル　それではまだ足りないのですか？

フォルカー　アッチラ王の帝国とは不思議の国らしい。白い薔薇を植えれば摘むときは赤くなる。赤い薔薇なら白くという具合にな。
ヴェルベル　どういうことでしょう？
フォルカー　あの方がそんなに変わったからだ。クリエムヒルト様のはしゃぐ姿など一度も見たことがない。そもそも子どもの頃から控えめで、笑うときも目でちらりというだけだった。
ルーモルト　ハーゲンが最後の積み荷をもってくるぞ。
フォルカー　何をそんなにはしゃいでいらっしゃるのか。
ヴェルベル　見ればわかるでしょう。お祝い事を楽しみになさっていて、みなさんをこの最高の祝宴にお招きになった。聞くまでもないではないですか！　みなさんが約束をお忘れになっていたので、わざわざ自分から使者を立てて催促されたのが奇妙なことでしょうか！　威厳においても美貌においてもクリエムヒルト様にかなう女はフンの国にはおりませんが、そんな王妃様をブルグントの方々は厄介者扱いにされている。まるで家門の恥だ、不名誉だとおっしゃっているかのようだ。そんなありさまでは、いつなんどき女たちの妬みが高じて、「本当に王家の血筋をひくものなのか」と疑われかねません。それゆえみなさんに約束を守っていただきたいとお考えなのです。

フォルカー　だから、夏至の祭りに合わせて参上するといっているでしょう。見てのとおり、（従者たちを指さして）一族郎党すべて引きつれて。

ヴェルベル　まさしくこの大軍勢で。こんな数の客人があるとはアッチラ様もゆめゆめお考えにもなっておられないはず。それゆえ一足先に知らせに帰らなければ。

（二人は着いたばかりの舟に向かい、あわただしく姿を消す。）

フォルカー　でまかせを言っているな！　私にはわかる！　だが、クリエムヒルト様がわれわれが来るのを待っているというのは、本当だろう。

ルーモルト　クリエムヒルト様が二人目の夫をまるめこんで、最初の夫の弔い合戦に王座も命も投げだすようにそそのかしたなどと信じるのは愚かではないか。第一、筋が通らんではないか。ばかばかしい！　だが、ありそうもないことだから、起こることもありうる。

フォルカー　われらにはやましいことはないゆえ、きょろきょろ周りを気にしておびえる必要はない。ハーゲンには眼が千もついておる。それだけあれば真夜中でも大丈夫だ。
ハーゲン　（到着した舟から跳びおりて、荷に目をやりながら）これですべてか？
ダンクヴァルト　司祭殿がまだだ！（司祭を指さしながら）ミサの道具を詰めておられるところだ。
ハーゲン　（再び舟に飛び乗って、司祭に襲いかかって）おい覚悟しろ！（舟縁から突き落として）まるで犬の子のようにあっぷあっぷとしておる。これでわしの腹の虫もおさまった。
フォルカー　（ハーゲンに続いて舟に乗り込んで）ハーゲン、何ということをするのだ！貴公らしくもない！
ハーゲン　（声をひそめて）水の精に会ったのだ。蘆《よし》のような緑の髪と青い眼で、こんなことを予言しおった――。（中断して）何ということだ！　こいつ、腕萎えのくせに泳げるのか？　櫂《かい》をかせ！
フォルカー　（櫂をつかんで離さない。）
ハーゲン　櫂をかせというに！　かさないなら、甲冑のままでも跳び込むぞ！（櫂をとって、水面を打つ。）遅すぎた。まるで魚のような早さだ！――あれは戯れ言ではなく、本当だったのだ！

司祭　（向こう岸から叫んで）王様、道中ご無事で！　私は国へ戻ります！

ハーゲン　そういうことなら――。（剣を抜いて舟を滅多切りに切り刻む。）

グンター　気でも狂われたか？　舟を打ち壊すとは！

ハーゲン　アッチラの招きに応じて家来一同いそいそと出かけていくにしては、ウーテの夢見が悪かったのはこのせいだ。だがもうここまで来れば、みなお前に命を預けるしかない。

グンター　怖い夢にうなされるような男がわれわれの中にいるのですか？

フォルカー　そんな話ではなかったろう。さっきの話は何だ？

ハーゲン　こっちへ来い。人に聞かれては面倒だ。だが、お前にだけは言っておかねば。（声をひそめて）水の精に会ったのだ。渡し舟を探しにいくと、女たちが古い泉の上を舞っておった。霧の向こうに見え隠れする鳥のように、見えたかとおもうと青い靄に呑みこまれる。こっそりと忍び寄ると、きゃっと叫んで逃げだしおったので、残った衣を取りあげてやった。すると連中、髪の毛で体を巻いて、菩提樹の枝で身を隠して、甘えるような調子でこう言いおったのだ。「奪ったものを返してくだされば、あなたの未来を占ってさしあげましょう。あなたに何が起こるか、知っていることを正直にお話ししましょう」となる。それで衣を高々と風になびかせて、よかろうと言うと、連中歌い始めた。わしは甘い歌声にうっとり酔いしれてしまった。運命は吉、戦いは勝利、望みはすべてかなうと言われれば当然だろう！

フォルカー　吉報ではないか！　それをなぜくよくよ考えているのです。虫たちが光や雨を嗅ぎ分けるように、水の精は運命を嗅ぎ分ける。ただ連中は多くを語らんぞ。一言話せば一年寿命が縮むらしいからな。お天道様やお月様と同じくらい長生きだが、不死とはいかないのだ。

ハーゲン　であれば、ますます不吉な！　わしは喜び勇んで衣を投げ捨ててそこを後にしたのだ。すると背後からどっと笑い声が起こった。その声ときたら、沼の底の何千というガマやヒキガエルが鳴いているような、ぞっとするような凄まじい声なのだ。わしは恐る恐る振り返った。するとどうだ、やはり水の精たちだが、いまはもう薄気味悪い姿に変わっていて、わしをにらみつけている。先ほどまで鳥だったものたちは、いまは腰から下が魚の尾ビレとなって、奇妙な声で口をぱくぱくさせながら話しおる。わしを嘲って、「先ほどの話はすべて嘘。お前たちがフンの国にはいれば、青きラインを見ることは二度とかなわぬ。だがお前が一番嫌っているものだけが生きて戻ることができよう」と言ったのだ。

フォルカー　それが司祭殿か？

ハーゲン　おぬしも見たとおりだ。わしも悔しまぎれに言い返した。「異国の女の抱き心地がよいと、帰る故郷も忘れようぞ」とな。笑って平気を装って舟を探したが、頭をがんと殴られたような気分だった。わしにはわかる、生きては帰れん。（声を大きくして）そのうちにわかるだろう、トロイのハーゲンがだめといったことを聞いておいて損はないことが。

グンター　であれば、叔父上はなぜ自分のいうことを聞いて、国にとどまらなかったのです。あなたなしでも恐ろしい冒険に出るくらいの勇気はもちあわせていますよ。長旅の後で妹と抱き合って、婿殿の接吻責めをうけるくらいの覚悟は。

ハーゲン　おいおい、この期におよんでまだ死に急ぐなというのか。――心配しているのは、わしの命ではなく、お前の命だ。

ダンクヴァルト　（ハーゲンを見て）おや、その血はどうされた？

ハーゲン　どの血だ？

ダンクヴァルト　（指をつけて彼に見せる。）額から鮮血がたれておりますぞ。いかがされた？

ハーゲン　兜のすわりが悪いだけだ。

グンター　そんなわけはありません。何があったのですか？

ハーゲン　こっそりドナウ河の渡し賃をお前の代わりに支払ってきたのだ。渡し守は自分の取り分をちゃんと稼いだから、もう催促には来ん。だが、（兜を脱いで）こんなに高くついたとは知らなかった。

グンター　つまり叔父上は渡し守を――。

ハーゲン　そのとおりだ。嘘の足は短いということわざがあるが、よくいったものだ。奴は太い櫂をふりあげて歓迎してくれた。それでこちらも鋭い剣でお返ししたわけだ。

グンター　巨人ゲルフラートをですか？

ハーゲン　そうだ、バイエルン人の自慢の種をだ。切り倒されて奴は舟のようにぷかぷかと水に浮かんでおった。まだ渡し守を捜すつもりなら、心配は無用。わしがお前たちを背負って向こう岸に渡してやる。

グンター　とにかく先へ進むべし、ですか。叔父上の悪知恵は表彰ものだ――。

ハーゲン　お前たちの悪知恵は下手なヴァイオリン並だがな。どちらにせよ、わしらはもう死の罠にかかっているのだ――。

フォルカー　まったくだ！　だがいまさら言って何になる？　これまでもずっと死の罠にかかっていたのに。

ハーゲン　わが友フォルカーよ、よくぞ言ってくれた！　かたじけない！　そのとおりだ。いまさら言うまでもなく、わしらはずっと死と隣りあわせだった。おかげで他の犬死にする連中にはとうてい許されないご褒美をもらったのだ。わしらを殺そうとするものの顔と罠を拝ませてもらえる褒美をな。

グンター　（それを厳しくさえぎって）さあさっさと先を急ぎましょう！　でなければ、バイエルンの王様は殺した渡し守の仇と渡し賃を取りに来ますよ。アッチラ王も首を長くして待っておられる。

（ハーゲンとフォルカーを残して家来たちと退場）

ハーゲン　わしを地獄に落とすものがおれば、道連れにしてやる。そう地獄の神々に誓った。

フォルカー　私も貴公を一人ではいかせん。だが正直いまのいままで他の連中と同じく、貴公の話が信じられなかった。
ハーゲン　それはわしとて同じこと。だがいまわかった。人の命とははかないもの。妖精の予言を聞いてから、もうどうでもよくなってきたのだ。
フォルカー　しかし腑におちんこともまだある――。
ハーゲン　フォルカー、やめておけ。貴様らしくもない。坊主が泳ぐのを見たろう。
フォルカー　だがウーテ様がおっしゃったこともまた事実。クリエムヒルト様は女。その女が、夫の仇を討とうとして、血を分けた兄弟も、生みの母親もみな殺《あや》めるだろうか？
ハーゲン　どういうことだ？
フォルカー　王たちは貴公をかばう。その王たちをウーテ様がかばう。兄弟たちに石を投げれば、母にも当たるではないか。
ハーゲン　そのとおりだ。
フォルカー　あの方が射た矢は貴公の皮膚を切り裂く前に、母と兄弟たちの心臓を貫かねばならん。

ハーゲン　運命よ、来るなら来い。覚悟はできているぞ。

フォルカー　夢でみんなが血まみれになって倒れているのを見た。ところがみなの傷は背中にあった。後ろから突くようなまねをするのは人殺しだけだ。勇者はそんなことはしない。ただ暗殺者の罠に気をつけることにしよう。

（二人退場）

第二場

迎賓の間。一方にゲテリンデとグードルン、他方にリューディガー、ディートリヒ、ヒルデブラント、その背後にイーリングとテューリング

ゲテリンデ　ベルンの騎士ディートリヒ殿(5)、このベヒェラーレンにようこそいらっしゃいました。そしてまたヒルデブラント様(6)もはるばる。いやですわ、口が一つしかありませんのに、お二人の勇者に同時にご挨拶しなければならないなんて！　でも腕なら二つございます。（二人に手をさしのべて）さあこれに。これはあなた方を見て高鳴った心臓と同じくらいどきどきしておりますの。

ディートリヒ　（手に接吻をしながら）この老骨に過分のお言葉。

ヒルデブラント　老骨とは失礼な。もう一度ご挨拶せねば。（グードルンの手にも接吻する。）何と、うり二つの奥方様がいらっしゃる。

ディートリヒ　こんなに似ていらしては、取り違えるのも無理はありませんな。（グードルンにも接吻する。）

リューディガー　お好きなだけどうぞ！

ディートリヒ　私と師匠は、今日はふざけて、どちらが本当の道化か競っておるのです。髪が黒かったころは腕で勝負しましたが、白くなったら口づけでというわけです。

ゲテリンデ　（イーリングとテューリングに）あなた方デンマーク王とテューリング伯もはるばるお越しで。わが家の馴染みですので、よそよそしい挨拶は省かせていただきますわ。

イーリング　（挨拶をしながら）おっしゃるまでもなく、ディートリヒ殿はわれわれとは格が違います。お姿を見れば道を譲らないものなどおりません。

ディートリヒ　われらアメルングのもの（7）と、はるか北の国からきた貴公たちがここにこうして集おうとはな。お互い戦場の修羅場をかいくぐったお尋ね者どうし。木こりに斧で目印をつけられた樫の木が、こうして倒されずに生き延びたのだ。まるでそれとは知らずに、不死の薬草を摘んだようではないか。

イーリング　奇跡ですな。

テューリング　奇跡なものか！　かつては王座に座っていたわれらも、いまはフンの大王の名代で血に飢えたニーベルンゲン族の接待をしにここに来ている。これでは王冠も形なしだ。アッチラ殿は王たちを集めてたいそうな宮廷をおつくりになった。いまはそれに三〇もの王冠を思い出させるようなぴったりとした国名をご思案中だ。われわれは王笏を捨てたのなら、いっそ乞食の杖にもち替えればよかった。安物の飾り棒など何の役にも立たん。

ディートリヒ　私もその王の一人だが、自分から進んでここへきた。

テューリング　そうでしたな。だがその理由がとんとわからん。アッチラ殿もわれわれ同様たいそう驚かれたはず。貴殿が私程度の器なら、虎の威を借りておいて、本当の虎が熊もオオカミも呑みこんだところで、その虎も呑みこんでやろうと策をめぐらされてもよさそうなものだが、こうしたことはもともと貴殿の性には合いますまい。われわれが悪知恵半分、やる気半分でここにやってきたところに、貴殿はすすんで来られた。これにはこの阿呆な頭にはわからない何か深いお考えがおありとお見受けするが。

ディートリヒ 理由はある。それはまもなく貴公たちにもわかるだろう。

イーリング どうしてもその訳とやらをおうかがいしたいですな。人の上に立つお方が、人に頭をお下げになっている。奇妙なことではありませんか。はっきり申せば、恥でしょう。ここにいらっしゃったのは。

テューリング 拙者もそれが言いたかったのだ!

リューディガー アッチラ王の心映えとご品格をお忘れのないように! ディートリヒ殿と同じように私も自由の身であっても、すすんで家来になったことでしょう。アッチラ殿はわれわれ同様貴族です。だがわれわれは苦労もなく、母からうけついだ血で貴族だが、あの方は自分の胸でそれを奪い取られたのだ!

テューリング そうとは思わん。拙者は仕方なく従っているのだ。もしこの方の立場であったら、そのときは——。

イーリング 憐れなのは、われわれの神々の方だ。われわれから王冠を奪った突風が、同じようにわれわれの神々を吹き飛ばしたのだ。こいつが（王冠をつかんで）昔のように輝かなくなったことに腹が立つときは、思い切ってヴォータンの樫の森にはいって、もっとひどい仕打ちを受けたオーディンの神のことを想うのだ！

ディートリヒ　貴公のなさっていることは正しい。――世界を回す大車輪はかけ替えられたのです。いやひょっとしたら別のものに交換されたのかもしれない。おかげでわれわれをどんな運命が待っているか誰もわからなくなった。

リューディガー　どんな風にでしょう。

ディートリヒ　一度夜に私はそれと知らずに、妖精の泉に腰かけたことがある。すると何やらたくさんの声が聞こえてきたのです。

リューディガー　どんな声がです？

ディートリヒ　どんな声なのかと言われても、言葉は聞こえるが意味が理解できない。姿は見えるが誰かわからない。ノルネの女神が幻の踊りの中で見せてくれたことの意味は何日も何年もたってから、はたとわかるものなのです。

（ラッパの音）

イーリング　勇士たちの到着だ！

テューリング　人殺しどものな！
リューディガー　しっ、声が高い！
ディートリヒ　そのとき、耳について離れなかった謎かけがあります。「大男は大男を恐れない。大男が怖いのは小人だけ」おわかりかな？　ジークフリートが殺されてから、その意味がはっきりわかりました。
ゲテリンデ　（窓辺で。ラッパが近づく。）みなさんご到着です。
グードルン　お母様、どなたに口づけをすればよいのですか？
ゲテリンデ　王のご兄弟とハーゲン様に。
リューディガー　（騎士たちに）さあさあ、こちらに！
ディートリヒ　貴公たちはご挨拶に、私は忠告しに行きましょう。
リューディガー　どういうことでしょう？
ディートリヒ　そう、私の目配せに気がつけば、連中はあなたと乾杯したその足で、そのまま引き返すでしょう。（退出しながら）火と硫黄は近づけてはなりません。一度火がつくと、二度とは消せぬから。（全員退場）

第三場

ゲテリンデ　グードルン、こちらにおいで。何を物怖じしているのですか。こんなに立派なお客様をいっぺんにお迎えすることなどそう滅多にはないものですよ。

グードルン　（一緒に窓辺によって）お母様、あの方をご覧なさい。うつろな死人の眼をした青白い男を。あの方がおやりになったのですわ。

ゲテリンデ　やったとは何をですか？

グードルン　おかわいそうな王妃様！　結婚式でもちっとも幸せそうじゃなかった。

ゲテリンデ　あなたに何がわかるのかしら。お幸せな姿を見る前に、居眠りをしてしまったくせに。

グードルン　ひどいわ、お母様！　ウィーンに行ったときはまだほんの子どもだったけれど(8)、一度も居眠りなどしていないわ。――クリエムヒルト様はこんな風にお座りになって、まるであれこれ考えるあまり頭を抱えこんで、私たちのことなど眼中にもないといった風だった。アッチラ様がお体におふれになったときなど、まるで毒蛇がすり寄ってきたときのように、ぎょっとされたわ。

ゲテリンデ　これ、何てことを！

グードルン　ほんとうよ。お母様たちが見なかっただけよ。いつもは私の目がいいのを褒めてくれるでしょう。

ゲテリンデ　床に落ちた縫い針を拾ってもらうときとかはね。

グードルン　お父様だって私を家の暦みたいだとおっしゃっているわ。

ゲテリンデ　そんな生意気言うのだったら、もうおっしゃいません。

グードルン　じゃあ、そんなにお幸せそうだった？

ゲテリンデ　連れ合いを亡くされた方にはそれなりの喜び方があるのです。もうそれくらいにしなさい！（窓から離れる。）

グードルン　あの日、私は気づいたのだけれど——。（あっと声を上げる。）来た、あの人よ！

第四場

リューディガーが客人とニーベルンゲン族とともに登場。
ギーゼルヘアは遅れて登場、舞台の隅に立つ。

ハーゲン　びっくりさせてしまいましたかな？

（一同挨拶）

ハーゲン　（グードルンに）わしを悪者にしようと、接吻もできないと言いふらす輩がおるが、ほらそれが嘘だという証拠に。（グードルンに接吻をする。続いてゲテリンデに）奥方様、お許しを。順番を間違えてしまった。世間の評判が気になって、大蛇でないことを早く見ていただこうと焦ってしまった。いや、大蛇のほうがよかった。お伽噺さながらに、薔薇の唇で口づけていただいて、大人しい羊飼いに変えていただいたから。さて何をしてさしあげよう。菫の花をさがそうか？　それとも子羊を捕まえようか？　お姫様の唇をもう一度いただけるのなら何でもするぞ。一枚の花びらも落とさず菫を摘もうか、それとも羊の毛を一本も残さずに刈ろうか。

リューディガー　まずはお食事を。庭に祝宴の用意ができております。

ハーゲン　その前にまず貴公の武具を拝見したい！（盾の前に来て）これは見事な！

これを造った名匠はどなたかな。いや、どなたかから譲り受けられたに違いない。

リューディガー　誰が前の持ち主か当ててごらんください。

ハーゲン　（盾を壁からはずして）おお、これは重い。こんなものをもらっても、恥をかかずに戦場を駆けめぐれる男はそうはおらん。

ゲテリンデ　グードルン、聞きましたか？

ハーゲン　これなら水車の石臼のようにどこに転がしておいても大丈夫だ。自分で自分の身を守るからな。

ゲテリンデ　お言葉有り難くちょうだいします。

ハーゲン　何ですと、奥方様。

ゲテリンデ　お言葉有り難うと申しました。もう嬉しくって。これの前の持ち主は私の父ヌードングですの。

フォルカー　お父上がわしの武具を使えるものだけに、娘をやろうと誓われたのは間違いではございませんでした。盾を見れば剣もさぞかしすごいものだということは想像がつきますから。

ハーゲン　それは初耳だ。ヴァイオリン弾きというのは地獄耳だな！

リューディガー　フォルカー殿のおっしゃるとおりです。

ハーゲン　（盾をもとに戻そうとして）そんな武人がすでに他界されたとは本当に残念だ。生きておられれば、こんなことを言うのも何だが、わしが討ち取りたいところだ。さぞかし暴れん坊でいらっしゃったことだろう。

ゲテリンデ　盾はそこに置いておいていただいて結構です。

ハーゲン　わしの他にこれを戻せるものはここにはおりません。

リューディガー　もうそれくらいで。貴公にはそれがお気にいりのようだ。

ハーゲン　おわかりか。わしが勇者ジークフリートからちょうだいしたバルムングにはよく合いそうだ。何をかくそう、武具には目がないのだ。

リューディガー　人のもっているものがほしくてたまらないご性格のようですな。

ハーゲン　図星ですな。人を殺《あや》めたものに身震いするのだ！

（全員退場）

第五場

フォルカー　（ギーゼルヘアをひきとめて）ギーゼルヘア、貴殿に折り入って相談があるのだ。
ギーゼルヘア　あなたが僕に？
フォルカー　貴殿の考えも聞きたいしな。
ギーゼルヘア　これまでずっと一緒に旅してきて、あらたまってどうしたのです。手短にお願いします。
フォルカー　あの娘を見られたか？　いや、聞くまでもない。歓迎の杯に手をつけなかったそうだ。
ギーゼルヘア　おかしなことをおっしゃる。ちゃんと見ましたよ。
フォルカー　ところが貴殿は挨拶の接吻をいやがったではないか。女がそれなりに礼儀をつくそうとしているのに。
ギーゼルヘア　僕を非難しているのですか？

フォルカー　本題にはいる前に、貴殿の気持ちを試しておるのだ。例の歓迎の杯の話は貴殿が言いだしたことだからな。あの娘いくつだと思う？
ギーゼルヘア　もうこれくらいにしてください。
フォルカー　急がなくともよいではないか。まだおぼこ娘だろうか？
ギーゼルヘア　気になるのですか？
フォルカー　なるとも。ここで嫁取りをするのだ。目隠し鬼ごっこに誘われれば、婿殿を放ったらかして遊び呆けるような子どもではこまるのでな。確かめたいのだ。
ギーゼルヘア　ここで嫁取り？　あなたがですか？
フォルカー　私の嫁ではない！　へこんでぼこぼこだが、私の兜にも自分の顔くらい映るわい。よしてくれ。ゲルノートの嫁にと考えておるのだ。
ギーゼルヘア　兄上の？
フォルカー　そこで折り入って相談があるのだ。貴殿二人はそれで異存ないか？　であれば、話を先に進めるが。ゲルノートが姫君が窓際にいるのを見たとき、雷に打たれたかのようにうち震えるのを、私はこの目で見たのだ。
ギーゼルヘア　兄上がですか？　上を見上げているところなど見たこともない。——

それは僕ですよ。

フォルカー　貴殿だと？　それでその気持ちはわしに伝えてくれたか。

ギーゼルヘア　言わなければなりませんでしたか？　ではいまお伝えしましょう。みんな僕にはやく身を固めろとうるさかったでしょう。ゲルノート兄さんは特にそうだった。――だから、そうするのです！

フォルカー　いきなりか？

ギーゼルヘア　あの方が同意してくだされればです。僕が拒んだのは形ばかりの口づけですから――。

フォルカー　嘘ではござらんな？

ギーゼルヘア　拒んだというのが気にくわなければ、時機を逸したとでもいいましょうか。おやつの時間の取り分と同じですよ。一番いいのをもらい損ねたら、もう別のお菓子をもらっても、我慢できないものです。（急いで退場）

第六場

フォルカー　いやはや、火がついてしまったようだ！　だがこれは願ってもない好機だぞ。力いっぱい焚きつけてやって、リューディガーを舅殿《しゅうと》にできれば、アッチラの懐刀《ふところがたな》までわれらの友人にできたというもの。

第七場

庭園
リューディガーと客人たち。背後に祝宴

ハーゲン　貴公、あの女と密かに何か約束を交わしていないだろうな？
リューディガー　していたとしても、口外できるはずはないでしょう！
ハーゲン　やはりしているのか。あいつ変わり身が妙に早かったぞ！　求婚されて最初はどうしようもなく落ち込んでおったのに、やがて人が変わったように同意しおった。
リューディガー　もしそうだとしても、人がだめというものを要求できないでしょう。
ハーゲン　さあどうかな！　わしなら構わんが！

リューディガー　私にはわかります。ひどく侮辱された女が復讐の機会をうかがっていて、われわれみんなに血の制裁をもくろんでいるとしましょう。さてそのときが来た。女が手を振り上げようとする。だがしかし手が震えてしまって振り下ろせない。そこでこう叫ぶ、「まだもう少し様子を見ましょう!」とね。

ハーゲン　そうかもしれん。――フォルカー、どこにいた?

第八場

フォルカー登場

フォルカー　病人を看護していたのだ。――この館《やかた》の空気は体によくないぞ。二〇年以上もおとなしくしていた熱が突然出始めたのだ。それもこれまで見たこともないほどの高熱にうかされておる。

リューディガー　それで、病気の方はどちらに?

フォルカー　いまこちらへやってくる!

第九場

ギーゼルヘア登場

リューディガー　まずはお食事を！　胡桃や落花生を割って食べているあいだに、謎も解けましょう。
ギーゼルヘア　辺境伯殿、お話があるのですが。
リューディガー　さて料理長が何というか。これ以上待たせたら料理が冷めてしまいますから。
ギーゼルヘア　お嬢様を僕にください。
ゲルノート　おい、ギーゼルヘア！
ギーゼルヘア　だめと言うのですか？　だったら兄上も申し込めばよい！　運命の女神がどちらに微笑んでも、恨みっこなしだ。それでいいでしょう。何を笑っているのですか？　もしかしてもう求婚したとか？　それで承諾をもらったとか！　上等だ！　僕は約束は守るぞ。一生独り身で結構だ！
ゲルノート　何を勘違いしているのだ？

リューディガー　（妻と娘に手招きして）グードルン、こちらに来なさい！
ハーゲン　（ギーゼルヘアの肩をたたいて）お前も一人前の鍛冶屋になったな！　――結婚指輪が打ちあがるぞ。――わしは承諾だ。
グンター　わしも承諾しよう。このうら若い姫の額に王冠をのせられるのなら、それにまさる喜びはない。
ギーゼルヘア　（グードルンに）で、あなたは？
ゲテリンデ　（グードルンが沈黙しているので）まあ大変！　みなさん噂でご存じかしら、娘が聾で唖だということを。
リューディガー　せっかくの縁談だが、こういうことならお引き取りいただくしか。
ギーゼルヘア　色好い返事などはなから期待しておりませんでした。そんなものなくとも、僕はお嬢様に首ったけですから。
ハーゲン　その調子だ。もっとがんがんやるのだ！　結婚指輪は戦士の鎖帷子《かたびら》にぴったりなのだから。（フォルカーに）これでもわしらを殺めんとするのなら、あの女わしの一〇倍も血も涙もないことになる。
ギーゼルヘア　グードルン――ああ、どうすればいいいんだ！　何でもいいから、彼女と話すのに必要な手話を教えてください。僕の代わりに聞いてみてください！

グードルン　まあ、冗談を真に受けないで！　恥ずかしくてお返事できなかっただけよ。

フォルカー　何と純情可憐な！　あなたの唇には魔力が宿っておるにちがいない。最初に口づけたものは望みがかなうとな。

ギーゼルヘア　それでお返事は？

グードルン　お父様のお気持ちをまだうかがってないわ。

ハーゲン　（リューディガーに）決めるのは貴公というわけだ！　お墨付きを与えてくれ！　料理長がもう待てないといっているぞ！

リューディガー　（グンターに）この上まだ私の承諾がいるのですか？　天から王冠が降ってきて、頭にのったのに、天に向かって「私のものですか」と聞いた阿呆者の役を演じろとおっしゃるのか。結構です。差しあげましょう！　（ハーゲンに）私の陰謀がどんなに根が深いか、とくとご覧になったでしょう。

ハーゲン　ご両人、手に手をとるのだ！　よしよし。指輪はできあがった。ご苦労だったな、鍛冶屋殿。帰ったら婚礼だ！

ギーゼルヘア　なぜ帰ってからなのです？
ゲテリンデ　それがよろしいわ。
リューディガー　私は七年待ったぞ。
ハーゲン　もし手足の二、三本なくなったくらいで、だめだと言われても、すごすごと引き下がるなよ。（グードルンに）首だけはつけて帰らせますから、ご安心を。
リューディガー　もちろん心変わりなどありえません。ただの一度の祝宴に行ってこられるだけですから。
ディートリヒ　（突然近づいてきて）どうしてそう言えるのだ。クリエムヒルト殿は朝も夕も泣きどおしだというのに。
ハーゲン　アッチラ殿はそれに黙っているのか？　何ということだ。それでは料理長も怒るわけだ。
ディートリヒ　わしが来たのは、貴公たちにそのことを伝えるためであった。言うべきことは言った。後はそちらでご自由にお察しいただきたい。（リューディガーと祝宴に向かう。）

第一〇場

ハーゲン　みな、聞いたか？　ベルンのディートリヒの忠告だ。
ディートリヒ　（もう一度戻って）誇り高きニーベルンゲンの勇者たちよ、ゆめゆめ油断なさるな！　貴公たちを口では助けられたからといって、腕までかすわけにはいかないことをお忘れになるな。（リューディガーに続く。）

第一一場

フォルカー　世界で一番人を疑うことから縁遠い王の忠告だ。
ハーゲン　あの男の言うことは信じられる。
フォルカー　魔法の泉からあがってきた予言の精たちの言うこともな。
ハーゲン　いらぬことを言うな！
グンター　予言とは何のことです？

ハーゲン　妖精たちは、上等の鎧をもっていけと言っておるのだ。
フォルカー　しかしあっても役には立たないと。
グンター　どうしてですか。助かる道はありますよ。
ハーゲン　どんな道だ。
グンター　叔父上、ここで引き返してください。
ハーゲン　引き返せだと？
グンター　そうです。婚約の知らせを母上にお伝えして、新郎新婦のベッドを詰め始めるよういってください。それにわれわれの命の恩人になるのですよ、誇らしいでしょう。叔父上は口を酸っぱくして危ないとおっしゃっているが、本当に危ないのはわれわれではなく、叔父上のほうだから。あなたが決心してくだされば、われわれの身は安全だ。これがあなたの任務です。さあお戻りください！
ハーゲン　わしに命令しようというのか？
グンター　命令するつもりなら、ヴォルムスにいるときにしていたでしょう！
ハーゲン　命令でなければさしずめ聞く義務などないわけだ。
グンター　そういうお考えですか。私の身を案じてついて来てくださったわけではないのですね。一緒にいらしたのは、「奴はどこにいる、臆病風にでも吹かれたか」と人に陰口をたたかれたくないからだ。だが、叔父上がやる気なら私もやる気です。フンの大王が老後の糸紡ぎ車を贈ってくるまで、待っているつもりはありません。ノルネたちが指を突きだして帰れと迫ってきても、一歩も引きはしませんよ！　この間教えてもらった予言が本当なら、あなたはわれわれの死神だ。だが――（ハーゲンの肩をたたいて）死神殿、ご一緒願おう。（みなについて行く。）

第三幕

フン族の国。アッチラ王の城。饗応の間

第一場

クリエムヒルト、ヴェルベル、スヴェンメル

クリエムヒルト　やはり招かれもしないのに、のこのこついて来たな。トロイのハーゲンめ、こちらの思うつぼだ！

ヴェルベル　先頭に立ってやってきまする。

クリエムヒルト　わかっているでしょうが、一同到着したら、だまして武器を取り上げるのです。

ヴェルベル　心得てございます。

クリエムヒルト　あのものたちを見ても、まだ尻ごみはしないでしょうね。

ヴェルベル　スズメバチの大群に襲われれば、ライオンでもひとたまりもございません。——アッチラ様はこのことをご存じで？

クリエムヒルト　いいえ——いや、ご存じです。

ヴェルベル　そこが引っかかるのです——。

クリエムヒルト　どこが引っかかるのですか。

ヴェルベル　客人とならば、砂漠でも歓迎するのがわれらのしきたり。

クリエムヒルト　客人？　招いてもいないものが客ですか。

ヴェルベル　敵ですらこの国では客人なのです。

クリエムヒルト　もしかすれば、こんな心配は無用かもしれません。グンター王もここではしがらみにしばられず本音で語られるかもしれません。ブルグントで首切り役人が見つかれば、フン族に復讐してもらわなくとも結構ですから。

ヴェルベル　ですが、王妃様——。

クリエムヒルト　あなたたちとの約束は守りますよ。誰が倒したにせよ、あの男が死にさえすれば、ニーベルンゲンの財宝は全部あなたたちにお譲りしましょう。

ヴェルベル　何も手を下さなくてもですか？　アッチラ王は怒られるかもしれませんが、われわれは死ぬまであなた様の味方です！

クリエムヒルト　ところでブルグントの女王陛下には謁見がかないましたか？

ヴェルベル　彼女を見たものはおりません。

クリエムヒルト　消息も聞かなかったのですか？

ヴェルベル　不思議な噂が流れておりました。

クリエムヒルト　どんな噂？

ヴェルベル　墓穴で暮らされていると、みな噂しております。

クリエムヒルト　まだ生きているのにですか？

ヴェルベル　あなた様がいらっしゃらなくなるとすぐに夜のうちに宮廷を抜けだして、籠もられたそうで、数週間後にやっと見つけだされたのですが、誰も連れ戻せないようです。

クリエムヒルト　ブリュンヒルトが――。それはもしかしてジークフリートの墓所のこと？

ヴェルベル　さようで。

クリエムヒルト　吸血鬼め、死人の血を吸おうというのか！

ヴェルベル　棺に取りすがっておられるとか。

クリエムヒルト　悪魔に取り憑かれたのです！

ヴェルベル　かもしれません。おひとりで目に涙を浮かべて、爪でわが額と棺をかきむしっておられます。

クリエムヒルト　ご覧、そのものではないですか！

ヴェルベル　王が王妃様を取り押さえてこいと命令を出しましたが、灰色の乳母がしゃしゃり出て、入口に立ちはだかったそうです。

クリエムヒルト　あの女、私が引きずり出してやる！　――（長い沈黙の後）母上はこの御髪《おぐし》をもたせただけで、何のことづけもなさらなかったのですか？

ヴェルベル　さようで。

クリエムヒルト　兄上たちをあまり長くひきとめてはだめと、さしずめおっしゃりたいのかも。

ヴェルベル　そういうことかもしれません。

クリエムヒルト　雪のように真っ白な御髪――。

ヴェルベル　そのようなことをお考えになったのも、不吉な夢をご覧になったからです。それ以前は今回の旅にとても乗り気だったのですから。

クリエムヒルト　どんな夢をご覧になったのですか？

ヴェルベル　われわれが出発する前の夜、すべての鳥が死んで空から落ちる夢を見られたのです。

クリエムヒルト　不気味な！

ヴェルベル　まことに！　子どもたちが、冬に落ち葉をかき集めるように、足で鳥の死骸を集めておったそうです――。

クリエムヒルト　母上の夢が当たらなかったためしはない！　――ということは、われらに勝機ありということです！

ヴェルベル　吉兆と思われるのですか？　お母上は心を痛めて、われわれがいざ出立というときに、白い髪から一房切り取って、あなた様へのことづてとして託されたのです。

クリエムヒルト　細工はどうですか！

ヴェルベル　網はもう張っております。

（ヴェルベルとスヴェンメル退場）

第二場

クリエムヒルト　（御髪をかかげて）お母様のおっしゃりたいことはよくわかります。でもご心配なさらないで。私のねらいはあのはげ鷹だけ。お母様の鷲たちには指一本ふれませんわ。ただしそれも――。いえ、そんなことないわ。鷲とはげ鷹は相性が悪いはずだから！

第三場

アッチラ、お供を引き連れて登場

アッチラ　妃よ、どうだ満足か？　まだ足りないというのなら、足りるようにしてやろう。それまでお前を離さんぞ。お前の一族にどのような口上で挨拶すればよいか教えてくれ。

クリエムヒルト　殿——。

アッチラ　苦しゅうない。思うところを申してみよ。初めてベルンの老将ディートリヒ殿を迎えたときは、王冠をいただいて城門まで迎えにいった。これがいままでわしがした中で最高の歓迎だ。しかし今日はそれを上回る礼をつくさねばならん。なぜなら、フン族の王といえども、妻を大事にする習慣があることを見せつけねばならんからな。征服されたのではなく、自分からすすんで臣下の礼をとった王たちを選んで、国境まで迎えに行かせた。宮廷あげての大歓迎であることを知らせるために、一行にあわせて山城から山城へと友好の篝火《かがりび》を焚いて、いまどこまで近づいたかわかるようにしてある。この上にまだ王冠を試着して、深紅のガウンに風を通しておけといわれれば、それもしよう。王冠は金より鉄のほうが軽くてよいとか、心配にはおよばん。一番軽いものを選ぶので、悪いがすぐに見つけられるように、夏至の祭りで使うものに赤紐で印をつけておいてくれ。

クリエムヒルト　ああ、わが君、もったいないお言葉。

アッチラ　客人たちにはもったいないが、妃のそなたにはまだ足りないくらいだ。この世でわしがどうしても手にいれることができなかった最後の品をそなたはわしに贈ってくれたのだからな。わしの帝国の跡取《あとと》りだ。父親になってわが子を抱き上げるうれしさから、妃に約束してやったことは忘れはせんぞ。息子を授かったからには、わしがだめと言ったことは素直に聞いてくれ。何もほしいものはないというのなら、その分はそなたの親戚たちにしてやろう。約束を果たす男であることを知ってもらうために。

クリエムヒルト　親戚たちを手柄や禄高に応じて歓迎してやって構わないでしょうか。誰にどんな待遇がふさわしいか、私が一番よく存じております。歓迎の宴を少々奇妙に設けて、席を奇妙に並べても、一人ひとりはふさわしいものを受け取っているのですから、どうぞご心配なく。

アッチラ　好きにいたせ！　そなたが望むから呼んだまでのこと。わしを七年も待たせた親戚など八年目にはもうどうでもよくなっておる。お互い様だろう。妃の好きにするがよい。わしの帝国の半分を売り払って酒代にしたければ、するがよい。そなたはこの国の王妃だ。食後の茶菓子がもったいないと思うのなら、それもよし、そなたはわが家の御台所《みだいどころ》だ！

クリエムヒルト　わが夫、わが王、陛下が私に示されたご厚意は計りしれませんが、いまこの瞬間にそれは最大となりました。何と感謝してよいやら。

アッチラ　一つだけお願いがある。ベルンの老将ディートリヒにもそなたの優しい言葉をかけてやってくれ。あの男をねぎらってくれれば、わしはうれしい。

クリエムヒルト　そういたしましょう。心から。

アッチラ　客人たちの出迎えに、テューリング伯とデンマーク王を送ったが、ディートリヒも自ら進んで同行したのだ。

クリエムヒルト　ディートリヒ殿はニーベルンゲンを知っているのですか？

アッチラ　いや、知らん。

クリエムヒルト　彼らに敬意を払ってのことですか、それとも恐れからですか？

アッチラ　それも違う。

クリエムヒルト　だったら、少々歓迎ぶりが過ぎましょう。

アッチラ　過ぎるどころではない。そなたにはわかるまい。この世には、人の自由にならない男が三人いる。三人の強者《つわもの》がな。自然はこの男たちを造るために、人と動物の力をあらかじめ一段弱めなければならなかったということだ。

クリエムヒルト　三人？

アッチラ　一人は――そなたには気の毒だったが、あの男だった。もう一人はこのわしだ。そして三人目でもっとも強い男があいつなのだ！

クリエムヒルト　ベルンのディートリヒ殿！

アッチラ　普段はそうしたそぶりはつゆとも見せないが、いざというときは大地が揺れるごとき働きをするのを、わしも見た。フン族の気質を存じておろう。ごらんのとおり勇敢だ。彼らは頭のてっぺんから足の先まで自尊心のかたまりだが、それは大目に見てやらねばならん。兵隊の働きがどんなものか知っておるだろう。野に出したときよくいうことを聞かせるためには、厩舎《うまや》の中ではわがままも聞いてやらねばならん。自分の血とひき替えに買った兜の羽根や飾り具を、どこにつけようと好きにさせてやるのがよい。それと同じで、地位のある王たちが羽目をはずしたからといってくどくど注意もしない。そのおかげでわしの家臣はアッチラの権勢と名声をみんなの宝と考えて、下僕にいたるまでその一部でありたいと願うのだ。そのことを示そうと、連中の中には異国の客が祈りをあげていたりすると口笛を吹いたり、うやうやしく挨拶をしていると舌打ちをしたりするものがいるのだ。それでディートリヒがここへ着いた日にも、ある兵士がさっそく背後から生意気な言葉をかけおった。ディートリヒは何も言わず振り返って、樫の木のところに行きそれをぐいっと引き抜いたかと思うと、口の悪い男の背中にのせたのだ。重さで奴の背中はめりめりとへし折れた。それを見たみなは一斉に「ベルンの王、万歳!」と叫んだのだ。

クリエムヒルト　ぜんぜん存じませんでしたわ。

アッチラ　まるで侮辱であるかのように賞賛の言葉を迷惑そうに聞きおる。どんな手柄を立てても、ほしい者があれば戦利品のようにくれてやるのだろう。そういう男だ。

クリエムヒルト　それで?　――人の頂点に立つお方が、なぜあなた様の家来に?

アッチラ　あいつが王冠をとってわしの前に進みでて、剣をおいたときは、さすがのわしも驚いた。どういう理由かは知らぬが、もう七年このかた忠実に仕えてくれて、その忠実さたるや、戦いでねじ伏せた王たちの比ではない。一番豊かな領地をとらせようとしたのだが、農園一つ受け取っただけで、そこからの上がりも、自分が食べる復活祭の卵一個以外は、すべて人にくれてやる始末。

クリエムヒルト　変わったお方!

アッチラ　妃にも変わった奴と映るか。そなたのようなキリスト教徒の習慣は、わしらとは違って理解に苦しむことばかりだ。そなたたちの中には洞窟にこもって、カラスの食べ残しで命をつなぎ、それがなくなれば餓死するものや、灼熱の砂漠で切り立つ崖をよじ登って庵をくんで、あげくは突風にさらわれ落命するものがおったりと――。

クリエムヒルト　聖人や苦行僧ならともかく、ディートリヒ殿は剣をはいた戦士。

アッチラ　どちらも同じようなもの、変わりはせん！　――いい加減あの男には礼をしたいのだが、彼が受け取るようなものをわしはもっておらん。そこでお前が代わりにしてやってくれまいか。そなたの笑顔というものをわしはまだ見たことがない。それをあいつに見せてやってくれまいか。

クリエムヒルト　何なりとお望みのとおりにいたしましょう。

第四場

ヴェルベルとスヴェンメル登場

ヴェルベル　陛下、近郊の山々に篝火が上がっております。いよいよニーベルンゲン族の到着です。

アッチラ　（降りてこようとする。）

クリエムヒルト　（アッチラを引き留めて）私が降りて、お客様たちを広間にお連れしましょう。陛下はここにいてお待ちください。もしかするとこの城の石段は、彼らがラインからフンの城まで歩いた距離よりもずっと長いかもしれませんから。

アッチラ　わかった。たしかに何をするにも時間のかかる連中だからな。勇者たちをゆっくり窓から観察させてもらおう。来い、スヴェンメル。誰が誰だか教えてくれ。

（退場。スヴェンメルも続く。）

第五場

クリエムヒルト　これですべてが私の思いのまま——。余りがあって、おつりがくるくらい！　あの方の手など借りなくとも、私一人ですべてやってのけましょう。邪魔さえしてくれなければよいのです。そして邪魔などはいりようもないことが、私にはいまわかりました。

第六場

城の中庭
ニーベルンゲン族とディートリヒ、リューディガー、イーリング、テューリング登場

ハーゲン　着いたな！　それにしても豪奢な宮殿だ！　あれはいったい何の部屋なのだ。
リューディガー　貴公たちのための間です。日の暮れる前にゆっくりご覧になれるだろう。千人もはいれる大広間です。
ハーゲン　トロイ落城の折り、ご先祖様はさぞかし煙い思いをされたことだろう。よってもう煙には燻《いぶ》されるのはごめんと、熊のねぐらにだけは泊まらないつもりであったが、これは当てが外れたな。（王たちに）アジアから舅殿を招くときは気をつけるがよい。貴賓室に馬をつないで、さてわしらはどこに寝ればよいのか、とのたまうぞ！

リューディガー　王宮を見て王を思い出すのが民衆、というのがアッチラ王の自説なのです。自分の身の廻りには毅然として奢侈を禁じられるが、御館には贅を尽くされるのはそうしたわけです。

ハーゲン　この輝く窓が、王の無数の眼玉というわけか。民衆はかなたから睨めつけられて、さぞかし震えあがっておることだろうな。よく言ったものだ！

リューディガー　王妃のお成りですぞ！

第七場

クリエムヒルト、大勢の家来と入場

ハーゲン　いまだに喪服とは！

クリエムヒルト　（ニーベルンゲン族に）本当にあなた方なのですか？　兄上たちにまちがいないのですか？　こんな大軍勢を引き連れて、どこの敵が攻め込んできたのかと思いましたよ。けれど、一応はようこそいらっしゃいました。（歓待。しかし接吻や抱擁はなし。）ギーゼルヘア、ブルグントのお客様にはフン族の王妃として挨拶したので、お前には姉としてまことの口づけをさせておくれ。ディートリヒ殿、王からあなたの労をねぎらうように言われております。客人をお迎えくださったそうで、感謝いたします。(手を差しだす。)

ハーゲン　身内と客には挨拶の仕方が違うのか。なにやらきな臭いな。たくさん見た邪悪な夢を正夢にしようというのか。(兜の緒をしめる。)

クリエムヒルト　叔父様もいらしたのですか? どなたが招待したのです?

ハーゲン　主君を招待すれば、家臣も招待したことになるのだ! わしを煙たく思うのなら、ブルグント族も呼ばねばよかったのだ。わしはブルグントの剣、主君を丸腰では来させん。

クリエムヒルト　では、あなたをお好きな方がご挨拶なさればよろしいわ。ひとかどの礼儀を期待するのなら、それなりの土産《みやげ》ももってくるのも礼儀。私が国を発つとき お別れの挨拶一つされなかった方が、ここに来て大歓迎をのぞまれるとはどのような了見なのでしょう?

ハーゲン　土産はわしでは不足だというのか? 大海に水をつぎ足すものがおらんように、この世でもっとも豊かな女のお前にこのうえまだ宝を積む必要もあるまい。

クリエムヒルト　私は私のものを返してくださいと言っているのです。どこにあるのです、ニーベルンゲンの宝は？　大軍を仕立てていらっしゃいましたが、だったら、もってきていただいたはずでしょう。ここにお出しなさい！

ハーゲン　妙なことを言いよる。宝はちゃんと保管しておる。そのために泥棒が寄りつかん安全な場所を選んでな。ライン河のもっとも深いところだ。

クリエムヒルト　ということはあなたたちはまったく態度を改めなかったのですね。いまになってもまだやりたい放題。叔父様が今回の旅に必要だといっておられたのは、宝をもってくるためではなかったのですね。これが新しい親戚づきあいなのですか？

ハーゲン　わしらが招かれたのは夏至祭の祝宴であって、最後の審判ではないぞ。死神や悪魔と踊らせようというのだったら、初めからそう言っておいてもらいたかったな。

クリエムヒルト　自分のために宝、宝と言っているのではございません。私一人なら裁縫の指ぬき一つで十分です。ですが、王から結納がもらえなければ、王妃としての面目が丸つぶれではないですか。

ハーゲン　鎧兜だけでも相当重かったのだ。その上金塊など引きずってくる余裕はなかった。わしの盾と兜をもってみろ。砂一粒でも吹き落として軽くしたいくらいで、ここにまだ増やすなどありえん。

クリエムヒルト　持参金をまだ差しあげていないのです。だがそれは私ではなく、アッチラ王の口からお聞きなさい。まずは旅装を解いて、広間へどうぞ。王が首を長くしてお待ちです。

ハーゲン　いや、王妃殿、武器は持参いたす。侍従たちがやるような仕事をお前にやらせるわけにはいかんからな。(クリエムヒルトの目配せでハーゲンの盾をつかんだヴェルベルに)使者の方、せっかくのご厚意かたじけないが、爪が重くて飛べんようでは鷹はつとまらん。

クリエムヒルト　剣を帯びたまま御前に出るおつもりか? 叔父様におかしなことを吹きこんだ裏切り者でもいるのでしょうか。何をたくらんでいるのか知りませんが、もし誰かわかれば、同じ目に遭わせてやりますよ。

ディートリヒ　(彼女の前に出て)それは私、ベルンの城主ディートリヒです。

クリエムヒルト　そんなことができるのはあなた様をおいて、いらっしゃらないと思っていました。世間ではあなた様を誇り高き男ディートリヒと呼んで、まるで火と水に堤を切って分かち、道を間違えた太陽と月に正しい軌道を示される方のように褒めそやしております。しかしながら、仲直りをしようとしている親戚をけしかけて、まるで消えかけた炭をふうふうふいごのようにあおって陰口をたたくのが、この世に並ぶべきもののない偉業と呼ばれるものの正体なのでございますか?

ディートリヒ　王妃様の企みに勘づきましたので、未然に防ぐために出かけていったのでございます。

クリエムヒルト　どのような企みなのです? 私が心密かに温めている願いを、男として、騎士として許せないとおっしゃるのであれば、それがどういうものかはっきりおっしゃればよい。好きなだけ非難されればよいではないですか。だが、私を悪者にする勇気もなく、黙ってしまわれるのであれば、あの方から武器を取りあげてくださいな。

ハーゲン　この男の命令とあれば、すぐにでも差しだそう。

ディートリヒ　私が責任をもってハーゲン殿に武器を使わせません。

クリエムヒルト　アッチラ王がたてつづけに侮辱されているのに、拳をふりあげない責任もとっていただけるのですか。私の真珠はいまやラインの水の精の首飾りになり、私の黄金は醜い川魚の玩具になっております。それに平和を誓ってお縄につくかと思いきや、剣をぎらつかせて挨拶だという始末！

ハーゲン　アッチラ殿はまだブルグント国においでになったことがないかもしれんが、たとえそなたが黙っていても、われわれの慣わしをよくご存じだ。

クリエムヒルト　その人のすることを見れば、どんな方かわかります。あなた方は血生臭い。でもよく覚えておきなさい。自分の腕にまかせて身を守ろうとするのなら、自分以外はみな敵になります。ただそれだけのことです。

ハーゲン　頼りになるのはいつも自分だけだ。他人などしょせんは他人。

ディートリヒ　塩壺をひっくり返すものがいないかよく見張っておきましょう。喧嘩になりますからな。

クリエムヒルト　あの方たちがどんな人間なのかご存じないのです。後できっと後悔しますよ！

ハーゲン　（リューディガーに）辺境伯殿、われわれの身内になったことを知らせてやってくれ。そうすれば、わしらが平和の使者だということが王妃様にもおわかりいただけるだろう。婚礼の儀をとりおこなおうというときに、誰が好きこのんで戦争などおこそうか。王妃殿、確かに見た目は物騒ななりをしているが、わしらは縁談を一つまとめてきたのだ。ギーゼルヘアがグードルン様と身を固めることになった。これにはそなたも祝福してくれるだろうな。

クリエムヒルト　まことか、リューディガー殿？　それはありえないこと。

ギーゼルヘア　本当です、姉上。

クリエムヒルト　式を挙げたのですか？

ギーゼルヘア　婚約したのです。

ハーゲン　まずはそなたが祝福してくれ。式はそれからだ！（グンターに）だが、もういい加減に宮廷に上がってもよいのではないか。いつまでここでこうして睨み合っていなければならんのだ。

ディートリヒ　ご案内いたそう！

（ニーベルンゲン族と退場）

クリエムヒルト　（退場しながらリューディガーに）リューディガー殿、お約束をゆめゆめお忘れないように。それを果たしていただくときが近づいてまいりましたよ。

（二人退場。フン人の数が増してくる。）

第八場

ルーモルト　どう思われる？

ダンクヴァルト　手勢を固めて、相手の出方をうかがおう。

ルーモルト　アッチラ王が出迎えにもこないというのも奇妙だな。もう少し礼儀をわきまえた方と聞いていたが。

ダンクヴァルト　それに加えて、じっとこちらをうかがって目を離そうともせんあの連中。肘でつついて何やらひそひそ話しおる。（すぐそばまで寄ってきたフン族のものたちに）おい、ちょっと待った！　ここは俺の場所だ！　そこも、そこもだ！　俺の足の指は長くてな、一〇歩分もあるのだ。踏みつけたらただではおかんぞ！

ルーモルト　（背後に叫んで）後ろも広く空けておけ！　わしの背中は卵のようにもろいのでな！

ダンクヴァルト　効き目はありそうだ！　――ぶつぶつ言いながらも、下がりおる。気味の悪い怪物どもめ。ちょこまかとずうずうしい。

ルーモルト　わしは一度岩の割れ目から真っ暗な洞窟をのぞきこんだことがある。そこら中から緑や青や燃える黄色い目玉が、およそ三〇も光ってわしに向かってまばたきをしておる。猫や蛇やさまざまな生き物が自分の縄張りで息を殺して、じっとこちらの様子をうかがっている。それは不気味な光景だった。まるで大地が真ん中から裂け、星降る地獄が顔をのぞかせたかのようだった。炎があちこちで揺らめいている。わしは目を疑って、思わず後ずさりした。いま、連中の悪意あるまなざしを見ていると、あのときのことを思い出した。日が落ちれば、ますますあのときのままだ。

ダンクヴァルト　蛇や猫は確かにおるな。その向こうにライオンがいるかどうかだが。

ルーモルト　いるかいないか、試してみればわかる。あの洞窟にはいなかった。正気に返ってわしはすぐに光をたよりに外に出て、暗闇に矢を放った。呻き声がしたので、当たったようだった。だが唸ったり吼えたりしたものはなかった。前足や爪や角で勇ましく突進してきて戦いを挑むようなものはおらず、中にうごめいていたのは引っかいたり刺したりする臆病な夜光虫ばかりだった。ここの連中もその類のようだ。忍び寄ってくるのに気をつけておりさえすれば、心配はいらん。

ダンクヴァルト　あのものたちを甘く見てはならんぞ。何せ、アッチラ殿と世界を征服したものたちだからな。

ルーモルト　わしらには同じことは通用しなかったではないか？　草刈りのつもりで来てみたら、ドイツの樫の木にぶつかったのですごすご帰っていったのだ。

第九場

ヴェルベル、スヴェンメルと一緒にすでにフン族の中にいる。彼らに悟られないようにつけるエッケヴァルト

ヴェルベル　客人の方々、そろそろ宿舎に引き上げられてはいかがでしょう。

ダンクヴァルト　それがどこかも聞いておらんが。

ヴェルベル　宿の用意はとっくにできておりますぞ。（部下に）集まれ！　こっちへ来て、ご一緒するのだ。

ダンクヴァルト　待て待て！　われらブルグント族は身内同士でかたまっている方が

いいのだ。

ヴェルベル　（部下に来るように促して）おい、どうしたのだ？

ダンクヴァルト　重ねて申し上げるが、それがわれらの慣わしなのだ。

ヴェルベル　戦場ではそうでしょう！　しかしここは宴会場ですぞ。

ダンクヴァルト　下がれ！　さもないと斬り捨てるぞ！

ヴェルベル　何とも物騒な客だ！

ルーモルト　客が客なら、主人も主人。物騒なのはお互いさまだろう。（拍手が起きる。）

ダンクヴァルト　われわれの味方がおるのか。誰だ？

ルーモルト　心当たりはないか？

ダンクヴァルト　目に見えぬ友人だ。

ルーモルト　先ほど、クリエムヒルト様について来た老僕エッケヴァルトが通りがかるのを見たぞ。

ダンクヴァルト　そいつが拍手したと思うのか？

ルーモルト　そう思う。

ダンクヴァルト　奴は生涯王妃に忠誠を誓って、健気に仕えてきたのだ。あれは、われわれへの合図だったのかもしれん。

第一〇場

ハーゲン、フォルカーと登場

ハーゲン　こちらの具合はどうだ?
ダンクヴァルト　兄者の命令どおり、しっかりと守っております。
ルーモルト　それにクリエムヒルト殿の侍従までわれわれに拍手してくれますし。
ハーゲン　アッチラにいま会ってきたが、本物の男だった。
ダンクヴァルト　どんな風にですか?
ルーモルト　策を弄するような男ではないと?
ハーゲン　そのとおりだ。奴は倒した最強の武将の上着を着て、その権勢も引き継いでいるのだ。だが奴の肩幅では上着は少し窮屈すぎて、ときどき縫い目がびりと裂ける。それを見て、いやがるどころか誇らしく感じるのだ。

ダンクヴァルト　ではなぜ出迎えに来ないのですか？
フォルカー　何かに縛られて、挨拶にも出てこられないように見える。
ハーゲン　そういうことだ。奥方が下におりてこないよう言ったのだ。だがそのお返しはたいそうな饗宴でしてくれたぞ。
フォルカー　あんなにも馴れ馴れしく手をさしのべられて、私はうちの犬を思い出した。綱につながれて、戸口の私に跳びつけない分、いっそう嬉しそうにしっぽを振るのだ。
ハーゲン　犬とはいくまい。わしは、鉄の鎖をかみ切りながら、女の髪とじゃれているというライオンを思い出したわい。（ダンクヴァルトとルーモルトに）さあ、行って飲んで食べてこい！　わしらはもうたらふくいただいた。見張りを代わってやろう。
ダンクヴァルト　（ヴェルベルとスヴェンメルに）それではご案内いただこう。
ヴェルベル　（スヴェンメルに）お連れしろ。（小声で）わしは王妃様のところへ行かねば。
（みなちりぢりに。ヴェルベルは宮廷に。エッケヴァルトが再び現れる。）

第一一場

フォルカー　貴公いかが思う？

ハーゲン　アッチラの命令で、わしらに弓ひく奴がでるとは思えん。誠の心が王の誇りだ。このたび友好を誓えるようになったことを心から喜んでおるのだ。ずいぶんと良心の呵責に苦しんできたが、そのぶんいまはたんと善行を積めることが嬉しいのだ。だが足元が確かというわけではない。一歩踏むごとに地鳴りがしている。楽士ヴェルベルはモグラだ。わしらの足元に落とし穴を掘りよる。

フォルカー　まったくあの男はくせ者だ。薄氷のような手合い！　――あやつだけではなく、いたるところに人馴れしたオオカミがいる。このものたち、ぺろぺろ舐めていたかと思うと、いきなりがぶりと食いつきおる。やはり頼りになるのは血だけだ。だが、ちょっとご覧じろ。あそこを歩く白髪の男は誰だ？　何かいわくありげだ！

（エッケヴァルトがゆっくり通り過ぎていく。物思いにふけって独り言をいいながら。

その風体はフォルカーの言ったとおり)

ハーゲン　(大声で) おい、エッケヴァルト!

フォルカー　何やらぶつぶつ独り言ちている。われらに気づかないふりをしているな。後をつけてみよう。向こうもそのつもりらしい。

ハーゲン　フォルカー、やめておけ。盗み聞きなど、お前らしくもない! 盾をたたいて、剣をうち鳴らしてやる! (武器を騒々しく鳴らす。)

フォルカー　やっ、何か合図をしているぞ。

ハーゲン　知らぬふりをしよう。(二人背を向ける。大声で) 言いたいことがあるのなら、まだ聞いておらん人にしてこい。

フォルカー　聞いておらん人とは――。

ハーゲン　それ以上は言うな! フンの大王に恥をかかすつもりか? 奴も自分の目で見ればよいのだ。

(エッケヴァルト、頭をふって消える。)

フォルカー　さっぱりわからない!

ハーゲン　(フォルカーの肩を抱いて) わが友フォルカーよ、わしらは死者の舟に乗ってしまったのだ。三二方位のどこから吹く風をとっても、わしらに優しいものは一つもない。見渡す限りの荒れた海、頭上に広がる赤黒い雷雲。サメの餌食になろうが、雷に打たれようが、大した差はない。どのみち死ぬときは同じだ。わしらの運命を変えることのできる予言者などもういない！　だからわしのように耳に栓をして、欲望のおもむくまま、やりたい放題やり抜くのだ。それが死ぬ定めのものに許されたせめてもの慰めだ。

第一二場

王たち、リューディガーをつれて登場

グンター　まだ風に当たっているのですか？

ハーゲン　もう一度雲雀《ひばり》を聞きたいと思ってな。

ギーゼルヘア　雲雀は明け方にならないと目覚めません。

ハーゲン　では、それまでフクロウとコウモリを狩っていよう。

グンター　一晩中、寝ずに起きているつもりですか？

ハーゲン　ああ、リューディガー殿がわしらに服を脱がせてくれなければな。
リューディガー　とんでもない。ごめんこうむります。
ギーゼルヘア　では僕もおつきあいします。
ハーゲン　それはならん！　わしらだけで十分だ。誓って、お前たちの血は一滴も流させん。ただ寝ている間に蚊に刺されたら、その一滴は別だぞ。
ゲルノート　ということは叔父上はやはり――。
ハーゲン　違う、そうではない！　わしが言いたいのは、用があればいつでもここにいるから安心しろということだ。さあ、もう寝床にはいって休め。せっかくの酔いがもったいない。
グンター　何かあったら呼んでくれるのですか？
ハーゲン　心配するな。お前たちを呼ぶのは夜明けの鶏だけだ。
グンター　では、よい夜を！（他のものとともに広間に退場）

第一三場

ハーゲン　(グンターにむけて) 出発前の母君のように、夢を見たらよく覚えておけ！　(フォルカーに) あの夢は話してしまえば、本当になる。そうならないよう気をつけねばならん。——あいつはどうやら気づいておらんらしい。

フォルカー　そうではなかろう。気づいていても、プライドから口にできないだけだ。

ハーゲン　確かに、周りの連中の表情がこれだけ曇ってきているのに、それに気づかないとなると盲目だ。勇者たちの表情が一番暗い。

(大勢のフン族が戻ってくる。)

フォルカー　見ろ！

ハーゲン　これがさっきの爺さんの伝えたかった秘密なのだ！　だがそんなことは承知の上！——フォルカー、こっちへ来て座ろう。背中を向けて、こうな！(ふたりフン族に背中を向けて座る。) 何かがちょろちょろし始めたら、ごほんと咳払いをしてやれ。一目散に逃げだすから。二十日鼠のようにやってきて、ドブネズミのように逃げていくのがフン族だからな。

第一四場

クリエムヒルト、ヴェルベルと一緒に石段の上に現れる。

ヴェルベル　ご覧ください。二人があそこで座っております！
クリエムヒルト　休む様子はなさそうですね。
ヴェルベル　私の合図で、手下の家来がみんな突撃する手はずです。
クリエムヒルト　どれくらいの数です。
ヴェルベル　約千人。
クリエムヒルト　（不安そうにフン族に向かって下がるように合図）
ヴェルベル　どうされたのです？
クリエムヒルト　行って、家来が軽はずみに行動しないように言っておくれ。
ヴェルベル　急にお身内が気の毒になられましたか？
クリエムヒルト　馬鹿をお言いでない。あなたの家来など、フォルカーがヴァイオリンで伴奏する間に、ハーゲン一人で片づけてしまいます。ニーベルンゲンがどういう連中かあなたは知らないのです。さあ、行って！

（二人退場）

第一五場

フォルカー　（跳び起きて）こんなことをしてはいられない！（陽気な音楽を弾く。）

ハーゲン　（ヴァイオリンをたたいて）そんなのではなく、死者の舟の葬送曲を弾いてくれ！　味方が味方を刺し違えて死ぬ、あの最後の場面だ。その後には松明の列――。明日はいよいよその日だ。

第四幕

深夜

第一場

フォルカー、立ってヴァイオリンを弾く。ハーゲン、相変わらず座っている。フン族、驚きつつ興味津々で人垣をつくって二人を囲む。幕が開く前からフォルカーの演奏が流れる。開幕後すぐにフン族の一人が盾を落とす。

ハーゲン　音楽はもういい！　歌と語りだけで奴らを殺してしまう気か。武器を落としているではないか。いまのは盾だった！　あと三曲ばかり歌えば、今度は槍を落とすぞ。ここへ来るずっと前の武勇伝で十分だ。奴らをおとなしくさせるには最近の話など必要ない。

フォルカー　(彼の言葉には耳をかさず、忘我の様子で) それもとより漆黒なれど、愛撫され闇に輝く猫眼のごとく、夜更けに光をえる。されど馬の蹄の一蹴りで、割れたかけらを兄弟たちが、二人で争い奪い合い、はては憎しみ、投げつけた、当たりどころが悪く、ともに命を失った。

ハーゲン　(どうでもよいという風に) やれやれ新しいのを始めおった。気のすむまでやるがよい！

フォルカー　灼けて火を噴き、始めたそれを、目にした者は、恋い焦がれ、もはや忘れもかなわぬ定め。

ハーゲン　こんな歌は聴いたことがない！　――幻を見ているのだな！　他の歌ならわかるのだが。

フォルカー　果てない諍《いさか》い、毒ある憎しみ、人を殺《あや》める鉄のみならず、大地耕す犂《すき》まで も、武器にもちかえ、盲滅法斬りかかる。

ハーゲン　(次第に聞き耳を立てて) 何を歌っておるのだ？

フォルカー　血がほとばしる、大河となって。血が乾いて固まれば、黒ずむ黄金《こがね》も、血で洗えば、光を取り戻し輝く。

ハーゲン　やっとわかったぞ。金塊の歌か！

フォルカー　赤光の黄金、いや増しに輝く。人の生血を吸って。出あえ出あえ、襲いかかれ！　みな死に絶えたそのときに、その輝きは頂点に達する。最初に流れた血の一滴は最後までしぼりだせ！

ハーゲン　そうだ、そのとおりだ！

フォルカー　宝はどこだ？　――大地が呑みこんだ。生き残った者はあちこちと、魔法の棒で宝探し。(9)　愚民ども！　抜け目ない小人族がとっくに盗みだして地底世界に隠したとも知らずに！　手を触れるな！　永遠の平和を乱したくなければ！（腰を下ろし、ヴァイオリンを脇に置く。）

ハーゲン　目が覚めたか？

フォルカー　（再び跳び上がって、狂乱状態で）やっぱりだめだ！　またこの世に現れた！　呪われておるのだ、その宝は初めから。それに加えてまだ恐ろしい。それをわがものとする者は、喜びもつかのま、命を落とす。

ハーゲン　ニーベルンゲンの宝のことだ。ようやくわかったぞ。

フォルカー　（ますます狂乱して）血で血を洗う殺し合いで地上が主を失えば、赤光が宝から放たれて、大洋もそれを消すことができない。かくてこの世は業火に焼かれ、神々の黄昏ラグナロクが永遠に降りる。(10)

ハーゲン　それは本当か？

フォルカー　宝を奪われた腹いせに小人族が呪いをかけたのだ。

ハーゲン　どうして奪われたのだ？

フォルカー　神々が盗んだのだ！　あやまって巨人の息子を殺めてしまったオーディンとロキが、その償いに困って盗みを働いたのだ。

ハーゲン　神々でも困ることがあるのか？

フォルカー　彼らは人間の姿をしていたので、生身のからだでは生身の力しかなかったのだ。

第二場

ヴェルベル、フン族の中に現れる。小声で

ヴェルベル　おい！　貴様たちは魔法の音楽にかかって魂を奪われた蜘蛛の子か？

こっちへ来い！　出番だぞ！

第三場

クリエムヒルト、従者とともに降りてくる。松明

ハーゲン　あそこに降りてくるのは誰だ？
フォルカー　奥方様その人だ。いま頃ご寝所に行かれるのか？　おい、腰を上げよう！
ハーゲン　何を考えておる。座ったままで構わんだろう。
フォルカー　それでは礼儀知らずと思われる。あの方は畏れおおくも奥方で王妃なのだから。
ハーゲン　そんなことをしたら、弱気がさして腰を上げたと思われかねない。名剣バルムングよ、お前に恥はかかせないぞ。（膝の上にバルムングをおいて）お前の眼はまるで彗星のように夜でもぎらぎらしておる。まばゆいルビーの眼よ！　まるで、この刃《やいば》にかかって息絶えたものの生き血を吸いつくして、赤々と輝いているかのよ

うだ。

クリエムヒルト　人殺し、ここにいたのか！

ハーゲン　わしが誰を殺したというのだ。

クリエムヒルト　わが夫を殺したではないか。

ハーゲン　あの女の目を覚ましてくれ。夢遊病のようだ。お前の夫は生きているではないか。今夜一緒に杯をかたむけたばかりだ。この名剣でその方の命を守るとお前に約束してもいいぞ。

クリエムヒルト　笑止な！　誰のことかわかっているくせにおとぼけか。しらじらしい！

ハーゲン　お前は夫というが、お前の夫は、わしがお世話になっているアッチラ殿だ。だがそういえば、確かお前は再婚したのだったな。その方の腕の中でもまだ最初の夫の夢を見るのか。最初のを殺めたのは確かにこのわしだ。

クリエムヒルト　みなの者、聞いたか！

ハーゲン　こんな有名な話を、みなの者は知らなかったのか？　では話して進ぜよう。楽人フォルカーがすばらしい伴奏をしてくれるぞ――。（歌わんばかりに）オーデンの森にこんこんとわく泉あり——。

クリエムヒルト　(フン族に) 構うことはない、存分に暴れておやり。もうどうなろうが、私は知らない。

ハーゲン　さっさと寝床へ向かうのだ！　いまのお前には別のお勤めがあるだろう。

クリエムヒルト　私をこれ以上侮辱するのなら、その口を真っ黒な血でふさいでやる。かかれ！　アッチラの絞首刑人たちよ！　あの男に見せてやるのだ。私がなぜ二人の夫と寝たのかを。

ハーゲン　(立ち上がる。) 噂どおりこの宮廷の流儀は、人殺しと闇討ちなのか？　望むところだ！(甲冑をたたいて) 金物が冷えて困っていたところだ。寒さしのぎには格好の運動だ。(バルムングを抜く。) さあ来い！　胴は見えないのに頭ばかりが見えるぞ。どうして後ろの方で押し合っているのだ？　ぴかぴか光る兜はみかけだおしなのか？(剣で身構える。) おや、逃げだしおった！　アッチラ殿なしでは意気地がないな！　——寝床でお待ちだぞ。さっさと行ってやれ！

クリエムヒルト　何ということだ。お前たちそれでも男なのか？

ハーゲン　いや、奴らはただの砂塵。町や野を埋め尽くすこともできようが、それは風に吹かれて舞い上がってのことだ。

クリエムヒルト　お前たち、本当に世界を征服した強者《つわもの》たちなのか？

ハーゲン　人海戦術でな。しかし何百万の軍勢は数の上では大軍だが、一人ひとりはただの砂粒にすぎぬ。

クリエムヒルト　あそこまで言われて、まだ黙って聞いているのか！

ハーゲン　どんどん言ってやれ！　声を涸らしてあおり立てろ！　わしも一緒に吹きこんでやる！　（フン族に）腹這いでにじり寄って、わしらの足を取りに来い！　それがお前たちの戦法だと聞いているぞ。つまずいて、よろめいて、ひっくり返っても、参ったとは絶対に言わんから安心しろ！

クリエムヒルト　お前たち、数が少なくなればなるほど、分け前も褒美も多くなるぞ！

ハーゲン　宝はうなるほどある。世界中にばらまいてもいいほどな。それどころかますます増えていく。金を産む指環があるのだ。わしがそれを――いや、口がすべった。これはまだ早い！　（クリエムヒルトに）たぶん聞いていないだろう。だが本当なのだ。わしも試してみたが、うまくいった。どうやるか、それはわしを倒した奴に伝授してやる。足りないのは、死者をよみがえらせる魔法の杖だけだ。（クリエムヒルトに）だが、どうけしかけてもあおっても無駄なようだ。こんなにもろい砂では土饅頭もつくれん。あきらめよう。（再び腰をかける。）

クリエムヒルト　（ヴェルベルに）意気地なし！

ヴェルベル　まもなく形勢が変わります。

フォルカー　（指さしながら）第二陣がお見えのようだ！　明け方の光に甲冑が輝いている。先導しているのは、またしてもあの音楽士だ。クリエムヒルト殿、礼を言おう。そなたがわれらを呼んでくれた舞踏会がどんなものなのかは、楽の音を聴けばよくわかる。

クリエムヒルト　それで何がわかったのですか？　私が怒りに我を忘れているとすれば、そうさせたあなた方の口に責任があるのです。客が眠らないのに、主人が先に休むのは無礼というものです。

ハーゲン　（声を大きくして）あいつらを差し向けたのはアッチラだな？

クリエムヒルト　愚かもの、お黙りなさい。私が来させたのです。あなたは逃がしませんよ。今日がお天道様の見おさめ、覚悟するがいい。愛するジークフリートのお墓に戻りたい。でもまずは死装束を赤く染めなければ。そのために叔父様の血をいただきます。

ハーゲン　上等ではないか、クリエムヒルト。わしらはもう猫をかぶる必要はあるまい。お互い手の内は知ってしまったのだからな。だがよく覚えておけ。鹿は猟師から逃げのびる手管を十分心得ているが、逃れられないとわかると次の手を使うという。それは猟師と差し違えることだ。わしらもどちらかは選ばせてもらうぞ！

第四場

グンター、ナイトガウンで。ギーゼルヘア、ゲルノートが続く

グンター　何かあったのか？

クリエムヒルト　いにしえの訴える亡霊がよみがえりました。トロイのハーゲンを告発します。今日、最終審を請求します。

グンター　裁判を要求しておいて、武器をもって入廷する気か？

クリエムヒルト　あなたたちは輪の中にはいって、正義と義務にかけて判決を下すこ

とと、下した判決を自ら執行することを宣誓してください。

グンター　拒否する。

クリエムヒルト　とにかくあの男を引き渡してください！

グンター　ならん。

クリエムヒルト　でしたら力に訴えることになります。いいえ、その前に他の意見を聞いてみなければ。ギーゼルヘアとゲルノート、あなたたちの手は汚れていませんね。だったらその手であの人殺しを引きだすこともできるでしょう。あなたたちは共犯者呼ばわりされる筋合いはないのですから！　だからあいつとは縁を切って、私に引き渡して！　――あいつの味方をするものは、わが身も危うくするのです。

ゲルノートとギーゼルヘア　（剣を抜いてハーゲンの側につく。）

クリエムヒルト　あなたたち、本気なの？　森に一緒に行かなかったでしょう。事件が起きたとき、ひどいと言っていたでしょう。なのに、いまは下手人をかばうつもりなの？

グンター　叔父上と私たちは生きるも死ぬも一緒だ。

クリエムヒルト　馬鹿なことを！

ギーゼルヘア　姉上、およしください。他に仕方がないのです。

クリエムヒルト　それは私も同じ。

ギーゼルヘア　姉上に何の不足があるのでしょう。わが一族を命がけで危機から救ってくれた忠臣を見捨てるようなことをしたら、その恥は永遠に拭えません。

クリエムヒルト　その恥とやらをすでにしでかしたではないか！　英雄の血筋の風上にもおけない、とんでもない恥にあなたたちはまみれているではないか。私は一族を泉に連れていって、それをしっかり洗い清めてあげたいのです。（ハーゲンの胸を指さして）泉はここからわいているのです。

ハーゲン　（グンターに）さて、どうする？

グンター　叔父上はやはり故郷に残るべきだったのだ。だがいまとなっては言っても仕方ない。

クリエムヒルト　あなたたちは義をつらぬいてびくともしないことが最高の美徳であったとき、義を踏みにじり、それがただの悪徳になったときに、義を守ろうとするのか。親戚の誼《よしみ》だとか、血縁だとか、兄弟の契りだとか、九死に一生を得たお礼だとか、その何一つとして私の夫のときにはあなた方の胸には思い浮かばなかったではありませんか。ジークフリートは野獣のように屠られて殺されました。直接手を染めなかった人たちも、警告したり、やめさせようとはせず、ただ見て見ぬふりをしていただけです――。（ギーゼルヘアに）お前までも！　英雄に弔辞を読むときは、家の体面など砂粒ほどの重みもなかったではありませんか。それがいま、未亡人が下手人を差しだせと騒ぐと、大地ほど重くなるのですか？（グンターに）兄上は二度犯罪をもみ消した。若かったからというような言い訳は、もう通用しませんよ。

ハーゲン　（ギーゼルヘアとゲルノートに）叔父様の肩をもつなら、お前たちも同罪！自分はどうなのだ。お前もその片棒を担いだことを忘れたのか？　お前の罪が一番重いぞ！

クリエムヒルト　私のですって？

ハーゲン　そうだ、お前のだ！　確かにわしはジークフリートが気にくわなかった。わしが奴の故郷のネーデルラントに現れていたら、奴もわしを好かなかったろう。どんな風に奴がヴォルムスに現れた？　わしらの名誉の花を遊び半分に摘みとっておいて、それにちらっと目をくれただけで、「気に入らない」と一言で捨ててしまったのだ。たった一枚の花弁でも摘まれれば、死ぬほどの痛みを覚えるような花束があると考えてみろ。花束はお前の体中の血を流しても足りないくらいだ。それをいま敵に奪わせて、足で踏みにじらせてみろ。それでも敵に口づけできるか？　それどころか踏みにじられたのがお前の頭だったらどうする？　わしの腹の中もそんな風に煮えくり返っていたのだ。だが、わしは怒りを呑みこんだ。王の命にかけて誓ってもよい。しかしあの激しい口論がやってきた。お前が腹いせに秘密を暴露したせいで、奴が王との誓いも義務も忘れていたことがばれた。もしあのときグンターが奴を許していたら、それは自分の妃に死ねというようなものだったろう。正直に言ってやろう。あの男にとどめを刺すとき、喜びに槍をもつ手がふるえたぞ。その感触はいまでもここに残っておる。だが槍をわしに渡したのは他ならぬお前だ。責めるべきはお前自身の過ちだ。

クリエムヒルト　わが身を責めていないとでもいうの？　私の苦しみに比べれば、叔父様の苦しみなど半分にも満たないわ。この王冠を見なさい。これが何かわかりますか。これを見るごとに、この世でいまだ催されたことのないような贅を尽くした結婚式と、恐るべき夜に生きるか死ぬかの境で交わされた身の毛もよだつ口づけと、そしてわが子とはいえ愛情のわかない息子を思い出す！　だが婚礼の喜びはいま頃になってわいてきた。苦しんだ分だけ、いまはたっぷり味わせてもらいます。こちらから払うものはない。勘定は済んでいるのだから。あなたの首根っこを押さえるためなら、兄弟の百人や二百人斬り捨てたところでどうだというの。やってやる。そうすれば、世間は私が夫への誠を貫くために貞節を売ったことをわかってくれるでしょう。(退場)

第五場

ハーゲン　さあ、急いで装束をしろ！　手には薔薇の花束ではなく武器をもってこいよ。

ギーゼルヘア　ご心配なく。僕は叔父上の味方ですから。それに姉上は僕には手は出しませんよ。そもそもそんな仕打ちを受ける覚えもないし。

ハーゲン　ところがあいつはどうやら本気らしい。わが甥よ、そこでお願いなのだが、ベヒェラーレンに帰ってくれんか？　あの女もお前のたっての頼みとあれば、いやとは言えんはず。しかしそれ以外のことを頼んでも無駄だ。ことは急を要する！

あいつの言い分にも一理ある。わしはたしかに憎まれるだけのことはしているのだから。

ギーゼルヘア　叔父上の忠告は当たらないものばかりでしたが、今のは最悪ですね！

（グンター、ゲルノートとともに宿所へ退場）

第六場

ハーゲン　聞いたか？　わしらがオーデンの森から帰って以来、とげのある言葉しかかけてくれなかったのに、いまになって——。

フォルカー　へそを曲げてはいたが、根は頼りになる方と信じており申した。貴公を悪く言っていたが、いざというときは前に立ちはだかり護ってくれて、かかとで貴公の足を踏みつけながらも、槍を受けとめようとなさる！　女の操はからだの操、男の操は心の操とでも言おうか。娘子は裸を見せることがあっても、あの年頃の少年は心をそう簡単には見せないものだ。

ハーゲン　こんな若い身空で散る命とは——。死神はわしらのすぐ後ろにすっくと立っておる。そいつの暗い影にわしはくるまって眠ろう。今日の夕陽を拝むことのできるのは死神だけだろうな。

（両人退場）

第七場

アッチラとディートリヒ登場

ディートリヒ　クリエムヒルト様がどのような心の内でみなさんを招待されたか、おわかりになりましたか？

アッチラ　わかった。

ディートリヒ　あの方の様子は、灰の中で新しい風が吹くのをじっと待つ炭のようだと思っておりました。

アッチラ　わしは気づかなかった。

ディートリヒ　何も知らなかったとおっしゃるのですか？

アッチラ　いや、知るには知っていた！　リューディガーのいうとおり、女の憎しみなど、毒づくだけ毒づけば、それでお終いだと思っておった。

ディートリヒ　いつまでたっても王妃が涙を流し、喪服を脱がないのを見て、変だと思われなかったのですか？

アッチラ　敵を愛せよとか、打たれても口づけで感謝せよとか、貴公からキリスト教徒の美徳について聞かされておったから、露ほども疑わなかった。

ディートリヒ　確かにそれは理想ですが、みんながみんな守れるわけではございません。

アッチラ　妃があれほど熱心に国へ使者を送るのは、母君ゆえだと思っていた。というのも、国をでるとき親不孝な別れ方をしたと聞いていたし、いまはそのことを悔いていると思っていたからだ！

ディートリヒ　母君は故郷に残られました。あの方を呼ぶはずがありません。あの方がどうにかして残そうと画策された宝は、身内のものが出発の前夜、松明の明かりをたよりにライン河の底に沈めて、二度と手にはいらなくしてしまったということです。

アッチラ　ではなぜ連中も国に残らなかったのか？　わしが鎧と剣に身を固めて使者

の楽士の後から攻めあがってくる恐れなどなかったのに。

ディートリヒ　アッチラ殿、ブルグントの武人たちはクリエムヒルト様と約束をした以上、それを果たさねばならないと考えたのです。それを果たす義理など、もとからないのは百も承知ですが、なければいっそう果たしたくなるものです。そして危険を避けて、忠告を聞くには彼らは余りに誇り高いのです。陛下も死神と渡り合うことには慣れていらっしゃる。だがそのためには大義名分がいるでしょう。連中はそれがいらないのです！　彼らの野蛮な先祖たちは楽しい宴会がはけますと、人生最高の時は終わったような感じになり、客の目の前で歌と音楽にあわせて自分のからだを差し貫いたそうです。また酔った勢いで舟に乗り、二度と戻らぬぞ、洋上で兄弟同士で取っ組み合って果ててみせるぞ、生まれながらの苦しみを最後には善行にしてみせるぞ、などと誓ったそうです。血を支配する悪魔は、いまでも連中の中には生きております。いったん血が沸き立ち湯気を立てると、嬉々としてその悪魔の言いなりになるのです。

アッチラ　そうならそれで仕方ない。ここまでの取り計らい、かたじけない。わしはクリエムヒルトに負い目を感じたくないのだ。そしていま、勘定がいくらになったかがわかった。

ディートリヒ　どういう意味です？

アッチラ　結婚式の夜の後は彼女には手は出さなかったのだ。それが彼女への思いやりだと考えてな――。

ディートリヒ　それは大変な思いやりですな。

アッチラ　いや、大したことではない。それが正しかったと信じておるし、これからも、妃が望むままもっとつくしてやろうと心に決めたのだ。いま貴公の面前でそれを誓うぞ！

ディートリヒ　そう軽々しく誓いを立てられては――。

アッチラ　いや、貴公にとやかく言われる筋のことではない。妃が望む以上のものをしてやるのだ。さもないと退屈して愛想をつかされるやもしれん。（舞台袖に向かいながら）そのとおりだ、クリエムヒルト、お前が実の兄弟たちを買っていないのなら、わしも義理の兄弟たちを高くは買わん。連中がお前には殺人鬼にすぎないのなら、わしにとってもそれ以外のものであるはずがない！

第八場

聖堂

広場に多くの武装した集団。クリエムヒルト、ヴェルベルとともに登場

クリエムヒルト　郎党どもを主人たちから引き離しておいたでしょうね？

ヴェルベル　助けを呼んでも聞こえないくらいに。

クリエムヒルト　郎党どもが広間で席について食事を始めたら、一気に襲って皆殺しにするのです。

ヴェルベル　かしこまりました。おおせのとおりに。

クリエムヒルト　（フン族に装身具の宝石などを投げ与えて）そら、前払いだ！　――取りあわなくともよい！　まだまだたくさんあるのだから。お前たちの働き次第では、日が暮れる前に、宝石の雨が降りますよ。

（歓喜の声）

第九場

リューディガー登場

リューディガー　帝国の半分を投げ与えるおつもりか？

クリエムヒルト　あなたにはとっておきのものを用意しています。（フン族に）勇敢に戦うのだ！　ニーベルンゲンの宝があれば、世界も買える。それどころか、お前たちの千人が生き残ったとしても、仲間割れすることはない。王様千人分の宝くらい何でもない！

（フン族、三々五々に散りゆく。）

クリエムヒルト　（リューディガーに）ベヒェラーレンから取り寄せるものはありませんか？

リューディガー　特に思いあたりませんが。

クリエムヒルト　では贈るものは？

リューディガー　奥方様、それもございません。

クリエムヒルト　では兜の脇からのぞいているあなたの前髪を剣で切り取ってください――。

リューディガー　それはまた、どうしたわけで？

クリエムヒルト　お国へ贈るものが必要でしょう。

リューディガー　何ですと！　私が二度と生きて故郷を見られないとおっしゃるのか？

クリエムヒルト　どういうことです？

リューディガー　こうしたものをほしがられるからです。私の国では、大工がいよいよ棺桶に蓋をしようと金槌片手にやってきたときに、死者への想い出にそうしますが。

クリエムヒルト　この先どうなるか誰にもわかりません。でもそんな風に考えないでください！　ギーゼルヘアに使いで帰るようにお命じになってください。道中お花畑を見つけたら決して通り過ぎず、そのつど花嫁となる人に薔薇の一本も手折っていくようにいいつけてください。それが花束になりましたら、私からだといって、花嫁の胸にさしてやってください。彼女があなたの前髪で私に指環を編んでくださるまで、ギーゼルヘアはそこにとどまらねばなりません。私のこの計らいにいずれみなさん感謝されるでしょう。

リューディガー　奥方様、ギーゼルヘア殿ははいとは申されますまい。

クリエムヒルト　厳命するのです。あなたは父、あの子は息子でしょう。もし父の命令に背くのなら、塔にでも幽閉しなさい。

リューディガー　そんなことできるわけがありません！

クリエムヒルト　力ずくではだめなら、だまして閉じ込めるのです。そうなれば旅に出たのと同じ。解放される頃には、もうすべては片づいている。裁きの日は近いのです。口答えは許しません！　あなたの娘が可愛いのなら、私の言ったとおりになさい。あなたにはもうずいぶん国王級の贈り物をしたでしょう。そのわけは――いえ、この先何が起こるかは、あなた自身で予想できるでしょう。夜ごとに現れる忠実な星々にかわって、血のような彗星が天を渡っていき、この世を赤く染めています。善き手だては尽き果てて、いまは悪い手だてしか残っておりません。薬が効かなくなれば、毒を使うしかないように。ジークフリートの仇を討ってごらんなさい。すぐに悪逆非道がもう一度この世に姿を現すでしょう。その時正義は身を隠し、自然は深い眠りにつくのです。（退場）

第一〇場

リューディガー　これが、かつて涙の海に沈んでいたのと同じ女性なのか？　背筋が寒くなりそうだ。だがこの方のかかっている魔法がわかってきた。ギーゼルヘアを帰せだと！　だったら、ハーゲン殿に差しあげた盾を火にくべる方がましだ。

第一一場

ニーベルンゲン族、登場

リューディガー　これはこれは、みなさま方、こんなに早くどうされました？

ハーゲン　ミサの時間だからな。知っていようが、わしらはみな敬虔なキリスト教徒なのだ。

フォルカー　（一人のフン人を指さして）おや？　あんな小ぎれいな人たちもここにはいるのか？　われらのところでは、フン族は風呂にもはいらんともっぱらの噂だが。

あやつなど羽根ぼうぼうであちこちうろついておるではないか。（ハーゲンに）何の話だったか？

ハーゲン　わかっておるだろう。いよいよ死出の道行きだ。わしと一緒に死んでくれるか聞いたのだ。

フォルカー　（再びフン人に）あやつが人間だと？　鳥ではないのか？　脅かせば、あわてて羽ばたくはず。（槍を投げて男を射殺す。）おや、人間だった。――これが私の答えだ！　生きるも死ぬも一緒だ。

ハーゲン　よく言った、恩にきるぞ！

ヴェルベル　（フン族に）おい、これでも黙っているのか？

（荒々しい大音声）

第一二場

アッチラ、クリエムヒルトと彼の王侯とあわてて登場し、フン族とニーベルンゲン族の間に割ってはいる。

アッチラ　いったい何をしておるのだ！　さっさと武器をおくのだ！　客人を手にかけようとしたのは誰だ？

ヴェルベル　お館様、その客人の方からわれわれに仕掛けてきたのです。これをご覧ください！

アッチラ　フォルカー殿の手元がくるったのであろう。

ヴェルベル　おそれながら、辺境伯リューディガー殿はここで一部始終をご覧です――。

アッチラ　（ヴェルベルに背を向けて）ご親族のみなさん、フンの国にようこそ！　だがどうしてまだ鎧をお脱ぎではないのか？

ハーゲン　（半ばクリエムヒルトに答えるように）これが、ブルグント族が饗宴に参るときの流儀なのです。剣のリズムにのって踊り、それどころかミサも盾をもったまま聞きます。

アッチラ　奇妙な流儀だ。

クリエムヒルト　流儀とおっしゃるのなら、狼藉のかぎりを許しておいて、見て見ぬふりをするのもずいぶん奇妙な流儀ですこと。私がそれを手厚いもてなしだと、感謝申し上げるとお考えでしたら、大間違いでございます。
ディートリヒ　わしが本日はミサの執長《とりおさ》だ。ミサに行かれる方は、参られよ。（彼が先導して、ニーベルンゲン族、聖堂に向かう。）

第一三場

クリエムヒルト　（その間アッチラの手をとって）陛下、脇へおよけください。もっともっとこっちへ。あのものどもは陛下を突き倒すつもりです。王が倒れてしまえば、国が立っていると宣言できませんから。
アッチラ　リューディガー殿、今日は馬上試合はやめておこう。
クリエムヒルト　では代わりに全員で断食合戦でもしましょうか。
アッチラ　デンマーク王やテューリング伯にも伝えてくれ。老将ヒルデブラント殿も事情はよく存じておろう。
クリエムヒルト　リューディガー殿、私からも聞きたいことが。ヴォルムスでの誓いは何でしたか？

リューディガー　奥方様の言いつけを拒むことはないと誓いました。

クリエムヒルト　あなたの誓いはあなただけの誓いでしたか？

アッチラ　リューディガー殿が誓ったことは、わしの誓いでもある。

クリエムヒルト　では話は早い。グンター王は、ハーゲンが暴虐の槍を投げたとき、背を向けて見て見ぬふりをされました。もし陛下も私の計画に背を向けられていれば、私への誓いを果たしてくださったことになったでしょう。だが私が自分の手でやり遂げようとしたのに、陛下はそれを邪魔された。であれば、陛下が人殺しの首を取ってきてくださいませ。

アッチラ　わかっている。首は取ってきてやる。ただ、奴が先にわしの首をお前の足元に転がさなければだがな。（リューディガーに）下がってよい！

クリエムヒルト　ここまで申し上げているのに、なぜおわかりにならないの！　馬上試合にはいざこざがつきもの。それが一番簡単なやり方なのです。いったん火を点けてしまえば、後は火焔となって狂ったように燃え移っていきます。私の心の内はとうに理解されていると思って、こちらに嫁いで参りましたのに、陛下はまだおわかりにならないのでしょうか。さあ、さっさとお始めください！

アッチラ　違うのだ、妃よ、そうはいかないのだ！　わが屋敷に客としてとどめる限りは、あの男に指一本触れることはできん。客を殺すのは、赤子の手をひねるほどたやすい。だから命の保証をするのだ。「客が神聖でないならこの世も末」というだろう。[11]（リューディガーに合図をする。リューディガー去る。）

第一四場

クリエムヒルト　本気でおっしゃっておいでですの？　立派なお言葉ですが、有り難みがわきません。人は陛下を無法者、作法を知らぬ荒くれ者とこそ呼びますが、遵法者と呼ぶことはありません。陛下に遣わした使者が帰ってくると、声を聞いたのか、それでよく五体満足で帰って来られたな、とみな驚きの声を上げるものです。

アッチラ　それは昔のわし。いまのわしではない！　――かつてわしは駿馬にまたがった。その駿馬はいまは弧を描いて燃えながら天をわたる彗星になって、尾をひいてお前を照らしておる。戦場をそれで駆けめぐり、王座を次々と蹴散らし、王国を蹂躙し、王たちの首に縄をつけてしょっ引いてきた。あらゆるものをなぎたおし、この世の灰塵にまみれ、お前たちの偉い坊さんが叙任されるローマにまで歩を進めたのだ。わしはそいつを最後の最後までとっておいた。王の群とともにローマ教会でまとめて首を切ってやるつもりだったからだ。わし自らあらゆる民族の頭《かしら》を抹殺する恐怖裁判によって、この世の主がわしだということを示し、一人ひとりから搾りとった血で額に即位の洗礼をしてもらおうと思ったのだ。

クリエムヒルト　アッチラ大王とはそういう方だと私も存じておりました。そうでなければ、リューディガー殿は私に再婚を勧めには来なかったでしょう。何が陛下を変えたのです？

アッチラ　恐ろしい幻が現れ、わしをローマから退却させたのだ！　それが何かは人には言えん。余りにすごかったのだ。わしは殺すはずだった老人にひれ伏して祝福を乞い、その聖人の足に口づけてハレルヤと叫んだのだ。

クリエムヒルト　では私との誓いはどうやって果たすおつもりなのです？

アッチラ　（天を指さして）わしの駿馬はいまでもまだあそこに鞍をつけて控えておる。それはほとんど厩舎《うまや》を出ようとしている。いま一度振り返って、雲に深く首を突っ込んでしまったのは、それは尻尾の彗星を見ただけでこの世が恐怖におののいていることに同情と憐れみを感じたからに過ぎん。わしの馬がひと睨みすれば町は炎上し、鼻息でペストと死が蔓延し、大地がその蹄を感じると、恐れおののき実りをもたらすのをやめるのだ。わしが合図を送れば、馬はすぐにこの地に降りてくる。そうなれば、それにまたがって正義の御旗を立てて再び妃のために戦争を指揮してやる。親戚一同にそなたの苦しみの仇を討ってやろう。そなたがもっと早くに心の内をあかしてくれていれば、とっくにやっていたことだ。だがそのためには、まずは連中が平和裡にこの国から出ていかなければならない。

クリエムヒルト　それまではやりたい放題やらせるおつもりですか？　面白半分に髭を引きむしられても黙っていらっしゃるのですか？

アッチラ　誰がそんなことを言ったのだ？

クリエムヒルト　陛下の部下を刺し殺したのに、それを手元が狂ったとおっしゃりました。

アッチラ　連中は陰謀だと思っておるのだ。だから誤解を解くためにそう言ったまでのこと。たしかに昨晩のさまざまな出来事は褒められたものではない。だが彼らばかりを責めるわけにもいかん。わしを信じるのだ。主人がすべきことはもちろんだが、客がすべきことももちろんわきまえておる。どの家にも家人をつなぐ蜘蛛の糸がある。人の家にはいってそれをむげに振りはらうような輩がいれば、つべこべいわせずその家の鎖につないでしまわねばならん。気をもまずに悠然と構えておれ。奴らにとまった蚊ぐらいはたたいてやろう。だが奴らが飲んだ葡萄酒一杯は樽一杯の血にして返させる。ただわしは裏切りや陰謀を好まんのだ。（退場）

第一五場

クリエムヒルト　戦争ですって！　戦争などしてどうなるのでしょう。それでよければ、とっくの昔にやっているわ。私が与えたいのは罰で、ご褒美ではないの。暗い森でおこった暗殺に、雄々しい勇者の戦いで報いるつもりなの？　それどころかあいつが勝つかもしれない！　もしそうなったら、どんなに有頂天で跳び回るでしょう。若い頃から勝つことしか頭にないのだから。違います、陛下、殺人にふさわしいのは殺人！　竜はすでに洞窟に座しております。こいつに私は刺されたのです。あなた様も、刺されるまで動かないとおっしゃるのなら、刺させてさしあげましょ

う。――そう、ぐさりと！（退場）

第一六場

ヴェルベルが彼の部下を連れて通り過ぎる。

ヴェルベル　連中は宴会の最中だぞ！　急げ！　出口をかためろ！　窓から跳びだせば、首の骨が折れるだけだ！

（フン族、歓喜の声を上げ、武具を打ちならす。）

第一七場

大広間。宴会場。

ディートリヒとリューディガー登場

ディートリヒ　それでどうだ、リューディガー殿？

リューディガー　すべてを神の御手に委ねました。もちろん希望も捨ててはおりませんが。

ディートリヒ　わしはあの夜と同じように再び妖精の泉に腰かけていた。すると、うとうとと夢見心地で水の音にまじって、何やら人の声を聞いたのだ。すると突然！――人の世は因果なものだ。そんなときになぜ布がずれたのかと思いたくなる。誰も知り得ない神秘を知ることができたかもしれないのに！

リューディガー　布がずれた？

ディートリヒ　そうだ。わしが腕にしていた包帯だ。傷がうずいて、眠れないでいたのだ。妖精たちは地下で話していた。泉は地面の真ん中に開いた臍《へそ》だ。そこから彼女たちはこちらに、そしてこちらも彼女たちに聞き耳を立てていた。連中は見たことを囁きあい、どちらが正しいか言いあったり、さまざまなことをおしゃべりしていたりした。人類の記憶をはるかに超えて長い不在のあと再び巡りくる太陽の年についてとか、その年になると創造の泉(12)がどんな風にわきたって溢れ、泡立つのかとか、自然のあらゆる形を壊す最後の秋がやがて訪れることや、その後にすべてをもっとすばらしく再生させる春が来ること、あるいは新しいものと古いものがどちらかが斃《たお》れるまで続ける血みどろの戦いについて、あるいはライオンに知恵を奪われないために、ライオンの力を奪うしかない人間という生き物について、いやそれどころかその位置を変え、軌道を変え、光を変える星々について、いやその話はもう語ることもできないほどさまざまだった。

リューディガー　それで布とは何なのですか！　布とは！

ディートリヒ　それはいまから話す。しばし待たれよ。妖精たちはいよいよ本題にはいった。話題が深刻になればなるほど、連中の声は低くなり、わしは聞き耳を立てた。いったいいつその太陽の年は始まるのか？　わしはそう自問して泉に身を乗りだして耳をすました。年まではわかった。息を殺したその瞬間、金切り声が響きわたった。「まあここに血の滴《しずく》が！　誰か盗み聞きをしているわ！　逃げて、逃げて！　さあさあ！」これですべて終わりだった。

リューディガー　その滴とは？

ディートリヒ　わしの腕の傷からだった。ひじをついたので、包帯がずれたのだ。おかげで鍵になる肝心のことを聞き逃した。だがいまとなってはそんなものももう必要ないがな！

第一八場

ニーベルンゲン族、イーリングとテューリングに率いられて登場。
多くの家臣たち

リューディガー　やってきましたね。
ディートリヒ　まるで戦場に向かうようだ。
リューディガー　相手にしないでいましょう！
ハーゲン　ディートリヒ殿、貴公たち、妙に神妙にしているな。何をして時間をつぶしているのだ。
ディートリヒ　狩りと武術大会だ。
ハーゲン　まさか！　そんな様子はまったく見受けられんが。
ディートリヒ　今日は葬式を出さねばならんのでな。
ハーゲン　あいつのことか。フォルカーがあやまって殺めてしまった。いつだ！　わしたちも出席して、弔意を表そう。
ディートリヒ　貴公たちにはその必要はござらん。

ハーゲン　どうして、どうして！　一緒に行かせてくれ！
ディートリヒ　お静かに！　大王のおなりです！

第一九場

アッチラ、クリエムヒルトと登場

アッチラ　ここでもまだ武装しておいでか？
ハーゲン　いつでも武装しております。
クリエムヒルト　こころに疚《やま》しいことがある証拠です。
ハーゲン　お褒めの言葉、いたみいります、高貴な奥方様！
アッチラ　（腰を下ろし）どうぞお楽に。
クリエムヒルト　ご自由にどうぞ。
グンター　私の家来はどこにおるのです？
クリエムヒルト　たらふくご馳走にあずかっているところです。
ハーゲン　わしの弟が連中の面倒を見ておるので、大丈夫だ。

アッチラ　わしも自分の料理番の面倒を見ておるので、大丈夫だ。
ディートリヒ　もったいないお言葉！
ハーゲン　国王の料理番の腕といえば相当なものだろう。フン族は生きた雄牛の腿を引きちぎって、それを鞍に敷いてすりつぶすと聞いておるが――。
アッチラ　そういうこともある。馬に乗ったままで、ゆっくり食事の支度ができないときにはな。しかし戦争がなければ、フン人でも口に少しはいい思いをさせてやる。腹には何をやったところで、恩知らずなだけだからな。
ハーゲン　昨夜それは十分拝見した。それにすばらしい広間もな！　地上でこの天井ほど天の蒼穹にそっくりなものはない。惑星の踊るのが一面に見てとれる。
アッチラ　これはわしらが建てたものでは、もちろんない。――昔、遠征を繰り返しておった頃の奇妙な話だ。行きは、わしは全くの盲目で、納屋であれ寺であれ、村であれ町であれ、容赦なく火を放ったが、帰るときになると眼が開いて、目の前に廃墟が広がっているのを見た。きらびやかな装飾に飾られて立っているときは何とも思わなかったものが、風雨にさらされて最後の瞬間を待っているのを見て、わしは愕然とせずにはおれなかった。

フォルカー　そういうものです。死に顔はとても愛らしく見えて、斬ったその剣で墓穴を掘ってやるものなのです。

アッチラ　こうしてわしはこの壮麗な建物を破壊したのだが、何年かして瓦礫の中に残っている建物に再会したとき、わしは自分の手を呪った。そのとき一人の男がわしのところに近づいてきて、「これを最初に建てたのは私です。二度も建てられるのは幸せです」と言いおった。わしはそいつを連れて帰り、こうして広間は再建された。

第二〇場

巡礼者、登場。食卓を一巡して、ハーゲンの傍らにたちどまる。

巡礼　パンをひときれ物乞いいたします。頬に一打ちお願いいたします。パンは、私を創った主なる神のため、頬打ちは私の犯した過ちのため。

（ハーゲン、パンを差しだす。）

巡礼　お願いでございます。空腹でも、あなた様から一打ちいただかないうちは、食べるわけにはまいりません。

ハーゲン　奇妙なことをいう奴だ！（軽く巡礼を叩く。巡礼、去る。）

第二一場

ハーゲン　何だあれは？

ディートリヒ　何だと思われる？

ハーゲン　頭がおかしいのか？

ディートリヒ　はずれだ。あれは世に名のしれた一国の主だ。

ハーゲン　どうしてあんなまねをしているのだ？

ディートリヒ　彼が巡礼をしている間、王座が一つ空いている。それを王妃が守っているのだ。

ハーゲン　（声高に笑って）世も末だな。

リューディガー　王はある日城に帰ってきたそうです。しかし敷居をまたがないうちに、再びきびすを返して放浪に出たのだそうです。

ハーゲン　馬鹿につける薬はないな！　奴がもう一度やってきたら、げんこつを一発食らわせて、眠っている王の誇りをたたき起こしてやる！

ディートリヒ　大したことだ！　一〇年もたって王はある夜とうとう城へ帰った。扉を叩こうと指をあげたそのとき、灯りに王妃や子どもの顔が照らされているのが見えた。その瞬間、自分はまだこうした幸福にはふさわしくないという感情に襲われて、出迎えに来た愛犬の口をおさえながら、再び静かにその場を後にしたのだ。もう一度長い放浪の旅に出た彼は、馬小屋を寝床に物乞いの生活を貫き、人が彼を足蹴にすれば、その人が彼に口づけて腕に抱くようになるまで、そこにとどまった。これが大したことでなくて何とする！

ハーゲン　(笑って) やれやれ、貴公の話を聞いていると、うちの坊主を思い出したぞ！

アッチラ　ところで、楽士たちは今日はどこにおるのだ？

クリエムヒルト　ここにお一人おいでです。聞けば泣く子も黙るフォルカー殿が。さあ、一曲弾いてごらん！

フォルカー　それもよかろう。何なりとご所望たまわりたい。

クリエムヒルト　では好きにしましょう！（侍従に合図をし、侍従去る。）
ギーゼルヘア　（杯をあげて飲み干す。）姉上！
クリエムヒルト　（杯の酒を捨てて、リューディガーに）御髪《おぐし》を大切にされすぎましたね。もう髪ではすみませんよ。

第二二場

王子オトニット、四人の武人に金の盾にのせられて運ばれてくる。

アッチラ　これはよいところに来た！
クリエムヒルト　いかがです。この子はまもなく一度に頬ばれるさくらんぼうの数よりもっと多くの王冠を相続することになります。この子の名声と幸福のために一曲弾いておくれ。
アッチラ　いかがかな、ご親戚の方々？　歳の割にはすくすくと育っているであろう。
ハーゲン　抱かせてもらえるかな。そばで見たいので。
クリエムヒルト　（オトニットに）愛想笑いでもしておやり。そのうち向こうから愛想笑いしてくるようになるから。

（オトニットが回されていく。ハーゲンのもとへ来ると）

アッチラ　どうじゃ？

ハーゲン　この子には短命の相がでておる！

アッチラ　病気もしたことがないのにか？

ハーゲン　わしは妖精エルフの血を引く者。おかげでおどろおどろしい死人のような目つきをしておるが、人の倍は見通せる。この赤ん坊の宮廷に挨拶にあがることはあるまい。

クリエムヒルト　口からでまかせを言いおって！　予言ではなくお前がそう望んでいるだけであろう！　フォルカー、気分を変えておくれ。音合わせはそれくらいでよいではないか。子どもなのだから細かいところまでわかりはしない。

第二三場

ダンクヴァルト、血まみれの甲冑で登場

ダンクヴァルト　兄者、何をしている？　まだお食事中なのか！　今日はそんなにご馳走なのか？　だったらもっと食え食え、支払いは済ませておいたぞ！
グンター　いったい何があったのだ？
ダンクヴァルト　王様からあずかったブルグントの兵士はことごとく討ち死にしたのです。ご一同、葡萄酒の代金は高くつきましたぞ。
ハーゲン　（立ち上がって剣を抜く。どよめきが起こる。）それでお前は？
クリエムヒルト　息子をお願い！　息子を返して！
ハーゲン　（オトニットを抱えたままダンクヴァルトに）血がしたたっているぞ！
クリエムヒルト　あいつ殺すつもりよ！
ダンクヴァルト　ただの返り血だ。（血のりをぬぐう。）ご覧のとおり、体からしみ出ておるのではない。だがみんな討ちとられた。
クリエムヒルト　リューディガー殿、息子を助けて！
ハーゲン　（オトニットの首をはねる。）母君殿、そら、息子だ！　――ダンクヴァルト、出口をかためろ！
フォルカー　あそこも空いているぞ！

（ダンクヴァルトとフォルカー、広間の二つの扉を押さえる。）

ハーゲン　（食卓に飛び乗って）さあ、墓堀り人夫はどいつだ！

アッチラ　わしの仕事だ！ ――みなの者、続け！

ディートリヒ　（フォルカーに向かって）大王のお通りだ！ 道をあけろ！

（アッチラとクリエムヒルトが人垣をぬけて退場。リューディガー、ヒルデブラント、イーリング、テューリングが続く。その他の郎党がそれに続こうとすると）

フォルカー　おぬしたちはだめだ！

アッチラ　（扉のところで）貴公たちの家来を不意打ちにしたとは知らなかった。知っておれば、わしを八つ裂きにさせてつぐなってもやったことだろう。それはわしの名誉にかけて言っておく！ だが、貴公たちはいまやこの世の平和から見捨てられ、仁義なき戦いをひきおこしたことも言っておいてやろう。荒野の草原を後にして以来、わしは掟にも世の習いにも目もくれず、あるときは燎原の火のごとく、またあるときは鉄砲水のごとく、白旗があがろうとも攻め手を休めず、命乞いする手にも容赦せずにここまできた。そのわしがいま貴公たちに息子と妃の無念を晴らすのだ。生きてこの館を出ることができるとは思うな！ ディートリヒ王よ、そのことをわからせてやってくれ。かつて世界がフンの王になぜ震撼したかをいまこの小さな広間で見るがよい！

（退場。舞台のあちこちで戦いが始まる。）

第五幕

広間の前。火の手が上がっている。火焔、煙。広間をアメルングの射手が取り巻いている。両側から広間にあがる広い階段があり、それらは中央のバルコニーにつながっている。

第一場

ヒルデブラント、ディートリヒ

ヒルデブラント　この地獄図はいつまで続くのでしょう?

ディートリヒ　最後の一人が斃れるまで。

ヒルデブラント　ご覧なさいませ。火を消し止めたようでございます。煙が赤々と燃える火を呑みこんでおります。

ディートリヒ　自分たちの血で消し止めたのだ。

ヒルデブラント　膝まで血の海に浸かっております。兜で血をかい出さねばならんほどに。

第二場

広間の扉がたたき壊され、ハーゲンが現れる。

ハーゲン　ようやく開いた！（振り返って）まだ息のあるものは応じろ！

ヒルデブラント　さすがの剛の者ハーゲンでも、ほとんど息ができないようだ。よろめいておる。

ディートリヒ　アッチラ王、あなたはまったく恐ろしい人間だ。天上に見た恐怖の光景をそのままこの地上のわれわれに見せようとされる。

ハーゲン　ギーゼルヘア、来い！　ここまで来れば、息ができるぞ！

ギーゼルヘア　（中から）出口が見えません！

ハーゲン　壁ぞいに来るのだ！　わしの声をたよりに！（広間に半身戻って）つまず

くなよ！　そこら中死体だらけだからな！（ギーゼルヘアを引きずり出す。）
ギーゼルヘア　助かった！　――死ぬかと思ったが、ようやく息が継げた！　この煙もひどいが、焔もたまらない！

第三場

グンター、ダンクヴァルトとゲルノートの二人、まん中にルーモルトに肩をかして現れる。

グンター　あそこに穴があいている！
ダンクヴァルト　急げ！
ゲルノート　（肩で息をしながら）ありがたい！
グンター　（倒れようとするルーモルトを見て）助からないな。
ハーゲン　死んだのか？
ダンクヴァルト　配膳頭《はいぜんのかみ》殿、さあ立つのだ！　――こと切れている！
ギーゼルヘア　のどが渇いて死にそうだ！

ハーゲン　だったら、酒場へ戻ればよかろう。あそこなら真っ赤な葡萄酒には事欠かんぞ！　樽ごと煮えたぎっておるがな！

ヒルデブラント　何を言っているのかおわかりか？（死体が山積みされている隅を指さして）あそこに転がっているのが空になった樽というわけです。

ディートリヒ　何とむごいことを！

ハーゲン　丸天井で助かったぞ。瓦でなければ、溶けた銅屋根が雨あられと降り注いで、一巻の終わりだったろう。

グンター　鎧を着込んでいて、焼けませんか？

ハーゲン　風にあたればよい。ひとまず息をつこう。

グンター　風はまだ吹いておるのですか？

第四場

クリエムヒルト　（窓から顔を出して）師傅殿、さあどうされる？

ヒルデブラント　撃て！（射手が弓をあげる。）

ハーゲン　わしが防ぐ！（盾をあげるが、手から落ちて階段を転がっていく。）笑う前に盾を見てみろ！　槍がずいぶんと刺さったから、重くなったまでのこと。わしの腕力が衰えたわけではないぞ！（他のものたちに続く。）

第五場

ヒルデブラント　もうぐずぐずしてはおられません。そろそろ腹をくくられてはいかがでしょう？

ディートリヒ　わしがか？　どうしてそんなことができよう。わしは大王の臣下だぞ。王に惚れ込んで、すすんで命を預けた以上、忠誠をつくさねばならん。

ヒルデブラント　おそれながら、われらの誓いをお忘れになられたか。

ディートリヒ　そのことは言うな。

ヒルデブラント　忠誠心とやらに血道をあげている場合ではございません。年季奉公はとっくに明けました。それはみな存じております。

ディートリヒ　今日やれと申すのか？

ヒルデブラント　今日やるか、永遠にやらないか、二つに一つです。いままで神が手塩にかけて育てた勇士たちは全員命を落とすかもしれません。

ディートリヒ　であればなおさら、いまの境遇にとどまった方がよかろう！　この状態がどうなるかを見きわめてから、もう一度わしが王冠をいただく身となるのか、それとも生涯食客《しょっかく》のまま果てるかを決めてもよいのではないか。わしはどちらの覚悟もできている。

ヒルデブラント　あなた様がおっしゃれないのであれば、私がかわって名のりを上げましょう！

ディートリヒ　それはするな！　したところでどうにもならん！　（ヒルデブラントの肩に手をおいて）ヒルデブラントよ、屋敷に火の手が上がったら、たとえ年季が明けていざ故郷へ帰らんとしていても、召使いならとって返して、旅装束も脱ぎ捨てて荷物も放りだして、一緒に火を消しにかかるべきなのだ。それでわしはどうなのだ？　裁きの日になったのを見て、ではお達者でと言えるか？

ヒルデブラント　死者をまたぞろ窓から投げ捨てておりますぞ！　ディートリヒ様、やめさせてくだされ！　悪魔ももうたらふく食べたでしょう。

ディートリヒ　とめたいと思っても、いまさらどうしろというのだ？　罪が罪にたがいに食いついて、引き離せるような状態ではない。双方それぞれに言い分はあるのだ。復讐の女神が吐き気を催して、わなわなと最後の一切れから目を背けたならば別だが、女の食い意地を満たしてやることなどできんのだ。

ヒルデブラント　（舞台の隅に行き再び戻ってきて）憐れな家来たちの後は、いよいよブルグントの勇者たちの番のようです。誰が誰だが甲冑でかろうじて判断できるくらいです。血気盛んなイーリングは先頭を切って打って出ました。ディートリヒ様、もう行かれますな。あの男にはもう接吻はできません。頭が燃えて炭になっております。

ディートリヒ　何と忠義な！

ハーゲン　（舞台上に再び登場）

ヒルデブラント　また現れた。

第六場

クリエムヒルト登場

クリエムヒルト　撃ちなさい！

ハーゲン　（再び消える。）

クリエムヒルト　いったいまだどれくらい生きておるのだ？

ヒルデブラント　（死体の山を指さして）いったいどれだけ死んだのか、それならおわかりでしょう！

ディートリヒ　この国にやってきたブルグント族はすべて討ち果てた――。

クリエムヒルト　ハーゲンが生きているではないか！

ディートリヒ　七千人のフン族が倒れたのです――。

クリエムヒルト　だがハーゲンは生きておる！

ディートリヒ　勇敢なイーリングも討ち死にしました。

クリエムヒルト　だがハーゲンは生きておる！

ディートリヒ　気前のよいテューリングも、イルンフリートもブレーデルも、家来もみな討たれました。

クリエムヒルト　ハーゲンは生きておると言っているでしょう！　いまこそ借りを返してもらいますよ。借金のかたは最後は命で払っていただきます。この世をもらってもハーゲンにはまだ足りませんから。

ヒルデブラント　鬼女め！

クリエムヒルト　私を責めるおつもり？　いいえ、責めたければ責めるがいい。こんな女には虫酸が走るでしょう。でもね、こんな女にしたのは、あなた方が情けをかけてやってきたあの連中なのよ。私が流した血を大地が浴びるほど飲んで、積み上げた死体を埋めるために、月まで掘りくり返さなくてはならなくなっても、そうしたことは私の罪ではありません。悪いのはあいつらです。私がどんな顔をしているか見せてちょうだい！　そんなもの怖くもない。だってこんな顔にしたのはあの妖怪バジリスク(13)どもで、私ではないのですから。あの妖怪どもは私の気性をすっかり塗りかえました。私が悪事をたくらむ邪《よこしま》な女ですって？　勇者たちを罠にかける術はあの連中から学んだのです！　憐れを誘う声に耳もかさないですって？　石まで涙で溶けて流れでようかというあの日に、人の情けをちらとも見せなかったのはあの連中ですよ。私はあの連中の鏡の影なのです。悪魔が憎いのなら鏡に唾を吐いていてもだめ。映っているのは仮面の自分。悪魔そのものを成敗して、この世から追い払わないとね。

第七場

ハーゲン、再び登場

ハーゲン　アッチラ王はこちらか？

クリエムヒルト　王にかわってお答えします。ご用の向きは何でしょう？

ハーゲン　外で正々堂々と戦おうと誘いにあがったのだ。

クリエムヒルト　その儀ならお断りいたします。そもそも私は屋内で戦おうなどと考えてもおりませんでした。飢えと渇きと劫火ですむことですから！

ディートリヒ　大王のお成りですぞ！

第八場

ハーゲン　アッチラ殿、傷の手当をしていると広間に火が放たれた。これはすべてあなたのお指し図なのか。
アッチラ　死者をわれわれに引き渡してくださったろうか。息子の亡骸すら返してくださらないではないか？
ディートリヒ　あまりといえばあんまりだ！
アッチラ　だからフンの習いどおり、死者を火葬にしたまでのこと。ご存じなかったのならお気の毒に。だが、いまはもうおわかりになったであろう。
ハーゲン　これでもう貸し借りなしということだな！　だめというのでなければ、よしとされよ。さもないと末代までの恥となるぞ。
クリエムヒルト　末代までの恥とは、あなたのたわごとに耳をかすことです。撃て、撃ちなさい！
ハーゲン　国王気取りだな。

アッチラ　不服でもあるのか？　実の妹の手にかかって果てるのなら本望であろうに。
クリエムヒルト　連中は死んだものをえさにして、生きているものをおびき出そうとしたのです。しかしその手を喰うほどわたしたちは愚かではありません。
アッチラ　目には目を、身内には身内をだ。わしの身内を根絶やしにしおったからには、奴らも生かしてはおかん。
クリエムヒルト　どうしたのでしょう？　リューディガーがいきり立ってやってきましたが。

第九場

リューディガーがフン族の一人を舞台に追い立ててやってきて、拳で殴り倒す。

リューディガー　そこに座って、もう一度毒づいてみろ。
アッチラ　リューディガーよ、貴公は敵の味方なのか？　貴公が手を貸さなくとも、もうこちらは戦死者の山だというのに。
クリエムヒルト　その男が何をしたのです。

リューディガー　（アッチラに向かって）私の陛下への忠誠が口先三寸だと思われますか？　餌を見せられれば何でもぱくつく犬畜生だと？　底の破れた袋をかついで、剣はニカワでくっついていると？

アッチラ　誰がそんなことを？

リューディガー　そんなことをと思し召すのなら、この小僧を懲らしめるのをおとめになるな。この夏至の日に起こった悲劇を思って涙しておりますと、こやつはわしに面と向かってそう申したのです。周りの連中もそうだそうだとはやし立てました。

クリエムヒルト　他の兵たちも彼に味方したのですか？　リューディガー殿、でしたら懲らしめるのはいかがなものでしょう。全員とは申しませんが、かなりの兵士がそう考えている以上、正しい答えは決まっているではありませんか。すぐに剣を抜いて、ニーベルンゲンどもを打ち払うのです！

リューディガー　私がですか？　彼らをこの国にお連れしたこの私が？

アッチラ　連れてきたなら、追い払うのも貴公の役目だ。

リューディガー　陛下、それだけはご容赦たまわりますように！　あなた様によかれと思ってやろうとすると、ならんと止められるのに、できませんと申せばやれとおっしゃる。一切合財すべてを捨てろとおっしゃるのか？　ブルグント人の弁護はできませんし、するつもりもございません。しかし、騎士の信義にかけてここまで連れてきた以上、いやあなた様に背いて守ってやるはずはございませんが、かといって、陛下に手を貸すこともできません。

クリエムヒルト　おや、まるで風の向くまま気の向くまま、ゆくえ定めぬ流浪の騎士のような口ぶりですね。

リューディガー　それではいけませんか？　領地も何もすべて返上すれば、ご容赦いただけますか。

クリエムヒルト　まあ、何ということを！　——騎士の誓いはどこへいったのです！　あなたは命がつきるまで私の家来、命令に背くことは許しません！　よいか、さきほど申し上げたのが御意です。

リューディガー　あなた様のおっしゃるとおりです。しかし、できることなら、わしに誓いを立てさせた女性と、今日無効にする女性が別人であると考えたい。

アッチラ　騎士の信義と貴公は言うが、リューディガーよ、それを命をかけて守ることにかけてはわしもひけをとらんことは、貴公もよく知っているはずだ。しかし、いまがそれを守らねばならん時なのか？　連中は人の世の向こう側にいて、この世ができるときに地底の奥深くに沈んでしまったものを武器に使おうとしておる。地球を丸くするときに、削って底に沈殿した元素の滓《かす》を、わしらの宮殿に投げ込んでおるのだ。止め釘をすべて抜き、梁にノコギリをかける連中から、わが身を守るためにこちらも敷居を飛び越えて何が悪い。

クリエムヒルト　おおせのとおりです。剣に毒を塗ろうと考えついたものは恥知らずでしょうが、次にそれを使うものは気にせず振り回せばよいのです。

リューディガー　かもしれませんな。いや、そうですとも。陛下と王妃様とやり合うつもりはございません。だがどうにも割り切れないのです。ドナウの渡しを彼らが越えてきたとき、葡萄酒とパンで歓迎したのは私です。この城までお供をしてきたのも私です。その私が、窮地に陥った彼らに剣を振りあげることができるでしょうか？　世界が一斉蜂起して、民草すべてが武装して、短刀や鎌をぎらつかせ、石を投げようとしていても、義理に生きる私には、墓掘りの鋤《すき》を手にとるくらいしかできません。

アッチラ　それを知っておるから、貴公には頼まず、最後まで控えさせておいたのだ。

リューディガー　どうぞご容赦を！　娘婿のギーゼルヘア殿が私にごきげんようといって寄ってきたら、どう答えればいいのです。それでもし、この老人があの若者の頸をかき切るようなことになったら、私はどの面さげて娘の前に出ればよいのでしょう？　――（クリエムヒルトに）亡き夫を思う心の疼きがあなた様を駆りたてておるのでしょう。だが、その心の疼きを私の娘にまで押しつけられるのか？　あの娘はあなた様同様、夫となるべき男を愛しております。あなた様同様やましいことは何もしておりません。それに死ねとおっしゃるのか？　私に復讐をお命じになるということは、そういうことなのですよ。この血にまみれた運命がどちらに転がるにせよ、勝ったものも彼女と埋葬されることになりましょう。父が勝っても、夫が勝っても、どちらも帰ることはできないのですよ。

クリエムヒルト　そんなことは、私がここに嫁いでくる前に、考えておくべきことです。何も考えずに誓いを立てられたのか！

リューディガー　そう、何も考えておりませんでした。ああ神に誓って申し上げますが、王妃様こそ考えておいでではなかった。国中あげて、あなた様へのやんやの喝采でした。あなた様の瞳には涙が浮かんでおりました。だがそれを拝見したのは、最初で最後。あなた様は優しいお手でそれをぬぐって、慈善にはげまれたからです。どこへ行っても耳にするのは、王妃様への賞賛ばかり。子どもはおやすみの前に、あなた様に感謝を捧げ、あなた様が満たしてくださるので、杯が空になったことはなく、割いて分け与えられるパンは、すべてあなた様の籠から来たものでした。それがこんなことになろうとは、誰が予想できたでしょう！　誓いを立てる前にもっと用心して、この首は差しあげても、王さまやご兄弟には手は出さないとしておけばよかった。年老いた母君とご兄弟が連れだって教会に向かわれるときに、いつか命を奪ってやろうとお考えだったのでしょうか。だったらどうしてこの私が、やんごとなき若武者が娘に求婚してきたときに、先を予測して断ることができたのでしょうか！

クリエムヒルト　今日のところはまだ殺せとは言っていません。みんなに扉は開けてあります。一人を除いてね。連中が武器をおいて出てきて、面倒を起こさないと誓うのであれば、自由にしてやります。さあ、行って、最後通告をしてくるのです。

第一〇場

ギーゼルヘアが上に現れる。

ギーゼルヘア　そこにいらっしゃるのは姉上ですか？　僕の若さに免じて、ご慈悲をお示しください。
クリエムヒルト　降りておいで！　食堂にいる連中がどんなに飢えていようとも、お前にはまっ先に食べさせてあげるから。酒蔵で一番冷えた葡萄酒をついであげる。
ギーゼルヘア　僕だけ特別というわけにはいきませんよ。
クリエムヒルト　では、お母様がお腹を痛め、揺りかごにのせて育てた兄弟を連れてきなさいな。親に葬式をあげさせてはいけないわ。
ギーゼルヘア　それ以外にも大勢いるのです。
クリエムヒルト　私に指図するつもり？　優しくしてやれば、いい気になって！　命乞いをしたければ、まずはハーゲンの首を取って、土産にもっておいで！
ギーゼルヘア　弱音を吐いたのが恥ずかしい！（再び姿を消す。）

第一一場

リューディガー　ああいうことです。

クリエムヒルト　だから腹を立てているのです！　昨日までは裏切り者のくせに、今日になったら急に猫なで声ですり寄ってくる。英雄の血は泥水のようにぶちまけるくせに、あの悪魔の血管で煮えたぎる地獄の血潮は、まるで聖杯から汲んできたイエス様の血のように、最後の一滴までこぼすまいとする。兄弟喧嘩ばかりしていた頃からは、想像もつきません。修道院の霊廟で夫の魂の浄福を祈る私にも、朝から晩までうるさい口喧嘩は聞こえてきました。食事に毒を盛りあう仲のくせに、ここに来て一致団結とは聞いてあきれるわ。やっぱり、へその緒が一つということなのかしら。どうにでも好きにするがいいわ。あの卑怯な殺し屋は夫の棺のよこで私に、「お前のジークフリートは竜と一心同体だった。だから一緒にたたき殺さねばならなかったのだ」と毒づいて言ったけれど、私も同じことを言わせてもらうわ。「竜はたたき殺さねばならぬ。奴に味方し、かばおうとする者ともども。」

アッチラ　わしは連中を兵糧攻めにして、朝日が四方の壁からじわりじわりとしみ込んでいくように、にじり寄る恐怖を味わわせてやるよう命じた。すると、連中と斬り合いたいと申し出たのは貴公であった。――飢えにそんな大役を任せるくらいなら、自分に連中の墓穴を掘らせてほしいと言いだした。絶体絶命になった連中が貴公を呼び込もうと下心を出して貴公を侮辱する話をふっかけたとき、それにはニコリともせず、盾をふりあげて、渋るわしに返事を迫った。よかろう、戦うがよい。順番が回ってくれば、わしとてその心づもり。武士に二言はない。

リューディガー　進むも地獄、退くも地獄。何をしようと、何をしまいと、どちらも誤り、すべてがこの身の恥。いっそすべてを捨ててしまえばと思うが、それでは末代までの語り草になる。

（広間から乾杯の音）

クリエムヒルト　何ごとです？　乾杯しているような音！

ヒルデブラント　（登ってのぞき見る。）

クリエムヒルト　私たちを馬鹿にしているのですね。宴会にみせかけて、兜を打ち合わせているのですね。

ヒルデブラント　中をのぞいてご覧なさい。身の毛もよだつ光景ですぞ！　死者の上に座って、血を飲んでおる。

クリエムヒルト　悔しい！　まだ飲むものがあったとは！

ヒルデブラント　それが感想ですか？　このニーベルンゲン族のような目にあった勇者たちはおりませんぞ。たとえどんな悪事をはたらいたにせよ、この勇気と誠で彼らは立派に償ったのです。いまは倍にして褒めてやろうではありませんか。あなた様もそれをお望みのはず。

リューディガー　わが主君にして国王なる陛下、身に余る恩恵に浴しながら、お言葉に甘えて、恩返しさえ碌《ろく》にしておりません。この上はどのご家来衆よりも忠義をつくします。クリエムヒルト殿、立てた誓いは必ずお守りします。義務をおろそかにしないことははっきり申し上げましょう。不満をかこつこともいたしません。しかし、こうして私が膝を折ってお願いするのを見て、鹿も追いつめられれば、狩人にすっくと向き直って、この世の名残にただ一雫の血の涙を目に浮かべて、憐れみを乞うことを思い出していただきたい。黄金や宝に未練があるわけではない。命も惜しくない。妻のことも娘のことも申しますまい。そんなものはいずれは消えてしまうもの。ただ口惜しいのは、あなた様が誓いを反古《ほご》にしてくださらないせいで、救われないわが魂でございます。（アッチラに向かって）黙っていても陛下のものとなる領地を、わざわざお返しするということもないでしょう。家来が二の足を踏んで、やる気がないのを見て取れば、「わしの領地だ、召し上げろ」とおっしゃるのが陛下ですから。（クリエムヒルトに向かって）命がほしければ、お取りになればいい。この身が要るなら、犂《すき》につないで引きずり回せばいい。そんなことを言いたいのではないのです。（二人に）何から何まであらゆるものを差しあげましょう。もし戦闘に手を貸さずともよいとおっしゃってくだされば、二度とこの手に武器は握りません。誰かに打ちすえられても、抵抗することなく、妻が侮辱されても、弁護することなく、その後は、寄る年波に勝てず剣を捨てた翁のように、男盛りを惜しげもなく、物乞いの杖をついて諸国を彷徨《さまよ》いましょう。

クリエムヒルト　同情はしますわ。でも、あなたにはどうしても行ってもらわないと。あなたの葛藤など私のに比べれば他愛もないもの。アッチラの寝台にあがり、二夫にまみえた私の魂のほうがもっと救われないのが、わからないのですか。想像できますか。女が帯をとかされた瞬間、逆らっていっそう強く締めようとするのを、無理矢理力ずくで短刀で切り裂かれた瞬間、この瞬間に比べれば、この広間の阿鼻叫喚、炎と煙と飢えと渇きと死など、苦しいうちにはいりません。私は戦いを制したのです。短刀を奪い取って、さて自分を刺そうかあの方を刺そうかと考えることもせず、王の寝台にあがりました。私はあなたの誓いを信じて、日一日と指折り数えてこの瞬間がくるのを待ったのです。それを茶番劇のように幕を引けとおっしゃるの？ すべてを投げだして犠牲にしたのに、いまさら何のご褒美もないとおっしゃるの？ それはないでしょう。たとえ、まだ巣を離れない小鳩にいたるまで、世界中のすべてのものから生き血を搾りとることになったとしても、私はひるみませんよ。辺境伯リューディガー殿、何も考えずに、なすべきことをなされよ。恨みたければ、あの連中を恨めばよい。私もあなたも連中の犠牲者なのです。

リューディガー　（家来たちに）出陣だ！

クリエムヒルト　まずはお手を。

リューディガー　再びお目にかかることがありましたら。

ヒルデブラント　わが殿ベルンのディートリヒ殿、もういい加減に、その朽ちかけた臣下の槍をお捨てになってはいかがかな。もう王らしく、堂々とお立ち回りください。リューディガー殿、お待ちくだされ。わが殿にはそうする権利と資格がございます。アッチラ王のもとで七年間ご奉公されてきましたが、年季はすでに明けました。一宿一飯の恩義は果たされました。信じないとおっしゃるのなら、証人をお見せいたす。

アッチラ　つべこべ申すな！

ディートリヒ　（ヒルデブラントが話している間、宣誓のための三つ指を立てて）わが主君よ、確かに義務はもう果たしました。しかし、私の老師傅は、いまの話の最中に私が心の中でもう一度誓いを立てたことを知りません。今度は命の絶えるときまでお仕えいたす、と。

ヒルデブラント　（リューディガーに道を譲って）さらばだ！　だがお別れに手を握らせてくだされ。おぬしが勝っても負けても、これが最後になるだろうから。

リューディガー　陛下、妻と娘をよろしくお願いいたします。それに故国を追われた憐れな武人たちのことも。陛下は大慈悲の心で私のようなものにも目をかけてくださいました。それと同じことを私も小国ながら陛下にならってやってきたのです。

第一二場

見張りをしていたハーゲンとニーベルンゲン族が、リューディガーが家来を連れてくるのを見つける。

ギーゼルヘア　和睦の使者です！　見てください、リューディガー殿です！

ハーゲン　最後のもっとも激しい戦いが始まるのだ。愛するもの同士が、首を絞めあう戦いがな。

ギーゼルヘア　何ですって？

ハーゲン　完全武装で仲直りだと？　甲冑に身をかためて、抱擁するというのか。剣をちらつかせて、和睦の接吻を強要するつもりか。武人を証人に立てようというのか。

ギーゼルヘア　ベヒェラーレンで僕たちは武具を贈りあった仲ですよ。僕のこの剣はあの方の剣、あの方の剣は僕の剣です。どこの世界に、敵同士になる人間がそんなことをするでしょうか。

ハーゲン　ここでだ。仲良く握手をして、おやすみの挨拶を交わすがいい。時が来たのだ。

ギーゼルヘア　（リューディガーを迎えて）よくぞいらした！

リューディガー　耳がおかしい。何も聞こえない。──もっと楽の音を上げろ！

（騒々しく音楽が鳴る。）

ハーゲン　ああ、こんなときに盾があったら！

リューディガー　何、盾がない？　そんな不自由はさせ申さぬ。さあ、拙者のをお使い下されい。（ハーゲンに自分の盾を渡す。ヒルデブラントはリューディガーに代わりの盾を渡す。）もっと威勢よく鳴らせ！　甲冑でリズムをとり、槍を打ち鳴らすのだ！　もはや迷いは消えた！（家来たちと広間にはいっていく。戦闘が始まる。）

第一三場

アッチラ　兜をとってくれ。

ヒルデブラント　（広間の方をうかがいながら、クリエムヒルトに向かって拳を振り上げて）あなたという方は！

クリエムヒルト　して、討ち死には？
ヒルデブラント　弟君のゲルノート様、戦死！
クリエムヒルト　言わんことではない。
ヒルデブラント　ああ、目がくらむ。何という光だ！　目が開けられない！　――バルムングだ！　――それをハーゲンが振りおろすと火花が散って、辺りいったい光の海だ！　七色の光線が奴を包み込んで、誰も目を開けてはいられぬ。これこそ魔剣！　稲妻が走ると、どんなものも瞬時に真っ二つだ！　おや、庭師が手を休めた。どうしたのだ。剪定《せんてい》が終わったのだ！　兜に首がついている奴は、ほとんどおらん。ギーゼルヘア殿も――。
クリエムヒルト　ギーゼルヘアがどうしました？
ヒルデブラント　果てられました。
クリエムヒルト　果てた、と？　まあよい、それがあの子の運命。
ヒルデブラント　死神が息を吹き返しましたぞ。また修羅場の再開じゃ。リューディガー殿が荒れ狂っておられます。迷うことなく、誓いを果たしておられる。だがお味方はみな果てられたご様子。

クリエムヒルト　助けに行きなさい！

ヒルデブラント　行くまでもなく、みなニーベルンゲン族を総攻撃しております。――ダンクヴァルトめ、茫然として壁に寄りかかっているではないか。戦う意志も失せたのか。フォルカーを見てみろ、敵に突進しているぞ。――いや、壁が奴を支えているだけなのだ。ともに百戦を戦った足はもう奴を支えてはいないのだ。――ああ、何ということだ！

クリエムヒルト　どうしました？

ヒルデブラント　二人が抱きあって倒れておるのです。

クリエムヒルト　二人とは？

ヒルデブラント　リューディガー殿とハーゲンでございます。

クリエムヒルト　ええい、臆病風に吹かれたか。さっさと決着をつけよ！

ヒルデブラント　お言葉を慎みなされ。返り血を浴びて、二人とも眼が見えなくなって、倒れないように手探りでもがいていたのです。

クリエムヒルト　ならば、赦しましょう。

ヒルデブラント　さあ、眼をぬぐった。海から上がったばかりのように、身震いをした、そして二人で口づけた。――もっと見たければ、ここへ上がってのぞいて見なされ。

クリエムヒルト　この期におよんで何を恐れるものか。（登る。）

ハーゲン　（クリエムヒルトが階段を途中まで上ったところで、彼女に）辺境伯リューディガー殿が、墓をよろしくとのことだったぞ。

アッチラ　（お付きのものが差しだした兜に手をのばし）いよいよわしの出番らしい。手出しをするでないぞ。

ディートリヒ　私がお相手しましょう。総大将はいよいよの時です。（広間にはいる。）

ヒルデブラント　ありがたいことだ。神はこの世の力を平等に分けて与えられた。半分は人類に。残り半分はディートリヒ殿一人に。

第一四場

ディートリヒ　（ハーゲンとグンターをしばって連れてくる。）連れて参りました。

ハーゲン　（自分の傷口を見せて）栓はみんな抜けてしもうたわい。一つ閉めたところで手遅れだ。

グンター　腰を下ろさせてくれ。どこかに椅子はないか。

ハーゲン　（四つん這いになって）王よ、ここだ。愛用の椅子は。

ディートリヒ　二人は放っておいても、いずれ死神にさらわれる運命。ならば、それまではせめて武士の情けをお掛けくださらぬか。

アッチラ　明日までは命は保証しよう！　それ以降は、妃次第だ。二人を屋敷に連れて行け。

（ハーゲンとグンターが引かれていく。）

クリエムヒルト　待ちなさい、トロイのハーゲン殿。

ハーゲン　（振り返って）何の用かな、王妃殿。

クリエムヒルト　そう慌てずともよい。――フン族の勇士で生き残ったのは、アッチラ王だけか。（死者の累々とする方を指さして）あそこで人が動いたような！

アッチラ　本当だ！　わし以外にも、もう一人いたとはな。死人の山から這いでてきて、剣を杖についておる。

クリエムヒルト　傷だらけの方、こちらへ来られよ。折れた骨がまだ体を支えられるのであれば、こちらへ来て褒美を受けとられよ。約束のものをお支払いしましょう。

フンの男　（こちらへ来る。）

クリエムヒルト　ハーゲン殿、私の宝はどこです。自分でほしいから聞いているのではありませんよ。この男のために聞いているのです。宝はこの男のものなのですから。

ハーゲン　宝をラインに沈めたとき、王が一人でもまだ生きておるうちは、そのありかを誰にも明かすまいと誓いを立てたのだ。

クリエムヒルト　（フンの男にそっと耳打ちして）まだ剣を使えるか？　よし、ならば捕らえた王のところへ行って、首を刎ね、ここへもってくるのだ。

フンの男　（うなずいて、出て行く。）

クリエムヒルト　母君の息子のなかでも、もっとも罪の重い男を生かしておくわけにはいきません。そんなことをすれば、この最後の審判も物笑いの種になってしまう。

フンの男　（グンターの首をもって戻る。）

クリエムヒルト　（指さして）この首に見覚えないか？　さて話してもらおう、宝はどこだ。

ハーゲン　これで終わりだ！　まんまと罠にはまりおった！（手をたたいて）魔女め、お前に言ったことはでたらめだ。これで宝のありかを知るのは、神とわしのみ。二人ともお前には教えんぞ。

クリエムヒルト　バルムングよ、そなたの最後の仕事はこれだ！（ハーゲンの腰からバルムングを引き抜き、無抵抗の彼を斬り殺す。）

ヒルデブラント　死神を差しおいて、悪魔が先にやってきたのか？　さっさと地獄へ帰れ！（クリエムヒルトを斬り殺す。）

ディートリヒ　ヒルデブラント！

ヒルデブラント　見てのとおりでございます。

アッチラ　裁きを開き、――仇を討ち――、血の海にもう一本血の川を引き。それがわしの務めだったが――もう、たくさんだ。わしには無理だ。――肩の荷が堪えがたく重い。――ディートリヒ殿、わしから王冠をとって、代わりにこの世界をお引き受けいただきたい――。

ディートリヒ　十字架上で息絶えた方の名において、承知いたした！

（完）

訳注

わが妻　クリスティーネ……

（1）妻クリスティーネは一八五三年にウィーンのブルク劇場で上演されたエルンスト・ラウパッハ作の戯曲『ニーベルンゲンの宝』でクリエムヒルトを演じ、これを観たヘッベルが『戯曲　ニーベルンゲン』の執筆を決心したとされる。

第一部

（1）ニーベルンゲンの宝の一つ。

（2）北方ゲルマン人が使っていた二四文字のアルファベット。呪術的な力があると考えられた。

（3）ゲルマン人の神話や民話に登場する小人は地下世界の住人である。アルベリヒはニーベルンゲンの宝を守る小人族の長。

（4）北欧神話で主神オーディンに次ぐ最強の神。雷と戦争と農耕をつかさどる。

第二部

（1）アイスランドのこと。
（2）アイスランドに実在する五つの火口をもつ活火山。
（3）北欧神話に登場する運命をつかさどるウルズ（過去）、ヴェルザンディ（現在）、スクルド（未来）の三人の女神。
（4）北欧神話に登場するオーディンの娘たち。戦場で斃れた勇者の魂をワルハラ宮に運ぶとされた。
（5）父オーディンの命に背いたブリュンヒルトは罰として、火焔山ヒンダルフィヨルに眠ったまま幽閉される。限られた勇者しかこの火焔を越えて城にたどりつけない。
（6）第一部でジークフリートが退治した大蛇。
（7）中世のキリスト教的終末論で、キリスト誕生以前の旧約聖書の世界が第一の国、キリスト誕生後の新約聖書の世界が第二の国、最後の審判の後に聖霊の支配する第三の国が現れると考えられた。
（8）『ニーベルンゲンの歌』（第四歌章）では、ブルグントに攻め込んだザクセン人とデンマーク人をジークフリートが撃退し、王二人を人質にしたことが語られる。

（9）ロランはカール大帝の家臣で『ロランの歌』の主人公。正義のシンボルとして市庁舎の前に立像が建てられることが多い。

（10）地中海に自生する植物で、人の形をした根は薬にも呪術にも用いられた。

（11）北欧神話ではロキ神がアンドヴァリという小人を捕らえ黄金を奪う。小人はその宝の持ち主が命を落とすよう呪いをかける。

（12）イーゼンラントで初めてブルグント族と対面したとき、ジークフリートを国王と勘違いしたこと。

（13）『ニーベルンゲンの歌』（第一四歌章）で王妃たちの諍いは教会に入る順番をめぐって起こる。

（14）ジークフリートを故国に帰さないため、ハーゲンはにせの戦争をでっち上げる。

（15）ドイツの民話では、赤い鶏が屋根にとまると大火事が起こるという。

（16）『ニーベルンゲンの歌』（第一六歌章）でクリエムヒルトが見た、二つの山がジークフリートに崩れ落ちる不吉な夢のこと。

（17）オーデンの森にライオンがいるはずはないが、『ニーベルンゲンの歌』（九三五―六節）ではジークフリートが獅子をしとめることになっている。

(18) 北欧神話では主神オーディンの両肩に二羽のカラスがとまり、それぞれ思考と記憶をつかさどっている。彼らは英雄に死期を告げに来る鳥とされる。

(19) ロマ書一二章一九節「愛する人たち、自分で復讐せず、神の怒りに任せなさい。」

第三部

(1) 『ニーベルンゲンの歌』C写本は前篇の最後に、ジークフリートがロルシュ修道院に埋葬されたと記している(一一六四節)。B写本にはないこの記述をヘッベルは採用した。写本ではこの修道院を建立したのはウーテとなっているが、実際の建立は七七四年で史実と合わない。院は一六二一年に焼失した。

(2) 第一部の終わりでジークフリートがわずかに語った物語。三兄弟の長男ファーヴニルは父フレイズマルを殺して財宝を手に入れる。『アイスランド　サガ』(谷口幸男訳)、新潮社、一九七九年、五五三頁以下参照。なお第一部と第二部で小人族をさした「ニーベルンゲン族」が、第三部ではニーベルンゲンの宝を手に入れたブルグント族をさすようになることにも注意が必要である。

(3) たとえばローマ建国の祖ロムルスとレムスが狼に育てられた故事。

(4) 胴がライオン、頭が鷲の伝説上の鳥。知恵と強さの象徴。

（5）東ゴート王テオドリックのこと。詳細は「解説」を参照。
（6）ディートリヒの武芸指南役（師傅）。
（7）アメルングはディートリヒも流れをくむゴート族の家系。
（8）フンの首都はエステルゴムだが、アッチラとの婚礼の儀が開かれたのはウィーンという設定である。
（9）先が二股にわかれたハシバミの占い棒は地下の鉱脈や水脈を探しあてると考えられた。
（10）北欧神話に描かれた神々の国の滅亡。神々と巨人族の戦いの末、世界は滅びるとされる。
（11）西欧に古くから伝わる「客人歓待」の思想。無防備の異邦人を客として厚遇することは、救世主の誕生と関係する宗教的な美徳とされた。
（12）世界の中心に立つと考えられた世界樹ユグドラシルの根元のウルドの泉。この樹が枯れるとき世界の終末ラグナロクが訪れると考えられた。
（13）空想上の生き物。上半身が鶏、下半身が蛇。四足歩行をし、頭に冠をいただく。視線で相手を石に変えるとされる。

解　説

香田芳樹

「人間的な、あまりに人間的な」ヘッベルの生涯

一八四二年、二九歳の誕生日を迎えたヘッベルは日記に次のように記した。「僕は人を犠牲にすることで才能を養ってきた。僕の戯曲の中で燃え上がる炎の情熱となって命と姿を生みだすものは、実生活では僕を、そして僕の最愛でかけがえのない人たちを焼きつくす邪悪で災いを生む炎なのだ。」故郷を出て七年、ようやく認められはじめた若い劇作家の創作の活力源は、そこにいたるまでに彼を襲った数々の悲惨で屈辱的な体験だった。自己の卓越した文才を確信しつつも、貧しさゆえにそれが認められず、他人にパンを乞わなければならない貧困を彼はどうしても受けいれられなかった。惨めさの中で彼の自尊心は燃え上がり、心は現実と理想の間で引き裂かれた。矜持は時として奢りにもなり、不満は彼に好意をむける人たちを傷つけることもあった。

一生を通して彼は自分自身がそうであるものと、自分自身がそうであるべきと考えるもののギャップに苦しみ続けた。

クリスティアン・フリードリヒ・ヘッベルは一八一三年三月一八日、北ドイツのホルスタイン公国の小さな町ヴェッセルブーレンに生まれた。家は貧しく、左官だった父は貧困に打ちのめされ息子を愛せず、小学校に通わせただけですぐに自分の見習いにした。早熟の文才を見せていた読書好きの少年は貧困を憎み、父を嫌った。父が早世すると、一四歳で教区の書記に雇われ、やがて作家アマーリエ・ショッペと知り合い、彼女が後援者を募った結果ハンブルクで大学入学のための準備ができることになった。一八三五年ヘッベル二二歳の遅い門出である。しかしどうにも勉強に身が入らない。ラテン語がつまずきの石だった。法律を学ばせようという後援者の思惑は詩人肌の文学青年には受けいれがたかった。それに加えて他人の喜捨で勉強させてもらっているという境遇が彼のプライドを傷つけた。かてて加えて下宿先の大家の養女エリーゼ・レンジングとの出会いも勉学の邪魔になった。八歳年上の彼女はその後物心両面でヘッベルを生涯にわたり支えることになる。

翌一八三六年にはすでに大学町ハイデルベルクに移り擬似学生生活を始めるが、人生経験豊かで文学にも通じた浪人生は年若く裕福な学生たちとは馬が合わない。たった一学期で彼は生活費が三分の二で、新聞社の特派員のアルバイトで稼げるミュンヘンに引っ越してしまう。

バイエルン王国の首都の文化水準の高さに彼は目を見張り、そこで知的教養を存分に吸収するが、相変わらず勉強は進まず、生活苦は常についてまわる。浮草のような生活の中でヘッベルを支えたのは、遠くハンブルクで彼を想うエリーゼの精神的・物質的援助だったが、彼女とは結婚するつもりはなく、「芸術家の根底には暗黒と狂気が宿っていて、結婚はこれを揺すって目を覚まさせてしまうんだ」と彼女に書き送っている(同年一二月一九日付書簡)。ところが実際は若い恋人をつくって甘い恋愛の駆け引きにうつつを抜かし、ますます法学への興味は失せ、「至高の体験をした人間にとっては実務的な物事への奴隷的な没頭」は向いていないとうそぶき、一八三九年ハンブルクに戻る頃には文筆家として食べていく決心をしていた。

学位も何もない手ぶらでの帰郷は後援者たちを怒らせ、資金援助は打ち切られ、ヘッベルは本気で創作に専念せざるをえなくなる。こうして後に彼の出世作となる戯曲『ユーディット』が生まれるが、最初は無名の作家の作品に興味を示す劇場も出版者もなく、自信とは裏腹に、自作の売り込みや金策に「日雇い人夫のように」駆けまわらなければならない。こうしたなか献身的に援助してくれるエリーゼとの仲は深まり、彼女はヘッベルの第一子を妊娠するが、彼はその間にもある裕福な家庭の娘にまたもや秋波を送る。しかし三八歳という高齢出産のため危うく命を失いかけるほどの難産の末エリーゼが長男マックスを出産すると、けろりとよき父に変身する。「坊やは僕にうり二つだ。ああ、父親になるなんて何て素敵な気分なんだ」(一八四〇年一一月七日の日記)。しかし世間的には婚外子である。良心の呵責をおぼえる。だが結婚にはやはり踏み切れない。

自責の念が彼の創作の原動力になった。『ユーディット』は各地の劇場で上演され好評を博し、自信作『ゲノフェーファ』も完成する。だが買い取りをめぐって出版者と一喜一憂する日々が続く。金欠を嘆きながら、「心から愛する」エリーゼの援助を頼みに毎年のように作品の営業旅行に出かける。一八四二年にはデンマーク王クリスティアン八世に謁見がかなうと、自作の売り込みだけではなく、新設のキール大学の美学とドイツ文学の教授に推挙してほしいと頼むほどである。学歴がなく大学にも門を閉ざされた彼は大学生を見下し、教授をばかにしてきたが、いまはそれを国王の力でこじ開けようとしたのである。

教授就任はかなわなかったが、国王から二年間の奨学金を得てヘッベルはパリ、ローマ、ナポリ、ウィーンに滞在し、執筆と営業を続ける。するとハンブルクで内助の功に徹するエリーゼのことはどこ吹く風で、一八四六年五月二六日ウィーン・ブルク劇場の専属女優クリスティーネ・エンゲハウゼンと電撃結婚する。「もしまったく中味のない人生を送っているのでなければ、人は三〇歳を過ぎて打ち勝ちがたい情熱を言い訳に使ってはいけない。でも、生きることがその中味まるごと危険にさらされるような状況があったのなら、起こったことのすべての結果として、そのせいにするのもやむを得ない。あらゆる意味で僕の場合はそうなのだ。」（同年一二月三〇／三一日の日記）。エリーゼはもちろん傷つく。彼女は一八四三年に第一子マックスを二歳で失い、翌年第二子エルンストを生んでいた。二児をもうけた男の裏切りを許すことができないのは当然だが、新妻クリスティーネも一二月に長男エーミルを授かっていた。その喜びを記した日記にヘッベルは耳を疑う告白を記す。「こんなこと夢にも思わなかったが、子どもを愛するためにはその母親も愛していなければならないことを実感している。マックスは確かに可愛かった。それは認めていたし、わかっていた。しかし彼が亡くなってはじめて彼への感情は芽生えたのだ。それも後悔という形で。それまでは彼の存在は僕にとって足かせに他ならなかった。愛を受けとらずに愛を与える女は罪を犯すのだ」(一八四六年一二月二九日)。この残酷な証言は次の一節で締めくくられていなければ、ヘッベルの作品を放擲するのに十分な理由となったかもしれない。「しかし罰は彼女だけに当たるわけではない。」そのとおり、幸せの絶頂にある彼を悲劇が襲う。翌年二月にそのエーミルが急死し、五月にはエルンストも三歳の誕生日を待たず夭逝する。

茫然とするヘッベルにクリスティーネは、すぐにエリーゼをウィーンに呼び寄せるように言う。子を亡くした母同士痛みが共鳴したのだろうか。エリーゼが二人の結婚に反対してクリスティーネを中傷する手紙を書き送っていたことを知っていたにもかかわらずである。彼女はエリーゼにその年のクリスマスに生まれた娘ティティの世話と、五歳になる連れ子カールの養育をまかせる。三人での共同生活は大きな実験だったが、クリスティーネの愛情あふれる歓待はやがて大きな家族愛へと変わる。翌年エリーゼはカールを連れてハンブルクに帰り、その六年後の一八五四年一一月一八日に死去した。享年五〇歳。ヘッベルは日記でその死を悼んだ。「なんという混乱した人生。僕のと絡み合って、自然の意志に反して、本当の内なる結びつきではなかった。しかしながら、もっと浄らかな世界の門が僕に開いたら、誰よりも彼女に会いたい。」

人生の最後の一五年はヘッベルにとって持病の骨軟化症に苦しみながらも、栄光に満ちた年月だったといえるだろう。精力的に次々と作品を発表し、その多くは観客を魅了した。多くの著名人と親交を深め、上流階級の仲間入りをした。「二三年前の蒸し暑い夏の日にイギリス庭園の中国仏塔でビールを飲んでいた若造」は、いまやバイエルン国王からマクシミリアン勲章を授与されるまでに成り上がった（一八六〇年）。

『戯曲 ニーベルンゲン』の執筆は一八五五年に始まるが、これは一八四八年にドイツ語圏各地で起こったいわゆる「三月革命」と、それと連動する「若きドイツ」と呼ばれる文芸運動と関係している。功成り名を遂げウィーンの名士となったヘッベルは、「革命は民衆の疫病。君主の命とり」と考え、またドイツの後進性を批判し文学の政治参加を訴える若きドイツ派の作家たちを苦々しく見ていた。特に運動の牽引役でブルク劇場の監督であるハインリヒ・ラウベからは明らかに軽くあしらわれ、妻も役を干されていた。作家としての矜持と、若い作家たちの進歩思想への反発が、一大民族叙事詩の戯曲化を決心させたことはまちがいない。五年の歳月をかけ三部作は完成し、ワイマールで大公臨席のもと初演され、大成功をおさめる。第一部のブリュンヒルトと第二部のクリエムヒルトを演じたのは、クリスティーネだった。

一八六三年一一月演劇界最高のシラー賞を受賞。その一ヶ月後の一二月一三日午前四時家族に見守られながら永眠。「わが肉体は炎につつまれ灰となるように。死亡広告も、葬儀通知も、葬列も、納棺の説教もいらない。」デスマスクがとられ、胸像は長くブルク劇場のファサードを飾った。

未亡人となったクリスティーネは夫の青年時代の苦労を思い、ヘッベル財団を創設して若い作家を援助した。失明し貧困生活を送っていた夫の弟ヨハンには送金を続け、クリスマスには衣服を送った。娘ティティは健やかに育ち、結婚し母に六人の孫娘を贈った。それどころかクリスティーネは二人の曽孫の顔を見ることもできた。エリーゼと暮らした息子カールは貿易商になりチリに移住し、財をなした。彼の四人の子どもはウィーンの祖母との文通を楽しんだ。姉と慕ったエリーゼのことをクリスティーネは生涯忘れなかった。一八九九年、新しい墓地に遺骨を移葬し、写真一つない彼女のために墓石にはヘッベルの詩句を刻ませた。「人の花冠は微《ささ》やかな西風にも崩れるが、茨の冠は嵐に堪える。」クリスティーネの後半生は夫の贖罪のようにも思える。

彼女はヘッベルの死後四七年を生き、一九一〇年六月二〇日九三歳の生涯を閉じた。
　恵まれた家庭に育ち高等教育を受けた作家の多い中、ヘッベルほど若くしてすでに人生の辛酸をなめ、想像を絶する貧困から身を起こし、生活苦をはねのけ、努力を重ね最高の栄誉を勝ちとった作家を訳者は知らない。現実と理想の間の溝は常人の想像をはるかに超えていた。その溝には彼の愛と憎しみと希望と絶望と裏切りと後悔と過ちと反省と夢と失意と嘘と誠実が詰まっている。それを彼は包み隠さず日記で告白した。そこに描かれたのは彼自身が名づけるように「怪物」で「食人鬼」の姿で、時として嫌悪感さえ催させる。しかしそれを誰が責められようか。それが一人の作家の素顔であることは間違いない。人間的あまりに人間的であるがゆえに彼の人生は一層魅力的なのである。

叙事詩『ニーベルンゲンの歌』

　ヘッベルの戯曲を解説する前に、原作となった『ニーベルンゲンの歌』とは何なのかを見てみよう。ゲルマン民族最大の文化遺産は文学史的には「宮廷英雄叙事詩」というジャンルに属する。一二〇〇年頃おそらく南ドイツのドナウ河沿いの都市パッサウの司教区に何らかの関わりをもっていた詩人によって、現在わたしたちが読むことのできる決定稿が作られたと考えられている。詩人の名前は伝えられていないが、ニーベルンゲン詩節と呼ばれる高雅な韻文によって綴られた一万行近い大作は、作者の並々ならぬ才能を示している。この叙事詩が多くの読者を見いだしたことはこれが三五もの写本によって伝えられていることからもわかる。中世にこれほど多く書き写されて流布した物語は、他にはヴォルフラム・フォン・エッシェンバハの『パルチヴァール』しかない。

『ニーベルンゲンの歌』はその「多層性」において他の中世文学の追従を許さない。作品の中にはさまざまな歴史的事実や、北欧神話の伝承が織りこまれ、一大歴史絵巻となっている。作者は前篇では北欧神話を縦糸に、宮廷恋愛文学を横糸に織りこんだ。アイスランドの古謡エッダに伝わる「シグルド伝説」や「ブリュンヒルト歌謡」を騎士道文学の嫁取り譚、貴婦人奉仕、復讐劇に巧みに織りこんで時空を超えた作品を作りあげた。ちなみに「霧の民」を意味する「ニーベルンゲン」は、北欧神話に伝わる呪われた財宝をもつ一族の呼称である。それゆえ第一部と第二部では小人族が、第三部ではブルグント族が「ニーベルンゲン族」と呼ばれる。

後篇を支配するのはゲルマン人が民族大移動期に経験したブルグント王国の滅亡の記憶と、一三世紀に神聖ローマ帝国シュタウフェン王朝を支配した終末論的世界観である。ブルグント族はもともとスカンジナビア半島にいたゲルマン人の一派で紀元二世紀頃中央ヨーロッパに進出し、五世紀の初めころにライン河畔のヴォルムスに定住した。しかし王国の安定は長くは続かなかった。中央アジアから侵入した遊牧騎馬民のフン族は三七五年にゴート族を打ち破ったのを皮切りにゲルマン諸部族を次々と撃破し、ブルグント国にも襲いかかった。四三七年王都ヴォルムスは陥落し市民は皆殺しにあい、国王グンダハールも一族の者と戦死した。『ニーベルンゲンの歌』後篇は祖先の戦いの記憶に文学的形姿を与えたものである。もちろん歴史書ではないので、史実には沿っていない。ブルグント族がフンの宮廷にアッチラを訪ねたという事実はないし、そもそもアッチラが王位に就くのは、ブルグント族滅亡の八年後の四四五年である。しかしヨーロッパ全土を蹂躙したフン族と族長アッチラのトラウマが、数百年を経る間に彼らと勇敢に渡り合った一門の滅亡を歌った「ブルグント歌謡」へと姿を変えていったのであろう。

こうした過去の「記憶」が縦糸だとすると、横糸は『ニーベルンゲンの歌』が成立した一三世紀の政治的・精神的状況だといえる。作品が書かれた一二〇〇年頃、社会を騒がせた最も大きな事件は第三回十字軍であった。一一八九年聖地の再奪還を目指して東方に向かった神聖ローマ帝国皇帝フリードリヒ・バルバロッサ(赤髭王)の進路は『ニーベルンゲンの歌』でブルグント族のとった陸路とほとんど同じである。ドナウ河沿いにやがてハンガリーに入った皇帝は国王ベーラの大歓迎を受ける。このとき彼は息子のシュヴァーベン公フリードリヒとベーラの娘を婚約させている。これは叙事詩でギーゼルヘアと辺境伯リューディガーの娘が婚約したことを思い出させる。そしてギーゼルヘア同様シュヴァーベン公の結婚も実現しなかった。彼が戦死したからである。シュタウフェン王家の家運は傾き、やがて英雄叙事詩も政治的混乱の中で忘却の闇に消えていく。写本だけが王侯の書庫に死蔵され、その真価が再び認められるまでに幾世紀も待たなければならなかった。

『戯曲　ニーベルンゲン』

「劇場がたいへんな騒ぎだ。ベルリンでは『戯曲　ニーベルンゲン』はすでに〈尋常ではない成功〉をおさめて上演されたという報告を受けた。シュヴェーリンではまもなく上演されるが、支配人はいまからお祝い気分。ミュンヘンは大忙しだし、ウィーンでは上演は謝肉祭後だというのに、すでに読み合わせが始まっている」(一八六二年一二月一九日書簡)。「劇場(ブルク劇場)はすし詰め状態で、一〇時には一番高い席もなかった。[…]土曜日の次の公演も全部売り切れている。[…]それどころか皇帝のご母堂、ゾフィー大公妃からも昨日大賛辞を頂戴した。このうえ何を望めるだろう?」(一八六三年二月二四日書簡)ヘッベルが出版者カンペに書いた書簡の興奮した調子から、ドイツ語圏の主要都市で戯曲が大成功をおさめていたことがわかる。しかしその好評は容易に得られたものではなかった。

一八世紀半ばにようやく再発見された叙事詩『ニーベルンゲンの歌』に最初に興味を示したのは中世好きで知られるロマン派の詩人たちであった。光よりは闇を、理性よりは狂気を好んだ詩人たちは叙事詩の描くグロテスクで暗い人間ドラマに共感を寄せ、民族の遺産としてリライトする作家も現れた。ヘッベル以前に『ニーベルンゲンの歌』の戯曲化に成功したのは三人の作家である。『水妖記 ウンディーネ』の作者であるフリードリヒ・ド・ラ・モット゠フーケーの『北の勇者』(一八一〇)と、エルンスト・ラウパッハの『ニーベルンゲンの宝』(一八三四)と、エマヌエル・ガイベルの

『ブルンヒルト』(一八五七)である。(ワーグナーが楽劇『ニーベルングの指環』に着手したのは一八四八年だが、完成はヘッベルの死後ずいぶん経った一八七四年である。)この三作品で今日文学史的価値を失っていないのはかろうじてフーケーのものだけであろう。ヘッベルも残りの二作品を失敗作としてこき下ろしているが、ラウパッハの戯曲はそれでも彼の『戯曲 ニーベルンゲン』にとって意味をもった。それは妻のクリスティーネが一八五三年そこでクリエムヒルトを演じるのを観たからである。「献辞」にもあるとおり、彼女の演技に創作意欲をかき立てられたヘッベルはクリスマスプレゼントに妻から贈られていたカール・ジムロックの翻訳を手に取る。文学史を学び、北欧神話のエッダを研究し、周到な準備を積んだ彼は一八五五年一〇月に満を持して『戯曲 ニーベルンゲン』の執筆を始める。

しかし「いにしえの詩人の代弁者となる」という彼の謙虚な野望は古代叙事詩を劇場作品に作りかえるのにもちろん十分ではなかった。一万行近い叙事詩を舞台で上演可能な形にするためには相当の換骨奪胎が必要であり、ヘッベルは戯曲への整形にずいぶんと苦労をしている。旧約聖書のユーディットや、ヘロドトスのギュゲスは比較的多くの改作の余地を彼に残していたのに対し、完成された民族叙事詩の登場人物に個性を与えることは熟練の歴史作家にとっても至難の業だった。原作はさほど役に立たない。なぜなら一三世紀に生きた『ニーベルンゲンの歌』の作者には作中人物に〈個性〉があるなどとは思いも及ばなかったからだ。出自や身分や族内順位や官職によって人は行動と思考の様式を定められており、英雄は英雄の、皇女は皇女の存在が彼らの行動と思考だったのである。それまで彼が手がけた歴史劇と比べて圧倒的に登場人物が多い『戯曲　ニーベルンゲン』は心理的な肉づけに途方もない努力を作家に要求した。

登場人物たちは叙事詩の基本的性格を受け継ぎながらも、それぞれに個性豊かに描かれ、それが作品の悲劇的要素を増幅する。ジークフリートは原作ではクサンテン国の王子という設定であるが、そうした出自には言及されず、最初は怪力無双の神話的英雄として描かれ、やがてクリエムヒルトの愛を得て、高潔な騎士に変身する。直情的な荒武者は忠誠心の堅い家臣に変わるが、素朴な心根を利用され宮廷の権謀術数に巻き込まれ、非業の死を遂げる。

二人の女主人公、クリエムヒルトとブリュンヒルトをヘッベルはとりわけ思い入れをこめて描いたが、それは女優であり愛妻であるクリスティーネを二人の役に重ね合わせたからであろう。深窓の姫君として育ち兄の庇護のもとに守られているクリエムヒルトは原作では殿方の愛の従順な受容者に過ぎないが、戯曲では愛に積極的な可憐な女性として描かれ、喜怒哀楽の感情も豊かで、これが後篇の復讐心に燃える王妃の姿に矛盾なく結びつくように計算されている。特に原作ではほとんど描かれなかった母としてのクリエムヒルトの葛藤をヘッベルは丁寧に描く(第三部第一幕第四場)。ここに自身も二人の女性との間に子どもをもうけ、それぞれの子どもを失った親としてのヘッベルの傷心が垣間見えるのではないだろうか。

同じく女主人公のブリュンヒルトの役作りにもヘッベルは苦心した。もともと彼女は父神オーディンの怒りを買って火焔城に幽閉されたワルキューレ女神だが、そうした神話的出自に困難を感じた彼は、グリムの神話学からワルキューレと妖精が同じものと考えられていたことを学び、彼女を火焔山が人間界に託した妖精ノルンとして描き直した(第二部第一幕第一場)。これによって人間的な感情をより豊かに表現できる女性となり、叙事詩ではプライドが高く嫉妬心の強い女傑だが、戯曲ではそれに加えてジークフリートに密かな恋慕の情をいだくも、その彼に裏切られ、望まない結婚を強いられ辱められ、復讐を誓う悲劇のヒロインとなったのである。

　叙事詩では神話的形姿しかもたない人物をヘッベルは戯曲でキリスト教の終末論の文脈でよみがえらせた。ベルンのディートリヒはドイツ中世文学を代表する英雄で、『ニーベルンゲンの歌』では教育指南役(師傅《しふ》)のヒルデブラントとともにアッチラの宮廷に食客として滞在している。彼の実在するモデルはゲルマンの一派である東ゴート族の王テオドリックで、名前のベルンとはイタリアのヴェローナのことである。世界史上、西ローマ帝国を支配したゲルマンの傭兵隊長オドアケルを倒し、四九三年ラヴェンナに首都をおく東ゴート王国を建設したことで知られている。彼は幼年期東ローマ帝国の首都ビザンチンに人質として送られ、そこで王家の子弟として教育された。おそらく彼のこの経歴がアッチラの宮廷でのディートリヒの滞在を連想させたのであろう。ドイツ最古の英雄叙事詩『ヒルデブラントの歌』(八〇〇年頃成立)でもアッチラの宮廷からローマへ帰還するディートリヒが描かれている。そしてこの異国・異界から現れるいにしえの王という設定はキリスト教の終末思想と相俟って、彼をアンチキリストと戦う「最期の騎士」と同一視した。ある年代記では赤髭王と彼の息子が相次いで亡くなったとき、黒い馬に乗った亡霊が人々の前に現れたとされる。「みな恐れおののいたが、亡霊は悠々と近づいてきて言った。「恐れる必要はない。わしはいにしえの王、ベルンのディートリヒである。みなの者に言い渡す。やがてローマ帝国全土に多くの災いと災禍が広がることであろう」(『聖ブラジエンのオットーの年代記』)。紀元千年を過ぎて起こる自然災害による飢餓、十字軍、各地での戦乱、叙任権闘争といった混乱に人々はサタンの不吉な兆候を見た。ヘッベルは終末論の中でのこうしたディートリヒの役柄を正しく学び、劇中彼を「長い不在のあと再び巡りくる太陽の年」の到来を妖精から聞ける予言者として描いている(第三部第四幕第一七場)。彼はゲルマンの族長として「野蛮な先祖」の血を受け継ぎながらも、同時にキリスト教的美徳の体現者なのである(第三部第四幕第七場)。それゆえアッチラにクリエムヒルトの陰謀を明かし、彼を説得して戦争を回避させようとするのだ。死屍累々の山を見たアッチラが世界の支配者としての権利をディートリヒに委ねることを告げると、彼は「十字架上で息絶えた方の名において」その任を受ける。これは終末論のいう第一の旧約の国と第二の新約の国が終わり、新たな第三の国が来たことを示している。

その後の『戯曲 ニーベルンゲン』

ブルグント族がかつて栄えたヴォルムスで二〇〇四年「ニーベルンゲン祝祭劇」が

開催され、ヘッベルの『戯曲 ニーベルンゲン』が上演された。歴史的にゆかりのある古都で古典劇が上演されるのは至極当たり前のことのように思えるが、公演には歴史家から非難の声があがった。それはナチ時代の一九三七年からこの町が同様のフェスティバルを開催し、この戯曲を上演していたという歴史があったからだ。一九三八年六月二八日のヴォルムス新聞は言う。「この(『ニーベルンゲンの歌』の)ふるさとから毎年、ドイツ人に祖先の体験した偉大な悲劇に思いを馳せよという呼びかけが帝国の隅々にまで発せられ、また今日のわれわれの花咲く幸福がこの悲劇からうまれ、それが歴史的源泉をヴォルムスにもつのだという呼びかけが発せられるのだ。」戯曲に民族主義的な意味をもたせ、ヴォルムスを民族団結の要所にしようという意図は明らかだ。残念なことにこの祝祭週間だけではなく、多くの民族主義的な集会で――あるときは新たな占領地で、あるときはヒトラーの政権奪取の記念日に、あるときは彼の誕生日に、またあるときはゲッベルスの誕生日に――ヘッベルの戯曲が記念上演された(これについてはニーヴンの研究一九五頁)。いうまでもなくヘッベルは民族主義ともレイシズムともファシズムともまったく無関係だ。彼の出世作『ユーディット』も『ヘローデスとマリアムネ』も旧約聖書に由来するし、その他の作品も神話や歴史に題材をとっている。『戯曲　ニーベルンゲン』は先述のとおり復古的な色彩ももつが、「悲劇」という副題が示すように、ゲルマン的な野蛮がキリスト教の愛に止揚されることを訴える反戦文学であり、民族主義や反ユダヤ主義とはそもそも相容れない。そのことは死地に赴くリューディガーが、アッチラに亡命戦士を快く受けいれるよう遺言する場面にも現れている。ヘッベルがナチ時代の流行作家であるという説にまったく根拠がないことは統計も証明している。ナチ政権下の一九三三年から一九四四年の一一年間にヘッベルの戯曲は四四〇〇回上演されているが、それは第一次世界大戦終了からワイマール共和国時代の一九一八年から一九三三年までの一五年間の五九五〇回に比べれば圧倒的に少ない。『戯曲　ニーベルンゲン』だけに限ってもファシズム政権下での上演回数一一六三回はそれ以前の共和国時代の一二二一回を下回っている。この戯曲がファシズムの時代にとりわけ好まれ、民族精神の鼓舞に貢献したという事実は見当たらない（ニーヴン、一九一頁以下）。

それにもかかわらず戦後ドイツ語圏の劇場はこの戯曲の上演に慎重だった。それは同様の素材をブルグント族とは無縁の神々の家庭悲喜劇に作りかえたワーグナーの『ニーベルングの指環』が多くの劇場で歓迎されたのとは対照的である。戯曲がようやく過去の呪縛から解かれたのは、ヘッベル生誕二〇〇年を祝う二〇一三年頃からである。ベルリン・ドイツ劇場(二〇一〇)を初めとする多くの劇場での上演履歴がインターネットの検索結果に現れる。その演劇評から読み取れることはすべての上演で脱神話化、脱ゲルマン化がおこなわれ、たとえば「憂鬱で、陰謀好きで、共感力がなく、小さな宇宙に閉じ込もり、最終的には破滅するアンチ・ヒーローたち」が描かれ、「男性同盟に対抗するブリュンヒルトとクリエムヒルト」が演出され、あるいはあえてファシズムを逆手にとり「映画『ヒトラー　最期の一二日間』を思いださせる」終末論的演出によって反面教師的な舞台につくられていることである。こうしたさまざまな解釈を受けいれることができることは逆にこの『戯曲　ニーベルンゲン』の懐の深さと、それがいまなお一流の娯楽作品として通用することを証明しているだろう。

ヘッベルの生涯については、谷口茂『内なる声の軌跡　劇作家ヘッベルの青春と成熟』(冨山房、一九九二)を、ヘッベルの受容については、William John Niven: *The Reception of Friedrich Hebbel in Germany in the Era of National Socialism*, Stuttgart 1984を参照した。部扉にはアロイス・コルプ(一八七五―一九四二)がヒールゼマン社版(一九二四)に描いた銅版画を入れた。

この作品の真価を認めてくださった岩波書店編集部の吉川哲士さんへの感謝は言葉では言い尽くせない。氏の慧眼のおかげでこの翻訳が世に出ることになったことは、ドイツの最も重要な文化遺産の一つが現代的な意味をもって日本の出版文化に書き加えられたことを意味していると思う。中世の叙事詩ともどもこの戯曲が末永く読まれることを祈っている。

戯曲 ニーベルンゲン　ヘッベル作

2024年11月15日　第1刷発行

訳 者　香田芳樹《こうだよしき》

発行者　坂本政謙

発行所　株式会社 岩波書店
〒101-8002 東京都千代田区一ツ橋2-5-5
案内 03-5210-4000　営業部 03-5210-4111
文庫編集部 03-5210-4051
https://www.iwanami.co.jp/

印刷・精興社　製本・中永製本

ISBN 978-4-00-324205-6　　Printed in Japan

読書子に寄す

——岩波文庫発刊に際して——

岩波茂雄

真理は万人によって求められることを自ら欲し、芸術は万人によって愛されることを自ら望む。かつては民を愚昧ならしめるために学芸が最も狭き堂宇に閉鎖されたことがあった。今や知識と美とを特権階級の独占より奪い返すことはつねに進取的なる民衆の切実なる要求である。岩波文庫はこの要求に応じそれに励まされて生まれた。それは生命ある不朽の書を少数者の書斎と研究室とより解放して街頭にくまなく立たしめ民衆に伍せしめるであろう。近時大量生産予約出版の流行を見る。その広告宣伝の狂態はしばらくおくも、後代にのこすと誇称する全集がその編集に万全の用意をなしたるか。千古の典籍の翻訳企図に敬虔の態度を欠かざりしか。さらに分売を許さず読者を繫縛して数十冊を強うるがごとき、はたしてその揚言する学芸解放のゆえんなりや。吾人は天下の名士の声に和してこれを推挙するに躊躇するものである。このときにあたって、岩波書店は自己の責務のいよいよ重大なるを思い、従来の方針の徹底を期するため、すでに十数年以前より志して来た計画を慎重審議この際断然実行することにした。吾人は範をかのレクラム文庫にとり、古今東西にわたって文芸・哲学・社会科学・自然科学等種類のいかんを問わず、いやしくも万人の必読すべき真に古典的価値ある書をきわめて簡易なる形式において逐次刊行し、あらゆる人間に須要なる生活向上の資料、生活批判の原理を提供せんと欲する。この文庫は予約出版の方法を排したるがゆえに、読者は自己の欲する時に自己の欲する書物を各個に自由に選択することができる。携帯に便にして価格の低きを最主とするがゆえに、外観を顧みざるも内容に至っては厳選最も力を尽くし、従来の岩波出版物の特色をますます発揮せしめようとする。この計画たるや世間の一時の投機的なるものと異なり、永遠の事業として吾人は微力を傾倒し、あらゆる犠牲を忍んで今後永久に継続発展せしめ、もって文庫の使命を遺憾なく果たさしめることを期する。芸術を愛し知識を求むる士の自ら進んでこの挙に参加し、希望と忠言とを寄せられることは吾人の熱望するところである。その性質上経済的には最も困難多きこの事業にあえて当たらんとする吾人の志を諒として、その達成のため世の読書子とのうるわしき共同を期待する。

昭和二年七月

岩波文庫の最新刊

デリダ著／藤本一勇訳

アデュー
―エマニュエル・レヴィナスへ―

レヴィナスから受け継いだ「アーデュー」という言葉。デリダの応答は、その遺産を存在論や政治の彼方にある倫理、歓待の哲学へと導く。

〔青N六〇五-二〕　定価一二一〇円

ヘリオドロス作／下田立行訳

エティオピア物語（上）

ナイル河口の殺戮現場に横たわる、手負いの凜々しい若者と、女神の如き美貌の娘――映画さながらに波瀾万丈、古代ギリシアの恋愛冒険小説巨編。（全二冊）

〔赤一二七-一〕　定価一〇〇一円

永井荷風著／
中島国彦・多田蔵人校注

断腸亭日乗(二) 大正十五―昭和三年

永井荷風(一八七九―一九五九)の四十一年間の日記。(二)は、大正十五年より昭和三年まで。大正から昭和の時代の変動を見つめる。(注解・解説＝中島国彦)（全九冊）

〔緑四二-一五〕　定価一一八八円

ゲルツェン著／金子幸彦・長縄光男訳

過去と思索(四)

一八四八年六月、臨時政府がパリ民衆に加えた大弾圧は、ゲルツェンの思想を新しい境位に導いた。専制支配はここにもある。西欧への幻想は消えた。（全七冊）

〔青N六一〇-五〕　定価一六五〇円

……今月の重版再開……

ディオゲネス・ラエルティオス著／加来彰俊訳

ギリシア哲学者列伝(上)(中)(下)

〔青六六三-一～三〕　定価各一二七六円

定価は消費税10％込です　2024. 10